公事宿事件書留帳二

木戸の椿

澤田ふじ子

幻冬舎時代小説文庫

公事宿事件書留帳二　木戸の椿

目次

木戸の椿

一

木枯しが公事宿《くじやど》「鯉屋《こいや》」の黒暖簾《のれん》をゆすっている。

鉛色をした空から雪がちらつきはじめた。

京の町は日毎《ひごと》にせわしさを加えつつあった。旧暦十二月も半《なか》ばをすぎ、大晦日《おおみそか》が迫っていたのである。

どこに出かけるつもりなのか、鯉屋の主《あるじ》源十郎が、よそ行き姿で離れに現われた。

そして中庭で見事に赤い実をつけている千両を眺めながら、ちびちび盃《さかずき》を乾《ほ》す田村菊太郎《きくたろう》の前に立ちはだかり、いまいましげにぼやいた。

「品物の売り買いはせんかて、公事宿でも年の暮れは、なにかと結構忙しおすわ。そら、公事訴訟の用件で店にきはるお人はおへん。けど、所司代や東西両町奉行所から、年内に片付けておけといわれている差紙《さしがみ》（出頭命令書）や、六角牢屋敷に捕われてはる客の世話もおますさかいなあ。それにぼちぼち奉行所の大掃除に、公事宿仲間（組合）から人を出さなあきまへん。若旦那《わかだんな》みたいに朝っぱらから酒を飲んで、千両の実なんか見ておられまへんわいな。若旦那はほんまに結構なご身分どすなあ」

女房のお多佳《たか》が留守なのか、羽織の紐をむすぶ手がぎこちなかった。

「源十郎、それはわしへの当てつけか。町奉行所がわしを吟味方与力として登用《とよう》を決めたとき、一度は断わったものの、今一度考えなおせと再考をうながされた。その折、やっぱりやめときやす、鯉屋の居候《いそうろう》でよろしおすがな、気楽が一番どっせと、わしにしきりにすすめたのはいったい誰じゃ。当のそなたではなかったのかな。世の至言《しげん》に動中の静ともうす言葉もある。まあそう当り散らすな。これでもわしは居候だけに、何か鯉屋のためになることはないかと、考えつづけておるつもりじゃ。君子は径路《けいろ》を行かぬものよ。それとも年の瀬で人手がほしいのであれば、なんならわしが町奉行所へ出かけ、煤払《すすはら》いでも手伝ってつかわそうか」

菊太郎はぐいと盃を傾け、源十郎を見上げた。

「ぬけぬけとまたわやをよういわはりますなあ。若旦那にそんな真似をさせたら、奉行所の上役方や銕蔵《てつぞう》さまが、どうお思いになるかぐらいおわかりどっしゃろ」

菊太郎の異母弟銕蔵は、中風《ちゅうふう》で寝こんでいる父次右衛門のあとを継いで京都東町奉行所同心組頭につき、将来を嘱望されている。

奉行所がもてあました厄介な事件を、菊太郎が側面から片付けたり、助言をあたえて解決したことが再々あり、奉行所はかれを吟味方与力として、三顧《さんこ》の礼をもって迎えようとしたのであった。

「そなたにいわれるまでもなく、もちろん、連中がどんな目でわしを見るかはわきまえているわい。それを承知の上でもうしているのじゃ。わしとて頭巾《ずきん》をかぶり、襷《たすき》がけで、役部屋の煤払いなどいたしたくないわ。しかしなあ、一面、たまげた役人面《づら》を眺めてみたい気持もある。これも年の瀬の一興《いっきょう》、年忘れの大芝居として悪くはないぞよ」

「ほんまに、そないな気楽をよういわはりますわ。奉行所の大掃除の手伝いなど、どうでもよろしゅうおます。師走《しわす》で忙しい世間さまを、これ以上騒がせんと、ここで腰を落ちつけ酒なと飲んでいておくれやす。ほんまにまあ。それとも小遣いをさしあげますさかい、お信《のぶ》はんの店にでも出かけ、ご馳走《ちそう》でも食べてきはりますか――」

お信は三条木屋町の料理茶屋「重阿弥《じゅうあみ》」で働いている。異母弟錬蔵の妻奈々《なな》の父親、錦小路《にしきこうじ》で海産物問屋を営む播磨屋《はりまや》助左衛門が、顧客接待にもちいる店であった。

店の表構えは小さいが、奥は広いうえ、格式が高く、京の貴紳《きしん》だけを客としていた。

菊太郎とお信は深い間柄だった。

「かような仲になっているのじゃ。二人ともいわば世間からのはぐれ者、破《わ》れ鍋《なべ》に綴《と》じ蓋《ぶた》。いっそ世帯をもとうではないか」

そんな菊太郎の言葉に、お信はいつも首を小さく横にふった。

前夫清吉との間にもうけた六歳の娘お清をかかえているだけに、お信はそれを菊太郎に遠慮していた。

清吉はもと櫛《くし》職人、博打《ばくち》と女に血道をあげ、お信に苦労をかけつづけた末、母子を捨て女と行方をくらましました。

菊太郎はかつて、賓客に美女を供し、阿漕《あこぎ》な稼ぎをしていた四条大路に近い料理茶屋「蔦《つた》重《しげ》」の事件に介入し、そこで用人棒になりはてていたお信の前夫と出会っていた。蔦重の用心棒たちにとびかかられ、数人を投げとばし当て身をくらわせたが、後ろから頭分の男に羽《は》交締《がいじ》めにされ、頭分から清吉とよばれた男に匕首《あいくち》で刺されかけた。

そのとき清吉は、相手の顔をみてひるんだ。

自分が捨てた妻のお信と娘お清を、あたたかく見守っている当の人物と気付いたからであった。

「兄貴、訳があって、わしにはこの人刺せしまへん」

かれは泣きそうな表情で尻ごみした。

母子の暮しや、二人によりそう田村菊太郎の姿を、どこか遠くから見たことがあるのだろう。

本来は気のいい男にちがいなかった。

後日、蔦重の主九兵衛にそれとなくさぐりを入れた。だが清吉は、江戸に去《い》なせてもらいますと、京からかき消えたときかされた。

「お信の店で何か旨《うま》いものでも食べてこいともうすのじゃな」

菊太郎は人懐かしげな微笑をうかべ、源十郎の顔を仰《あお》いだ。

「へえ、行きたいなら行っておいでやす」

懐《ふところ》の財布をまさぐり、源十郎がうなずいた。

「奉行所の大掃除にまいるより、その方がずっとましじゃ。そなたの指図にしたがってとらせる」

冗談めかして立ちあがり、かれは床《とこ》の間《ま》に置いた両刀に腕をのばした。

「ほんなら、ご一緒に出かけまひょか」

「そなたの供《とも》の体《てい》を装えば、下代《げだい》（番頭）の吉左衛門や手代の喜六の手前、恰好がつくわなあ。あいつら内心、わしを穀潰《ごくつぶ》しとでも思うているのではないのかな」

「なにをおいいやすのやな。若旦那、今日はなんやら少しおかしおっせ。若旦那が居候してくれてはりますさかい、お奉行所で鯉屋の信用は厚うございますわな」

源十郎の父宗琳《そうりん》（武市《ぶいち》）は、田村菊太郎の父次右衛門の手下《てか》として働き、やがて主の世話で渡世株を買い、公事宿の暖簾をあげた。かれにとって菊太郎は、いわば重代の主筋。また異母弟銕蔵に家督をゆずるため、身を持ち崩したように装い、組屋敷を出奔《しゅっぽん》した菊太郎が、源十郎にはかわいそうであった。

だが再び京にもどってきた菊太郎は、毀誉褒貶《きよほうへん》にこだわらないばかりか、世の中を大きな目で眺め、人間の機微をわきまえ、一筋縄ではいかない人物に育っていた。かれの器量をはかる規矩《きく》など、誰ももっていまい。ただ悪には敢然と立ちむかい、剣や柔《やわら》は途方もなく強いくせに、情だけにはしごく弱かった。

それが菊太郎をお信に近づけもしたのだ。

「旦那さま、若旦那さまとお出かけどすか——」

店の帳場から、下代の吉左衛門が草履《ぞうり》をひろう主の源十郎と菊太郎をみて、腰をうかせた。

「ああ、ちょっと上《かみ》の本隆寺《ほんりゅうじ》はんまで、年の瀬のご挨拶《あいさつ》に行ってきます。お多佳が買物からもどったら、そう伝えておいてくんなはれ。片付けなならん用は、少しでも早うすませておかなあかんさかいなあ」

上京《かみぎょう》・紋屋町《もんやちょう》に大きな伽藍《がらん》を構える本隆寺は、法華宗真門流総本山、鯉屋は同寺の檀越《だんおち》だった。

「では気をつけて行ってきやす。誰かお供をいいつけまひょか」

吉左衛門の声をきき、手代の喜六が脇部屋から顔をのぞかせた。

「年の瀬で忙しいときに、そんなもんいりまへん」

「ゆえにわしが同道いたすのじゃ」

菊太郎は吉左衛門と喜六にむかってうなずいた。

「ではお頼みいたします」

吉左衛門たちが土間で頭を下げ、暖簾をはねあげ店の外に出る主と菊太郎を見送った。

「源十郎、おぬし菩提寺へ年末の挨拶にまいるのか」

「へえ、そうどす。わしは親父《おやじ》とはちがいますさかいなあ」

宗琳は東山・高台寺《こうだいじ》脇の隠居所で、妾《めかけ》のお蝶と暮している。

「宗琳のことはともかく、わしにはなにやら皮肉にきこえる。菩提寺への挨拶とわかれば、わしも知らぬ顔はできぬ。お信の許にまいるのを後廻《あとまわ》しにして、吉左衛門たちにもうしたとおり、同道してつかわそう」

「ほんまどすか。雪はやみましたけど、今夜はきっときつう冷えますえ」

「わしをからかうではない。いまの気持はまことじゃ」

「ではご一緒してくれはりますか。あとでどこかでちょっとやりまひょうな」

「それなら供の仕甲斐《しがい》もある」

店をあとにした二人は、大宮通りを上《かみ》にたどり、すぐ御池《おいけ》通りを右に折れた。

大宮通りの先には、目付《めつけ》屋敷がいかつい四脚門を構えており、そのむこうに二条城がみえる。

京都所司代や東西両町奉行所、また組屋敷など江戸幕府の行政機関は、すべて二条城の南北と西に集められており、大宮通り姉小路《あねこうじ》の界隈《かいわい》に公事宿が軒をつらねているのも、司法の一端をになうための町構えだった。

鉛色の雲が割れ、冬の陽が二人の頭上にきていた。

肩をならべ、菊太郎と源十郎は堀川の橋をわたり、川沿いの道を北にむかいかけた。

「おや若旦那、あれは銕蔵さまではございまへんか――」

源十郎にいわれ、菊太郎は足を止め、御池通りの東に目を投げた。

「あいつ、何をむつかしい顔で歩いているのじゃ。まさか銭の算段でもあるまいに――」

銕蔵の後ろに吟味方同心が一人したがい、かれの手下らしい目明《めあか》しが、とぼとぼつづいていた。かれらも一様に途方にくれた様子だった。

「なにか事件が起きたのでございましょう。それにしてもあの思案の体《てい》、妙でございますな」

「どうやら血なまぐさい吟味物みたいだのう。年の暮れだけに、何が起っても不思議ではない頃合じゃ」

「若旦那、いかがしはります」

「なにをだ――」

「銕蔵さまのご相談に、乗ってさしあげますかとおたずねしてますのやがな」

「あの困惑の姿をみれば、一声かけてやらねばなるまい」

「そうどすわなあ。実は若旦那が最後にお役目を断わらはったとき、東西のお奉行さまがわたしをお呼びつけになり、何分ともよしなに頼みたいと仰せでございましたのやわ」

「よしなにとはいったい何をじゃ」

「知恵が働き、さらには腕のたつ吟味方与力を、雇いそこねたのでございますさかい、いままで通り内々、悪事の穿鑿《せんさく》に介入してほしいというてはりますのやがな」

「わしのことだ。そらお節介をやかぬでもないが、一文の銭も出さずに大の男を働かそうとは、いささか虫がよすぎはしまいか」

「まあ、そんなんどうでもよろしゅうおすがな」

「銭についてなら、どうでもよくはないぞ。現にわしは先程、おぬしから銭をもろうておらぬ。店からここまで、わしがどれほど物欲しげな目で、おぬしの懐中をみていたか察しられぬのか。わしとてお信母子に、真新しい着物は無理としても、下駄の一足ずつなりと買うてやりたいと思うている」

「すんまへん。わたしは吝嗇《けち》どすさかい、なんとか出さずにすまそうとしてましたのやがな。催促されたらもう仕方がおへんなあ」

源十郎は言葉とは裏腹に、懐中から素懐紙《そかいし》に包んだものを、すぐ菊太郎ににぎらせた。

数両の重みが、かれの掌《てのひら》に感じられた。

「ありがたい――」

「わたしは独《ひと》りで本隆寺はんへご挨拶に行きますさかい、若旦那は銕蔵さまの相談に乗ったってくんなはれ」

一声いい、源十郎は堀川筋に身をひるがえした。

「おい銕蔵、なんだその面《つら》は――」

源十郎を見送り、菊太郎は同心と目明しをしたがえる異母弟に声をかけた。

「こ、これは兄上どの。鯉屋の源十郎とどこかへお出かけのところではございませんでしたか」

銕蔵は目敏《めざと》く源十郎の後ろ姿を認め、菊太郎にたずねた。

「出かけるところではあったが、そなたの困惑した様子を見ては、放ってはおけまい。三つもしかめっ面をそろえ、いったい何事が起ったのじゃ」

菊太郎は銕蔵にただし、つぎに同心曲垣《まがき》染九郎に目をすえた。

曲垣染九郎は、組頭の銕蔵が敏腕と評している若い同心だった。

「はい組頭さまの兄上どの。実は幼児《おさなご》のかどわかしがございまして、その件で思案がつきかねておりまする」

かれに答えたのは染九郎だった。

「なにっ、かどわかしだと。それでかどわかされたのは、どこの何屋の子供じゃ」

菊太郎の眉《まゆ》がけわしくひそめられた。

かれの胸裏に、お信の子お清のかわいらしい姿がひらめいた。

「兄上どの、どこの何屋のといった者ではございませぬ。有徳人（金持ち）の子供ならともかく、かどわかされたのは、御池通り車屋町筋の裏長屋に住む寡婦《かふ》の一人娘でございます。母親は針仕事をして生活《たつき》をたてておりますれば、その日をすごすのが精一杯。一人娘とて、身代金はいかほども奪えませぬ。そこが妙で、思案にくれておりまする」

銕蔵はすがる目で菊太郎を眺めた。

「その娘、歳《とし》はいくつで名はなんともうす」

「歳は五歳、名はお千代。一昨日の夕刻近くから行方が知れなくなりました。道に迷うたのではないか、また悪戯《いたずら》目的の癖の悪い男に、連れ去られたのではないかと、昨日から手をつくして探しましたが、さような形跡は一向にございませぬ」

「そのお千代の母親に問題はなかろうな」

「母親はお袖《そで》ともうし、いたって志操堅固《しそうけんご》。いまのところどこをついても、男出入りの影は浮かんできておりませぬ」

「はてさて、奇妙なかどわかしじゃなあ。ともかくそなたにここで出会うたのが運のつき、わしをその長屋に案内いたさぬか。何か見えてくるものがあるやもしれぬ」

菊太郎の言葉で、銕蔵や染九郎の顔にぱっと明るさがもどった。

「ささ、煤払いの笹《ささ》、いりまへんか——」

堀川筋を笹売りの声が下りてきた。

鉛色の空から、また雪がちらつきだした。

二

長屋にも木戸が構えられている。

棟割り長屋がむき合って八軒、木戸の右脇に、板葺《いたぶ》きの井戸があった。

そのそばで、椿の古木が紅《あか》い花を咲かせかけている。

「ほう、立派な椿の樹じゃなあ。長屋の衆にはもうしわけないが、ここにふさわしからぬ姿ではないか。なあ銕蔵——」

　菊太郎は御池車屋町筋上ルの路地をぬけ、事件が起った長屋までくると、木戸をくぐるなり感嘆の声を放った。

「なんでも二百年ほどたつ老樹でございますそうな」

　銕蔵も椿の古木を見上げて答えた。

「二百年もたつとすれば、慶長も末の頃になる。太閤《たいこう》秀吉が死に、わが国の諸大名が東西二つに分かれ、関ケ原の合戦が行なわれた。ほどなく神君家康公が征夷大将軍におつきめされ、豊臣家が大坂夏の陣で哀れにも滅び、年号が元和《げんな》と改められた。まさに泰平の世の到来じゃ。もしかすれば、風流を解する人物が、それを賀してこれを植えたのかもしれぬ。さようなめでたい老樹を木戸口にそなえる長屋で、わびしく針仕事をして暮す母子二人。その幼い愛娘《まなむすめ》をかどわかすとは、下手人の奴、どのような男かはわからぬが、はなはだもってけしからぬ。引っ捕えたら、わしが八つ裂きにしてくれる」

　椿の樹は見事にたくさんの蕾《つぼみ》を大きくふくらませていた。

「兄上どの、お言葉が少々不穏当ではございませぬか」

「銕蔵、なにをもうす。年端《としは》もいかぬ幼児に対する不埒《ふらち》、そなたは奈々どのとの間にまだ子供をもうけておらぬゆえ、さようにもうせるのじゃ」

——兄上どのこそ、なにを仰せられまする。

鋏蔵は口に出かかった科白《せりふ》を、あわてて喉《のど》の奥に飲み下した。

鯉屋源十郎から、兄の菊太郎が重阿弥で働く仲居のお信とわりない仲になっており、その女性には幼い女の子がいるときかされていたのを思い出したからである。

「ごもっともでございまする。それより兄上どの、娘をかどわかされたお袖の家に案内いたしまする」

「案内などもはや無用。その家ぐらい一目でわかるわい」

丸太木を二本両脇に立て、形ばかりの柵をゆった長屋の表木戸に、〈針仕事いたします〉と書いた木札が、釘でうちつけられている。棟割り長屋の右側、奥から二軒目の軒先にも、同じ木札が下げられていたからだった。

かれらの声で、長屋の家々の戸や障子戸が細目に開けられ、お千代の家の表戸ががらっと開いた。

鋏蔵と曲垣染九郎が、下手人から連絡がきた場合にそなえて配した同心と目明しの二人が、すぐ顔をのぞかせた。

「なんぞございましたか」

同心が鋏蔵にむかってたずねた。

先程ここから去った組頭が、踵《きびす》を返すようにもどってきたからだ。

「いや、なんでもない。それがしの兄に会《お》うたゆえ、お知恵を借りられればとお連れもうしただけじゃ」

「それはそれは。ご面倒をおかけいたしまする」

組頭田村銕蔵の兄、菊太郎の評判は、近頃あまねく広まっている。

吟味方与力としての登用をあっさり断わったとの噂《うわさ》は、同心の間で羨望《せんぼう》をもってささやかれたものだった。

「すぐではあるが、何も変ったことはあるまいな」

銕蔵は威厳をつくり、警戒を命じた同心に問いかけた。

「はい、下手人からはいまだなんの連絡もございませぬ」

「母御はいかがされておる」

低声になり、銕蔵は家の奥をのぞいた。

「正月が迫っているともうし、涙を流しながら、着物の仕立てを急いでおりまする」

「なんだと。子供がかどわかされたともうすに、針仕事をいたしておるのだと」

銕蔵は驚きの声でいい、憤《いきどお》りに似た表情を顔にうかべた。

「まあ銕蔵、怒ることではないぞ。そなたはこの年の瀬、自分たちは忙しいなかを犯人探索に苦労している。それにもかかわらず、子の親が賃仕事をしているとはけしからぬともうしたいのだろうが、それはお役目からくる慢心じゃ。他人の着物を仕立てる針子はなあ、顧客《こきゃく》の都合に合わせ、夜を徹してでも仕立てをいたさねばならぬのじゃ。舞台に立つ役者は、親の死にめにも会えぬともうすが、これと同じだ。不都合を招けば、仕事の依頼がなくなり、飯の食いあげとなる。正月を間近にひかえ、呉服屋から催促もあろうし、ましてじゃ。自分でわが子を探しにいきたい矢も楯もたまらぬ気持を、じっと抑えている母御の胸の内ぐらい考えてやれ」

菊太郎の言葉で、若い銕蔵は苦い顔になり、兄にくらべ自分の未熟を痛く悟《さと》らされた。

「おいおい、そなたにしゅんとされたら、わしがここまできた甲斐がなくなる。さあわしを母御に引き合わせぬか。そなたたちが気付いておらぬ手掛かりが、なにかきき出せるかもしれぬ。お千代のかどわかし、行きずりの不埒者の犯行でない限り、母御の話だけがわれらには糸口になるのじゃ。ご近所や町内のききこみもまた大切――」

兄の指図にしたがい、銕蔵はかれをお袖の許《もと》に案内した。

間口が二間《けん》、奥行き四間、二部屋と奥につづく土間だけのせまい家では、表のやりとりがいやでも耳にとどいてくる。

お袖は新たにふくれあがってきた涙を、縫い針をもったままの手の甲でぬぐい、表から奥の土間に現われ、部屋の敷居際に横掛けした菊太郎に、深く一礼した。

彼女は歳は二十四、五歳、目鼻立ちがととのい、色白でどこかきりっとした女性だった。

家の中は調度品こそ乏しく、貧がのぞいているが、彼女の人柄をしめすように、清潔で整然とととのえられていた。

部屋の隅に古びた朱塗りの小簞笥《こだんす》と衣紋掛《えもんか》けが置かれ、ほかに行灯《あんどん》と仕立て台があるほか、身代金に代えられそうな品物はなにも見えなかった。

——幼児をかどわかした犯人の目的は、いったいどこにあるのじゃ。

菊太郎は一瞬、誘拐の動機をさぐる困難をおぼえた。

これでは吟味方同心組頭の銕蔵も、手をやいて当然だろう。

だが犯罪のどれも、一件が解決してみると、謎深い事件でも真相は意外に簡単なところにあるのが普通だ。お千代がかどわかされた事情も、それにちがいなかった。

「年の瀬で針仕事が忙しいときいた。針の手はそのままでよい。このわしに、お子の姿が消えた前後のありさまを改めてきかせてくれぬか」

菊太郎は左手で腰から差し料をぬきとり、気楽な物腰でたずねた。

「これお袖、このお人はわしの兄、町中《まちなか》で気儘《きまま》に暮されているが、事件の厄介をきき、探索の相談に乗ってやろうとまいられた次第じゃ。お千代の姿が見えなくなった前後のありさまを、もう一度、ありていにもうせ」

おだやかな声で、銕蔵がお袖をうながした。

「たびたびお手をわずらわせ、もうしわけございまへん。仕事の期日に迫られておりますさかい、針仕事のままもうさせていただく失礼を、何卒《なにとぞ》許しとくれやす」

言葉は京訛《なま》りだが、それとは別に、お袖の言葉遣いには、どこかきりっとした規矩が感じられた。

その訳は後でたずねるとして、菊太郎はまず彼女の話に耳をすませた。

お千代がかどわかされたのは二日前、夕刻近くの頃ではないかという。

「うち、お母ちゃんが作ってくれはったこのでんち（袖なし半纏《はんてん》）、大好きや。あったかいし、お正月もくるさかい、うれしいわあ」

髪を頭上でおちゃんぼに結んだお千代は、長屋の子供たちに見せびらかすつもりなのか、土間の草履をつっかけた。

「うちにはお父ちゃんがいてへん。貧乏やさかい、古びた布でしかでんちもこさえてやれへん。そのうちにお母ちゃんが、新しいお着物《べべ》をきっと縫うてあげるさかい、それまで堪忍してなあ」

お袖は呉服屋の「美濃屋」からせかされている仕立物からちょっと目をあげ、お千代にわびた。

「かまへんかまへん。うち、このでんちが気に入ってるさかい、お正月がきたかて、もう何もいらんえ」

お千代はうれしそうな顔で母親にいい、表に飛び出していった。

「お八重《やえ》ちゃん――」

お袖の耳に、娘のかわいらしい声がすぐとどいてきた。

真向いに住む井戸掘り人の甚吉の娘は、お千代の同年の遊び友だち。母親が忙しい賃仕事の合間に縫ってくれたでんちを、見せにいったにちがいない。お袖は針の縫い目をたどりながら、かすかに微笑んだ。

「お千代ちゃん、ええなあ。よう似合うてるやんか。あたたかいやろ。うちにもちょっと着せてえなあ」

お八重がお千代にせがんでいる。

「うちいやや。お正月がすぎたら貸したげるさかい、それまではいやや。これを徹夜して縫うてくれはったお母ちゃんに悪いもん」

「けち、お千代ちゃんのけちんぼ――」

「そんな、人の気い悪することいわんときいさ」

「うちなんぼでもいうたる」

お千代のうれしい気持がわかるのか、お八重がじゃれつくようにいう。

「御池の御所八幡でみんな遊んでるさかい、お八重ちゃん、いっしょに行けへんか――」

つづいて二人が、長屋の木戸門の方へ小走りに去る気配がとどいてきた。

これがお袖のきいた娘の最後の声だった。

正月も迫った冬の日は、ほどなく昏《く》れかけた。針の穴に縫い糸を通し、お袖は行灯の灯心《とうしん》に火をともした。

薄暗い部屋の中がぽっと明るくなった。

外にも闇《やみ》が這《は》いかけており、どこからともなく鰯《いわし》を焼く匂《にお》いがただよってくる。

そのときになり、お袖はお千代がまだ家に帰っていないことに気付いた。

――お千代はどうしたんやろ。

日暮れ前には家にもどりなはれと、いつも厳しく躾《しつけ》ていたからである。

お千代は母親に心配をかけまいとしてか、外でどんなに楽しい遊びをしていても、近くの寺から「日没偈《にちぼつげ》」や鐘の音がきこえると、遊び仲間と離れ、まっすぐ家に帰ってくる。

父親がいないだけに、母子の絆《きずな》はそれほど堅かった。

かすかな不安が、お袖の胸を騒がせた。

彼女は裁縫箱に針をもどし、前掛けの前をはたいて立ちあがる。急いで土間に下り、板戸を開け、戸外をのぞいた。

まわりはいよいよ闇の色が濃くなり、両隣りやむかいの長屋からも夕仕度のあわただしさがうかがわれ、子供のはしゃぐ声がきこえた。

「お千代――」

時分は逢《お》う魔《ま》が刻《とき》だ。不安がさらにお袖の胸にひろがり、彼女は口に出して娘の名を呼んだ。

足が自《おの》ずと真向いの甚吉の家にむいた。

「おひなはん、むかいのお袖どす――」

表戸を開けるなり、表土間の奥、台所にもうけられる竈《くど》で、煮物の工合を確かめている甚吉の妻おひなに叫んだ。

「どうしはったん――」

煮物の箸《はし》をもったまま、おひなはお袖の顔をみつめた。そして奥の六畳間で、熱燗《あつかん》を楽しんでいる夫にむかい、あんたと呼びかけた。

「お袖はん、どないしはったんや」

奥の部屋からのそりと立ちあがってきた甚吉がいい、おひなも竈から煮鍋を下ろし、表土間に急いできた。

「うちのお千代が遊びに出かけたまま、まだもどってしまへんねん。おうちのお八重ちゃんといっしょに行ったはずどすけど、お八重ちゃんはいてはりますやろか」

彼女が切迫した表情でいうと同時に、甚吉の後ろから当のお八重の姿が現われた。

「おばちゃん、お千代ちゃんがどうかしはったん」

お八重が訝《いぶか》しげな表情で、お袖にたずねかける。

「お千代ちゃんがいてへんやと――」

「うちのお八重どしたら、こうして家にいてますけど」

「てめえ、ばか野郎。お袖はんは、うちのこれとお千代ちゃんが一緒に遊びに出たはずやが、まだもどらんさかい、たずねにきはったんやわいな。お八重が家にもどりながら、お千代ちゃんだけが帰ってえへんとは、どういうわけやな」

井戸掘り人の甚吉は、妻を叱りつけ、自分によりそうわが子のお八重をにらみつけた。

「お父ちゃん、うちなんにも知らん。お千代ちゃんとはいっしょに出かけ、みんなと御所八幡で遊んでたけど、お千代ちゃん、いつのまにやらいてはらんようになった。そやさかいうち、長屋のお春ちゃんや実吉《みのきち》ちゃんたちと夕刻、家に帰ってきたんやがな。少しぐらい酒飲んで、小ちゃな子に無茶いわんとき」

こまっしゃくれたところのあるお八重は、反対に父親の顔をにらみ返した。

お春や実吉たちはいずれも同じ年頃、長屋の仲良しだった。

「お千代ちゃんが、いつのまにやらいてはらんようになったんやて」

表土間からおひなが、険《けわ》しい顔で娘をただした。

「そや、うち、なにも気いつかへなんだ」

「あほ、おまえいっしょに遊びに出かけながら、なんで気いつかへんねん」

お袖の手前、おひなは娘を叱りつけた。

外はさらに闇をくわえている。

甚吉の家でとり交される話をききつけ、長屋の住人たちの顔が、二つ三つ、心配そうにのぞいた。

「するとお千代ちゃん、どこに行ってしもうたんやろ。こりゃあ大変やわいな」

甚吉が狼狽の色をみせ、それから長屋は大騒ぎになった。

夕御飯をおっぽり出し、男たちが子供たちの遊んでいた御所八幡に走る。

まわりの町辻や空地を探しまわり、果てには木戸門脇の井戸まで、龕灯《がんどう》で照らしてのぞいた。

夜は刻々とふけ、寒さがつのってくる。

お袖はすでに半狂乱、おひなが火の気のない部屋の中に坐《すわ》らせ、しきりになだめた。

「お千代ちゃんにかぎって、間違いなんか絶対あらしまへん。どこかにふらっと行き、きっと道に迷うてしまわはっただけどす。町内の番所にも届け、長屋の男衆《おとこし》が総出で探してますさかい、そのうちもどってきはります。気を楽にして落ちつきなはれ。なあ――」

長屋の誰かが十能《じゅうのう》に熾火《おきび》をのせて運び、お袖の家の火鉢に火を入れていった。

お袖のすすり泣きがいつまでもつづき、そのままなんの朗報もないまま、不安な夜が明けた。

翌日の昼前、町内の番屋を通じて家主と町年寄から、正式に月番の東町奉行所にお千代の行方不明が届けられ、探索がはじまったのである。

彼女が姿を消してから今日で三日目、変質者か人さらいが、お千代を連れ去ったのではないかと、田村銕蔵や曲垣染九郎たちはひそかににらんでいた。

そうとでも考えなければ、貧乏人の娘がかどわかされるはずがない。現に犯人から、身代金の要求は全くなかった。

銕蔵たちは吟味方同心だけに、当然、母親のお袖にも疑いの目をむけ、彼女の身辺にも徹底して探りを入れた。だが彼女がおもに仕立物を頼まれる美濃屋をはじめ、どこからも彼女の悪口はきかれなかった。

彼女は四年前に、扇絵師《おうぎえし》の夫佐助を亡くしていた。身辺を洗うにつれ、お袖の意外な身の上が一つだけ判明した。

お袖の曾祖父《そうそふ》はもと西国の大藩で納戸方《なんどがた》をつとめていたという事実。家中の紛争にまきこまれ、浪々のすえ、京に身を落ちつけたというのである。

――なるほど、そのかつての身分が、お袖の言葉遣いを正しくさせているのか。

お袖の夫佐助の死や、彼女の出自《しゅつじ》などは、錸蔵からあとで告げられた補足の部分。菊太郎は縫い物をつづけながらの彼女から、一通りの話をきき終え、家の表に辞してきた。

かれは木戸脇の椿の花を見上げ、またなるほどと独りうなずいた。

「兄上どの、わたくしが拝しましたところ、途中で再々、なにやら妙な目付きをいたされておられましたが、何か感じられることがございましたか」

錸蔵が木戸門の方へ菊太郎を誘い、小声で質問した。

「わしの考えすぎかもしれぬが、古びた布、それで縫いあげたでんち、それが最初から気にかかってならぬのじゃが」

「古びた布のでんちでございますと――」

「ああ、いまほどお袖の曾祖父は西国の大藩につかえていたときかされ、わしの推量もあながちあり得ぬことではないと思うている。あの家に金目のものはほかになし、世の中、物が見える者と見えぬ者との間には、大きな差があってなあ」

「その物が見えるの見えないの、また大きな差とは、いったいなんでございまする。おきかせくださりませ」

曲垣染九郎が、二人の会話を怪訝《けげん》な顔で眺めている。

「講釈をのべるより銕蔵、やはりあの母御のもとに再びまいり、娘のため古びた布で縫ってやったでんちの切れ端が、残っていないかをたずね、それがあれば預かってきてはくれまいか——」

菊太郎は胸裏でじっと考えつづけていたことに決断をつけた。

「古びた布の切れ端、でんちのでございまするな」

「母御もそなたも、わしがもうした品を決してたがえるではないぞよ」

「かしこまりました」

お袖の家に踵《きびす》を返した銕蔵は、染九郎とともにすぐわずかな古布をたずさえ、木戸口の椿をまだ見上げている菊太郎の許にもどってきた。

「これなる古布でございまする」

銕蔵が示す古布を一瞥《いちべつ》するなり、菊太郎の顔がにやっとゆるんだ。

「いかがいたされました」

「やはりわしが思った通りじゃ。この古布に目をつけたほどの人物、稀代《きだい》の悪党でないかぎり、おそらく子供の身に大事はあるまい。お千代とやらはいまにもどってまいる。世の中には思いがけない珍事があるものじゃ。もっともわしにはそこのところが興味津々《しんしん》じゃが」

「兄上どの、わたくしには、そこのところがなどと全く合点いたしかねまする」

「そうそう簡単に合点されては、わしがたまらぬわい。三条の重阿弥にでもまいり、酒など飲みながらもうしきかせてやる」

菊太郎は木戸の椿を一枝折り、銕蔵と染九郎を誘った。

三

古びた伊万里《いまり》の鶴首壺《つるくび》に、椿の花が活《い》けられている。

重阿弥の奥座敷、お信が菊太郎のたずさえてきた椿を、さっそく床《とこ》に飾ってくれたのである。

「若旦那さま、これは有楽《うらく》椿ではないかと板場はんがいうてはりましたけど、どうどっしゃろ」

「これが有楽椿か。長屋の樹はなかなかの銘木、さようなものではないかと見ていたが、今日は佳《よ》いものを二度まで眺めさせてもらえる。いや、三度というべきかな」

お信だけにわかる目付きをして、菊太郎はさりげなく銕蔵と染九郎に笑いかけた。

「わたくしには兄上どのの二度三度のお言葉も、やはりわかりませぬ」

銕蔵が菊太郎の懐にねじこんだ古布を気にしながら、兄の顔をじっと見すえた。

「一つは布、二つ目はその有楽椿、あとの一つはだいたいの察しをつけてくれ」

四脚膳に載せられてきた若狭鰈《わかさがれい》に箸をつけ、菊太郎がまた頬をゆるめた。

有楽椿は豊織《ほうしょく》時代、茶湯者《ちゃのゆしゃ》として知られた織田有楽斎が愛《め》でたことから、この名が付けられた銘椿。江戸では太郎冠者《たろうかじゃ》と呼ばれている。京には名所旧跡のほか、名刹《めいさつ》が多くあり、椿の銘木を育てる環境がととのっていた。

天皇や公卿、茶湯者、歌人たちが、銘椿を見つけては雅《みや》びた名前をあたえた。小式部、明月、井筒、熊谷など、数えあげたらきりがないほどだ。

長屋の木戸門脇で花をつける椿の樹は、かれらの目からもれた銘木といえた。

「椿の花の美しさと、あとの一つぐらいなら察せられますが、肝心の古布はいかがでございまする」

禅問答に似た兄弟の会話を、怪訝な表情のまま眺め、昼間から振舞酒にありつく曲垣染九郎も、さすがに古布には興味をよせていた。

父のあとを継ぎ吟味方同心についたかれは二十二歳、世間の裏をくぐってきた菊太郎からみると、無垢《むく》で純情、まことに初々《ういうい》しかった。

「それではこの古布について語らねばなるまいな」

「さようでございまする。もったいをつけられるのも、ほどほどにいたされませ。ことは一少女の命に関わっていると、わきまえていただかねばなりませぬ」

「ばかをもうすな。わしはそなたに叱られるおぼえはいささかもないわい。さらわれた子供にも、ましてや奉行所のお偉方にも、まことはなんら関わりがない。そうではないのか銕蔵。どだいそなたのその肩のいからせようが気に食わぬ。もっと気楽にせねば、すぐれた吟味などいたせぬものだぞ。さてそこでじゃが、この古布、もったいをつけて語らねばならぬほど、大変な謂《いわ》れのあるものなのじゃ」

菊太郎が懐中から古布を取り出した。

つぎに盃を持ちあげたため、染九郎があわてて銚子《ちょうし》をつかみ、盃に酒を注《つ》いだ。

一口に、それを菊太郎はあおった。

そして感じ入った視線で古布を見つめた。

「銕蔵、この古布はなあ。さらわれた子供の親御はなんでもないただの古布と思い、でんちに縫いあげてしもうたが、今の世ではとても手に入れ難い珍宝、〈吉野《よしの》間道《かんどう》〉ともうす名物裂《ぎれ》なのじゃ。そなたが母親から気楽に預かってまいったこんな小切れでも、数奇者《すきしゃ》なら百両の金を出しても買いとるだろうよ。お千代を連れ去った人物は、子供をかどわかしたのではない。実のところは、この吉野間道を手に入れたかったのであろうよ。これほどの名物裂を一目見てわかる人物、しかるべき身分か資産をたくわえる者。子供をかどわかしたのは悪事にちがいないが、何事にせよ、見識をもつ男に相違ない。画幅や茶湯にくわしく、しかも並みではない鑑識眼をそなえておる。ゆえに、よほどの事情がないかぎり、お千代を殺害することはないともうしたのじゃ」

「そ、その古布が百両――」

曲垣染九郎が思わず腰をうかせて驚いた。

わずかな扶持《ふち》をいただく同心にとって、百両は大変な金額であった。

「ほしければくれてやるが、そなたにこれを受け取るだけの度胸があるかな。受け取れば、吟味のための預かり物を横領したとしてこれじゃぞ。なにしろ百両、ほしかろうが、値打ちを明かし、あの母親の手に返してやらねばなるまい。西国の大藩につかえていたともうす曾祖父どのが、いずれ後生大事に所持いたされていた品であろう。家の者にこの古布の値打ちを明かさないままあの世に旅立たれたのは、さぞかしご無念であったに相違ない」

菊太郎は悪戯《いたずら》っぽく微笑していい、途中、右手で喉許をさっと横にないでみせた。

「してその古布、なにに用いられまする。組頭の兄上どの、それがしにお教えくださりませ」

「こうした布はなあ、掛物の表具に使うほか、茶湯の世界では、茶入れなどの仕覆《しふく》に仕立てるのじゃ」

　仕覆とは茶道具などを保護する袋。有名な茶湯者や著名な人物の名をかぶせた名物裂は、主として中国からの渡来物が多く、染織工芸の分野に属するが、日本ではすぐれた美術工芸品として珍重されてきた。

　金襴《きんらん》、銀襴、緞子《どんす》、錦《にしき》、間道、金紗《きんしゃ》など各種あり、それぞれ高名な名物裂の名をあげれば、角倉《すみのくら》金襴、定家緞子、蜀江錦《しょっこうにしき》、利休《りきゅう》間道、竹屋町裂などがある。

　吉野間道は、茶湯者たちが利休間道についで珍重する名物裂。濃緑色の地色に、赤、白、紫の太い横縞《じま》と、白、赤の縦縞が格子をなす。江戸時代初期、京の豪商灰屋紹益《はいやじょうえき》が、やがて家を捨て身請《みう》けする島原の名妓吉野太夫に贈ったため、この名が付けられた。

　間道は縞の織物、オランダ貿易によって、中国や東南アジアから船載され、千利休の師武《たけ》野紹鷗《のじょうおう》が好んだという。

　吉野間道は十七世紀初頭、ペルシャあたりで織られたものとされている。

「さようでございましたか。おかげをもちまして、貴《とうと》い一つを学びましてございまする」

染九郎が大きくうなずいていった。

「そなた市中見廻りの際、名物裂が子供の着物や守胴着《もりどうぎ》、さらには物干場で、赤子のおむつにでもなっていまいか、探すつもりではあるまいな」

「失礼ながら兄上どの、まさかさような不心得はいたしませぬ」

菊太郎の気楽な口調に引きこまれ、染九郎はつい親しげに兄上どのと口走り、これはご無礼と一礼した。

「いやいや染九郎、ここはいわば内輪の席、兄上どのでも馬鹿どのでもよい。だがいくら目を皿のごとくして洛中洛外を歩いたとて、さような僥倖《ぎょうこう》は金輪際《こんりんざい》あるまいぞ。このたびの間道出現は千万に一つ、世にもたぐいまれといえよう」

「それくらい、わたくしとてわきまえております」

「そうあっさりいわれると気落ちいたすが、万一、もしやと思われる品があれば、こ奴に内密で鯉屋まで見せにまいれ。鑑定をしてとらせる。その代り儲《もう》けは五分五分じゃぞ」

顎《あご》で銕蔵を示し、菊太郎が笑った。

「ご、ご冗談を——」

「いや、わしは本気じゃ。世の中にはときどき、かように稀代なことがあるものじゃ」

お千代の行方を案じる気持が、銕蔵にも染九郎にもいつしか薄れ、部屋がなごやかになってきた。

菊太郎の言葉は、それほどお千代の生存について、二人に安心をあたえた。

だがお信のせわしい足音が、二人の背筋をぞっと寒くさせた。

彼女は奥座敷に酒を運ぶたび、かどわかしの事件を断片的にきいていた。同じ年頃の女の子を持つ母親として、襖《ふすま》を開ける態度はあわただしく、顔付きも必死の形相に変っていた。

「奉行所の旦那さま——」

「何事でございまする」

重阿弥の仲居とはいえ、銕蔵は兄菊太郎の思い人とわかっているだけに、言葉遣いが丁寧だった。

「は、はい、車屋町の長屋から、急ぎのお使いがおみえでございまする」

「な、なんじゃと——」

菊太郎がしまったと舌を鳴らし、差し料をつかんで立ちあがる。

自分の推察、いや、慢心が腹立たしかった。

かどわかされたお千代が、どこかで死体となり発見されたのだろう。

子供を失ったお袖が慟哭《どうこく》している。

それは同時に自分を見上げているお信の顔でもあった。

四

冬の薄陽が京の町を照らしつけている。

大晦日が数日後にせまり、この分なら平穏で暖かい正月が迎えられそうだった。

田村菊太郎は鯉屋の離れから、気遣わしげな視線を庭むこうの別棟に投げ、鋏《はさみ》を借りるため店の表に立ちあがってきた。

公事宿は、町奉行所から宿預けを命じられた公事訴訟人を預かるため、どの店でも座敷牢《ざしきろう》をもうけている。

訴訟人、相手方、また証人たちの逃亡にそなえ、かれらを拘束しなければならない場合もある。だが民事訴訟事件の関係者を、六角牢屋敷に収容するのは大袈裟《おおげさ》。だから公事宿が、その者たちを拘束する機能を負わされているのであった。

いま鯉屋の座敷牢には、お千代を〈かどわかした〉のかどうか、町奉行所の与力や同心たちが断定しかねている人物が預けられている。

かれの名は「多賀屋」永寿《えいじゅ》といった。

禁裏《きんり》や仙洞御所《せんどうごしょ》にも出入りを許される湯葉屋。三条高倉に店をかまえ、分別盛りの六十歳になる。
かれは茶湯の心得が深く、生来、道具好きで、絵画についての造詣《ぞうけい》は、幕府の古筆見《こひつみ》（鑑定人）よりすぐれているのではないかと噂されるほどだった。
その永寿が、たまたま御池通りの御所八幡の前を通りかかり、お千代が着こんでいるでんちを目に入れた。
かれは思わず立ち止まり、息をのんだ。
千両箱をいくつ積んでも絶対、入手が困難な稀代の名物裂が、無造作にも幼い子供のでんちに仕立てられ、当の子供はみんなと手毬《てまり》をつきながら遊んでいる。
わたし夫婦は　そろばん夫婦
三五《さんご》の十五《じゅうご》で　見合いして
四五《しご》の二十《はたち》で　嫁《よめ》入りして
五六《ごろく》三十で　子がでけて
五八の四十で　去《い》ね去ねと
去ねといいわんしゃ　去にもしょう
子供たちが唄《うた》う手毬歌のつづきなど、吉野間道のでんちを着ているお千代に、目を釘付けにされる永寿には、全く耳に入らなかった。

この歌はあと「もとの十五にして返しゃんせ　こりゃ旦那」で終るのである。

永寿は御所八幡の鳥居越しに、なおもじっとお千代を見ていた。

どの子も貧しい恰好であった。

いずれ近くの長屋の子供たちであろう。

吉野間道をでんちに縫いあげたのも、そんな長屋の一軒の女房にちがいなかった。

子供が着る小さなでんちとはいえ、あれだけの量があれば、茶碗や茶入れの仕覆が十数枚は十分仕立てられる。

――どうしてもあの吉野間道がほしい。いっそあの子供のあとをつけ、両親に事情を語ってきかせ、売ってもらおうか。それがいい分別にきまっている。

しかしまてよと、永寿は思案にふけった。

物事を正直に伝えることは、双方にとって決してよくない場合が往々にしてある。

相手が素直に交渉に応じてくれればいいが、もし自分の足許を見て、法外な値段をふっかけてきたら、正直な気持や温情がかえって仇《あだ》になる。

――そんなもん、相手はんは何もご存知やのうて、吉野間道ほどの名物裂で、でんちをこしらえはったんや。正月もくることやさかい、知らん顔して新しいお着物《べべ》のひとそろいと下駄とでも、交換してもらえばええのやがな。正直に大仰にいうてしまうと、かえって折角の名物裂が、手に入らんようになるかもわかりまへんえ。そこのところよくよくお考えやっしゃ。

永寿の心の中で、商売にたずさわる者の〈算〉が、小さくささやいた。

算――はどこかに〈悪〉の部分をそなえているものだ。どんなに正直な商売人でも、いくらか相手を欺《あざむ》いて商いをしている。

魚屋が主婦に、今朝仕入れたばかりの鰯《いわし》だといい、しきりにすすめたとする。本当はきのうの売れ残りかもわからなかった。

客に値切られた商人が、原価を切っているがこうなれば仕方がないと、あきらめ顔で商品を売り渡す。その実、儲けはちゃんととっている。

人間はお世辞や愛想笑いもふくめ、相手に対して実にさまざまな嘘をついて、生活《なりわい》をたてているものだ。少しなら許されるが、それが目につき、大半になると詐欺となり、犯罪を構成する。

――そうやなあ。正直もええけど、下手をするとあれほどの間道、相手次第ではわたしの手に入らんかもしれまへんわなあ。

かれが胸の中で商売の〈算〉に答えたとき、どこからともなく日没の鐘の音がきこえてきた。

御所八幡の境内《けいだい》では、まだ手毬歌がつづいている。

「お母ちゃんに叱られるさかい、うち、もう帰るわ――」

お千代が遊び仲間にいい、身をひるがえしたが、手毬つきに夢中になっているお八重も、ほかの遊び友だちも、彼女が仲間の輪から離れたことに誰も気付かなかった。

――こっちにきましたで。

商いの〈算〉が永寿にささやいた。

「もうし、そこのお子――」

朱の鳥居をくぐってきたお千代に、永寿はためらいもなく声をかけた。

「おっちゃん、そこのお子とはうちのことか――」

お千代は子供なりに、相手が好人相の金持ちらしい姿であるのに安心して、警戒心を解いて答えた。

「そうやそうや、あんたのことやがな。お寺の鐘が鳴ったさかい、長屋にもう帰るんか」

「帰らへんとお母ちゃんに叱られるさかい。本当はうち、もっと遊んでいたいんやけど、うちにはお父ちゃんがいてへん。そやさかいお母ちゃんが心配しはるねん」

「そうかそうか。そのお着物《べべ》、お母ちゃんが縫うてくれはったんか」

「はい、そうどす。お母ちゃんにはいえへんけど、ほんまはうち、もっと赤い、きれいなお着物《べべ》きてみたいねん。お八重ちゃんはよう似合うてるいうてくれはったけど、ほかのみんなには、なんや年寄りじみて、じじむさい色のでんちやなあといわれてしもた」

「いや、そんなことはありまへん。お母はんが一生懸命縫うてくれはったええお着物や。そやけど、あんたがもっと赤いお着物をきたいのやったら、このおじちゃんが買《こ》うてあげまひょか」

かれは吉野間道ほしさのあまり、次第に悪人になってきた。

「そ、それ、ほんまか――」

お千代は幼い顔にぱっと笑みをうかべた。

「あんた、お名前はなんといいますのや」

「お千代、お千代いいますねん。お母ちゃんの名前はお袖。呉服屋さんに頼まれて縫い仕事をしてはりますさかい、おじちゃんが買うてくれはったら、お母ちゃんにそのお着物を縫うてもらいます」

「お千代ちゃんか、ええ名前やなあ」

「おじちゃんの名前もきかせとくれやす」

商売人の〈算〉が、この小娘は油断がならぬとつぶやいた。

「おじちゃんの名前か、そんなもんどうでもええがな。大黒はんか恵比寿《えびす》はんとでもしときまひょうな」

多賀屋永寿はふっくらした顔、いつも笑みを絶やさないため、人からこう異名されているのも事実であった。

「大黒はんか恵比寿はん。うちやったらやっぱり大黒はんの方がええなあ」

いつのまにか、お千代は永寿の術中に陥《おちい》っていた。

「お千代ちゃんはええ子やさかい、大黒はんがまずお正月のお小遣いをあげとくわ」

永寿は懐中から財布をとり出し、お千代に一枚の小判をにぎらせた。

二人はすでに三条高倉にむかい、歩きはじめていた。

「赤いお着物に一両小判、甘い物おいしい物、どれだけでも食べさせてあげまひょ。おじちゃんは大黒はんやさかいなあ」

呪文のように唱える永寿の言葉に、冷たい一両小判をにぎりしめたお千代は、陶然としたままついていき、やがて多賀屋の裏木戸をくぐった。

夕刻はみんな忙しい。多賀屋永寿が貧しい身形《みなり》の子供の手を引き、店の裏木戸をくぐる姿は、誰にも見られなかった。

数年前、永寿は妻に先立たれていた。

息子の卯之助は世帯をもち、別棟に住んでいる。永寿の世話は老女中のお定がみていた。

「大旦那さま、このお子、どこのお子さまどす」

老女中はお千代を一目見てたずねた。

彼女の貧しい身形に驚いた顔であった。

「まあどこのお子でもええがな。名前はお千代ちゃん。わけがあるさかい、急いで古手屋《ふるてや》からお着物を買うてきて着替えさせ、明日には改めて、もっとええお着物を仕立てて着せとくれやす。このお子になんでも好きなご馳走を食べさせてあげとくれやすなあ。店の者や卯之助には内緒にしておきなはれ」

その夜、お千代はお定に抱かれて眠った。

まるで竜宮を訪れた浦島太郎のような気持になり、母親のお袖が心配していることも、あまり気にかけなかった。

こうして吉野間道を、永寿は手に入れた。

翌日もお千代はお定にかしずかれ、お姫さまの気分ですごした。

多賀屋永寿が自分の悪事にやっと気付いたのは三日目。なんでも車屋町筋の長屋の子が、何者かにかどわかされ、行方不明になっていると、店の者からきかされたからである。

吉野間道への執着を、急に冷《さ》まさせられた永寿は、田村菊太郎兄弟が重阿弥に入った時刻、お定と二人でお千代の手を引き、深い悔悟の表情で、母親のお袖が待つ裏長屋の木戸をくぐった。

木戸脇に咲く赤い椿の花が、かれの厳しい決意をさらにうながした。

自分は名物裂を手に入れるため、甘言を弄《ろう》して幼い子供をかどわかしたのである。どんな極刑でも甘んじて受けよう。お千代の母親に詫《わ》びるため、永寿は三百両の金子《きんす》を持参していた。

金で詫びができるとは思ってもいないが、これだけの金子があれば、貧しい母子がともに一生食べていかれるはずであった。

「お母ちゃん、ただいま。ごめん、うち、このおじちゃんとこで甘えさせてもろうてましてん――」

お千代は家の表戸を開いて首をすくめてみせ、お袖にいった。

「お、お千代――」

お袖は、きれいな着物をきていきなり現われた娘の姿に驚き、つぎには裸足《はだし》で土間に飛び下り、彼女をひしっと抱きすくめた。

「お千代ちゃんのお母はんどすか。それに奉行所のお役人さま、わたしは三条高倉で湯葉屋を営む多賀屋の永寿ともうします。何卒、許しとくれやす」

かれは誘拐犯人からの連絡を待つため、お袖の家にはりこんでいた銕蔵輩下の同心と目明しにも詫び、土間に手をつき、それから両手首を二つに組み、同心の前にさし出した。

　使いがすぐ重阿弥にむかって走った。

「これがかどわかしになるかならぬか、わたくしには判断がつきかねまする。かどわかしといえばいえるが、そうでないと異議を唱えられれば、それも否定できませぬ。兄上どのはいかがおぼしめされまする」

　銕蔵にたずねられたが、明確な答えは菊太郎にも返せなかった。

　犯罪は明らかに構成されている。

　しかし多賀屋永寿を罪人と安易に決めつけることが、いったい誰に益を生むのだろう。永寿の温かい気持と悔悟の情だけは、はっきり認められる。

「幾分なりともわしが関わった事件ゆえ、多賀屋の身柄はわしの預かりといたし、とりあえず鯉屋の牢屋敷に入っていただくと、町奉行ならびに吟味方与力に伝えておいてくれ。お千代は多賀屋での暮しは、お姫さまになった気分だったともうしている。問題の吉野間道は、丁寧に風呂敷につつまれ、母親の手に返されてきた。三百両の金子は、お袖にありがたくもらっておけと、わしが強《し》いてすすめたとも伝えるのじゃ」

　菊太郎は銕蔵にいい、永寿の身柄を預かってきたのであった。

「まあ大晦日までの謹慎。三百両の金子は不問、あとはお構えなしとでもいたすかと、お奉行さまや上役衆が、評議のすえもうされました」

先ほど銕蔵が鯉屋に現われ、評議の顚末《てんまつ》を伝えていった。

鯉屋の牢部屋では、今朝も多賀屋永寿が正座して、「般若心経」を唱えているはずである。

菊太郎はこれから車屋町の長屋に出かけ、木戸の椿を一枝切ってこようと考えていた。

お袖は三百両の金子を、菊太郎を通じ鯉屋源十郎に預けた。吉野間道は永寿にいただいてもらうといっている。

彼女から三百両の使いみちにつき、改めて相談されたらどうすればよかろう。長屋の人々にも心配をかけた。あの長屋全部を、二百両ほどで家主から買い取り、みんなが持ち家とすれば、一番金子が生きてくる。

そうすれば、木戸の椿を誰が切り倒すこともなく、毎年見ることができる。

見事な一枝を切りとり、永寿の許に持参し、朗報を告げてともに酒をくむつもりであった。

――参考文献――

高橋美智子著「京都のわらべ歌」（柳原書店刊）

垢離《こり》の女

一

昨夜、京の北山に雪が降った。

三条大橋のたもとから遠い北をみると、鞍馬《くらま》や百井《ももい》あたりの山々が、うっすら白くなっていた。

「桜の蕾《つぼみ》がふくらみかけたいうに、なんと寒いこっちゃ。また火鉢《ひばち》に火入れなならんがな」

お信《のぶ》はそんな愚痴《ぐち》を町辻できき、勤め先の料理茶屋「重阿弥《じゅうあみ》」から、三条大橋東詰め、法林寺脇の棟《むね》割《わ》り長屋に小走りでもどってきた。

そして板戸を開けるより先に、皮膚の白くすけた耳朶《じだ》をそばだてた。

家の中はしんと静まり返っている。

代りに二軒先に住む鋳掛《いかけ》屋の重吉の家から、赤子《あかご》の泣き声が二つもひびいてきた。

――お清はいったいどないしたんやろ、やっぱりまだ独《ひと》りでは按配《あんばい》ようできへんのやなあ。

お清は今年七歳になるが、母親の苦労を眺めて育ってきただけに、八、九歳には見える。

だがいざとなれば、やはり年相応のことしか果せないのだろう。

それでも、ときどき長屋にくる田村菊太郎《きくたろう》から教えられる読み書きの覚えだけは早かった。

その菊太郎は公事宿《くじやど》「鯉屋《こいや》」の事件を手伝ってでもいるのか、ここ七日余り三条木屋町(樵木町《こりき》)、鴨川《かもがわ》ぞいの料理茶屋重阿弥に姿をみせていない。お信はなんとなく不安で、心も身体《からだ》も寂しかった。

赤子の泣き声の一つは、いつもきき馴《な》れている重吉とお松夫婦のやや児《こ》。もう一方は、まぎれもなく一昨日《おとどい》の夜、三条大橋の下に蹲《うずくま》っていた〈おけい〉の赤子だった。

お松が乳の出の止まっているおけいの子供に、胸乳《むなち》をあたえようとしている光景が、眼裏《まなうら》にひらめいた。

「ただいま、お清、お清はいてしまへんのか——」

お信は明りのもれる部屋の中に声をかけた。

「お母ちゃんか、おそかったんやなあ」

張り替えたばかりの障子戸がさっと開き、お清が急いで立ちあがってきた。

心細かった顔に、生気をよみがえらせた感じだった。

「おばちゃん、どないしてはります——」

土間に立ったまま、お信は障子戸の隙間《すきま》から奥をのぞいた。

「四半刻(三十分)ほど前まで起きてはったけど、またすやすや眠ってはるわ。うち一日中、お利口に看病と留守番してたえ」

お清は母親から褒《ほ》められるのを期待し、彼女に短く告げた。

「それはええ子やったなあ。それでおばちゃんには、朝、うちが炊《た》いといたお粥《かゆ》をちゃんと食べてもろうたんか」

「うん、おいしいおいしいゆうて、鯵《あじ》の干物もしっかり食べはったわ」

「それでおばちゃんのやや児は——」

「おばちゃんがお乳をあげようとしはっても、お乳が出んさかい、お松はんがかわいそうやいうて、つい先ほど家に抱いていかはった」

お清は幼い顔で、外の気配をさぐった。

いままできこえていた赤子の泣き声が、二つともぴたっと止まっている。

きのうと今日、お信は重阿弥に働きに出かけるとき、お清独りに留守をさせるのは心もとないとして、長屋の人々におけい母子の面倒見を頼んでいたのである。

「まだおばちゃんのお乳出えへんのやなあ」

お信が三条大橋の下から、無理強《じ》いに連れてきたおけいは二十一、二歳。美しい女だが、憔悴《しょうすい》がひどかった。だから生後間もない赤子を胸にかかえ、どうして夜、橋の下に蹲っていたのか、事情はまだ何もたずねていなかった。

春とはいえ、鴨川の川風は身体を凍《こご》えさせる。暗いそんな場所に、赤子を抱えて蹲っているには、よほど深い事情があるにきまっていた。

死と隣り合わせたその彼女に、身体に菰《こも》を巻き、頬《ほお》かむりをした飢狼たちが、あたりに鋭く目を配り、忍び寄っているところだった。

もし赤子がひもじいと泣く声に、お信が気付かず橋を渡りきっていれば、女に飢えた狼たちは、赤子を鴨川の流れに投げ棄《す》て、おけいを莚《むしろ》掛けの小屋に引きこみ、彼女の白い身体を思うままもてあそんでいただろう。

「こんな寒いところに待たせ、すまんかったなあ。お姉《ねい》が悪かったわ。堪忍え――」

赤子の泣き声を耳にしたお信は、三条大橋の欄干《らんかん》から身をのりだして下を眺め、大急ぎで彼女に近づき、飢狼たちにきこえよがしに叫んだ。

そして相手に有無をいわせず、法林寺脇の長屋へ連れてきたのである。

「何があったかしりまへんけど、あんた、真夜中ではないにしても、あんな場所に独りでいてどうなるかぐらい、わからしまへんのか。まさかやや児と死ぬ気どしたんとちがいますやろなあ」

彼女の腕から赤子を奪いとり、夢中で長屋にもどってきたお信は、相手を家の中に入れるなり、声をひそめて咎《とが》めた。

「お母ちゃん、どないしたん――」

驚いて出てきたお清の声をきくなり、彼女はわっと大声をあげて泣き、土間に崩れ落ちた。お信が胸にかかえた赤子は、死の瀬戸際に立つ母親の胸から離れ、やっと安心したのか、うとうと眠りかけていた。

「そんな土間に坐りこんだら、身体が冷えますえ。さあもう泣かんと、気を楽にして部屋におあがりなはれ。すぐ温かい食べ物をこさえてあげますさかい」

お信は語気をおだやかにしていい、わが子のお清に、おばちゃんに温かいお茶をといいつけた。

まず押し入れから布団を取り出し、赤子を寝かしつける。

数日の間、二人とも食うや食わずでいたことぐらい、一目見てわかっていた。竈《かまど》に急いで火を入れ、御飯を炊き、吸い物をつくる。赤子には重湯《おもゆ》をあたえ、また寝床にもどした。

生後四カ月ほどと思われる赤子は、よほど腹をすかせていたのか、お信が丁度《ちょうど》飲みごろにさました重湯を、がつがつといえるほどの勢いですすった。

最初、母親の方は、お信がすすめる御飯と吸い物、それに店の板場からもらってきた料理の余り物に、遠慮をみせていた。だが一旦、箸《はし》をつけると、まるで貪《むさぼ》るように食べつづけた。

「もっとおあがりなはれ。そうせんと、お乳が出えしまへんえ。このやや児に出もせんお乳をしゃぶらせてはりましたのやろな」

お信は彼女にやさしくいい、幾度も御飯のお替りをすすめた。

彼女は頬を涙でぬらし、重阿弥の余り物を忙しく口に運んだ。

「人間はお腹《なか》がすいてると、ろくなことを考えんもんどす。お腹がいっぱいになり、暖こうなれば、ええ思案も浮かんできますえ」

「すんまへん。見も知らんうちに、こない親切にしてくれはりまして」

彼女は塗《ぬ》りのはげた四脚膳に箸をきっちり横たえ、小声で礼をのべた。

やっと空《す》き腹がみたされたのか、青白い顔にうっすら血の気が浮いていた。

「何があり橋の下にいてはったんか知りまへんが、気持が落ちつくまで、ぼろ家《や》どすけど、いつまでもここにいてたらええのんえ。できることどしたら、どんな相談にも乗せていただきます。うちの世帯は、この娘の清と二人だけどすねん。身体が元気になるまで、ゆっくり気楽にしていなはれ。まず何より養生が大事どすえ」

さすがにお信は、自分には田村菊太郎という男がおり、この家にかれがちょいちょい訪ねてくるとはいえなかった。

「ご親切なお言葉、ありがとうございます」

彼女は手の甲で涙をぬぐって頭を下げた。

「そや、あんたお名前はなんといいますのえ」

それをきくのが何より第一だった。

「はい、けいともうします。やや児の名は定子《さだこ》、生れて四カ月目どす」

「おけいはんに定子はん――」

お信は小さくつぶやいて、あと口をつぐんだ。

赤子の名付けに妙なものを感じたからである。普通、なんでもない庶民《しょみん》なら、女の子の場合、春とかなつとか、簡単に一字名をつけてすませる。こうした慣例にしたがわない定子――の名付けが、お信に不審をいだかせた。

おけいと名乗ったこの若い女性は、きっと容易でない事情をもっているのだろう。服装は粗末なものではなく、帯などそれなりに凝《こ》ったものを締めている。また赤子をくるんだ衣も守胴着《もりどうぎ》も上等。言葉遣いもきちんとしており、美しい顔にはっきり聡明さがうかがわれた。

お信の不審を察してか、おけいの表情が堅くなった。

「まあ後のことは、気持が楽になってからぼちぼちきかせてもらいまひょ。今夜のところはまずゆっくりお休みなはれ。おけいはんが元気にならへんと、定子はんに飲ませるお乳が出えしまへんやろ。それが母親として肝心どすえ。定子はんのお守《も》りはうちにまかせとくれやす」

彼女はうなだれているおけいをせきたて、奥の部屋に横たえさせた。

重湯をたっぷり飲ませた赤子は、腰に手を当ててみると、お襁褓《むつ》をぐっしょりぬらしていた。

押し入れから使い古したお清の品を出し、お信は取り替えにかかったが、驚いたことに赤子が腰に当てていたのはお襁褓ではなく、おけいが自分の肌着の袖や着物の裏地を裂いた布であった。

おけいはいままで住んでいた場所から、赤子を連れて身一つで出奔《しゅっぽん》し、銭もないまま当てどもなく市中をさまよっていたのであろう。

その果てが三条大橋の下であったのだ。

当夜、母子は緊張がゆるんだのか、ぐっすり寝こんだ。だが母子をひろってきたお信母子は、目覚めるたびに隣室をうかがい、互いに寝不足のまま朝を迎えた。

翌日、お信は早くから起きだし、朝食と昼食、母子の食事の仕度をすませ、お清にこまかな用心をいい重阿弥に出かけた。

もちろん、長屋の人々にも事情を打ち明け、なにかあればと世話を頼んできた。

「おばちゃん、やや児に重湯をやり、一日中寝てばっかりやったわ」

その日、気をもんで早帰りしてきたお信に、お清がほっとした顔で一日のようすを知らせた。

部屋をのぞくと、おけいが半身を起し、お信にまた礼をいった。

「そんな堅苦しい礼などおやめやす。すぐ夕御飯の仕度をしますさかい、そのまま横になっていなはれ。お若いさかい、二、三日もすれば身体ももとにもどりまっしゃろ」

こうして二日目の夜がすぎ、今日は三日目だった。

「おかえりなさいませ。お世話になったままですんまへん」

彼女とお清の声で目を覚ましたのか、襖《ふすま》が開き、おけいが襟許《えりもと》を合わせ顔をみせた。

「いまもどりました。かましまへんさかい、どうぞ寝ておいやす。少しぐらいお元気にならはりましたか。うち先に重吉はんとこへ行き、定子ちゃんの様子を見てきます。夕御飯の仕度は、それからさせていただきますえ」

お信は店から持ち帰った重箱を台所におき、小走りで重吉の家に急いだ。

自分が料理茶屋で働いていることは、すでにおけいに語っていた。

「こんばんは、お信どす。すんまへん、面倒ばっかりかけて――」

お信は鋳掛道具を土間においた重吉の家をのぞき、まず重吉とお松に詫《わ》びをいった。

お松がおけいの赤子に乳を飲ませている。

重吉は卓袱台《ちゃぶだい》に坐り、夫婦のやや児源太は、布団の上で姉妹にあやされているところだった。

「お信はん、あんたこそ面倒をようみはってからに。このやや児、お乳の味を思い出したんか、いまも乳首を強《きつ》う吸うてますえ。こうして自分の乳をふくませていると、ほんまにかわいらしいやや児やわ。それでお母ちゃんの方はどうえ」

お松は胸にかかえた定子を眺めながら、お信にたずねかけた。

「今日も一日中、寝てはったそうどすわ」

「それにしても、おけいはんいうのは、どないな家のお人なんやろ。まだ若そうで、育ちもうちみたいに悪うなさそうやし——」

お松は昼間も乳を飲ませるため、おけいから定子を預かってきたのであった。

「さあ、どないな家のお人どっしゃろ。気持が落ちついたのを見計らい、たずねてみななりまへん。親兄弟がいてはったら、心配してはりますやろしなあ。やや児、お松はんのお乳を仰山《ぎょうさん》もらい、うとうと眠りかけてますがな」

お信はあどけない赤子の顔を土間からのぞきこみ、いただいて帰るとお松に礼をいい、彼女に両手をさしのべた。

「わしにできることがあったら、なんでもいうとくれやっしゃ」

重吉がお信に愛想をふりまいた。

二

寒気が去り、暖かくなってきた。

蕾をすくめていた桜が、にわかにほころび、早くもその開花がとり沙汰されていた。

田村菊太郎は重阿弥にくると、いつも自分の居間のように案内される鴨川沿いの離れに通され、昼間から酒を飲みはじめた。

なだらかな東山の山々に春霞《はるがすみ》がかかっており、藹々《あいあい》とした春の雰囲気が、濃くなりつつあった。

銚子《ちょうし》と鉢物を運んできたのは顔馴《なじ》染みの仲居。お信の姿は、二度目の銚子がきてもまだ見られなかった。

京都東町奉行所同心組頭・異母弟の銕蔵《てつぞう》が、相談してきた心中を装った厄介な事件に介入し、つい七日ほど重阿弥に来そびれていた。だが顔馴染みとはいえ、お信の不在をたずねるのは、身に覚えがあるだけにやはりはばかられた。

——お信の奴《やつ》、まさかこのわしに無断で、ここをやめたわけではあるまいな。

かれは盃《さかずき》の酒をぐっとあおり、東山の稜線を目でたどりふと思った。

江戸に去ったときいているお信の前夫清吉が、彼女と娘のお清に執着し、二人を京から連れ出したのではあるまいか。かれが心を入れ替え、もとの櫛《くし》職人にもどり、二人に世帯の苦労をかけない決意のうえなら、それも仕方がない。だが理不尽な拉致《らち》であれば許せない。不安が微醺《びくん》をおびた菊太郎の気持をざらつかせた。

しかしたとえ清吉の奴が前非を悔《く》い、お信に両手をついたにしてもだと、嫉妬《しっと》めいた気持が胸の中にわいてきた。

かれはまた銚子をつまんで酒を注《つ》いだ。

わしらしくもない。お信が自分の幸せと納得するのであれば、それはそれでよいではないか。菊太郎、およそつまらぬ嫉妬はおぬしに似つかわしくないぞよと、かれは自分を叱りつけ、東山の稜線に再び視線を投げた。

東山が南北に長くのびている。

山は大小、高低さまざまあり、東山三十六峰という。

後年、東山を一望できる三本木に居を定めた頼山陽《らいさんよう》は、号を三十六峰外史とも称した。

山が大小の峰をもつように、誰の人生にもいろいろな起伏がある。お信とのことも、その峰の一つにすぎないと思えばいいのだ。

この重阿弥の酒肴《しゅこう》も、自分の払いではない。銕蔵の妻奈々《なな》の実父「播磨屋《はりまや》」助左衛門が、すべて面倒をみての飲食であった。

清吉の目からすれば、生れや育ちは別にして、自分こそ碌《ろく》でもない人間に映るかもしれない。お互いどうせ破《わ》れ鍋《なべ》に綴《と》じ蓋《ぶた》、世帯をもとうではないかと提案した自分に、お信が首をよこに振ったのも、清吉とよりをもどすつもりがあってだったのではなかろうか。

菊太郎はまた疑心暗鬼におちいり、今度は銚子に口をつけて酒をあおった。

かれが銕蔵からの相談で関わった心中事件は、いま考えても胸糞《むなくそ》の悪い顛末《てんまつ》だった。

東本願寺門前、御影堂《みえいどう》筋にまずまずの店をかまえる仏具商「出雲屋《いずもや》」の手代宗助が、松原通りの岩不動脇に囲っていた妾《めかけ》のおたきと、相対死《あいたいじに》を図ったのである。

方法は縊死《いし》だが、宗助の方だけは、かれの素振《そぶ》りが不審だとしてあとをつけた一の番頭弥兵衛に助けられ、危《あや》うく一命をとり止めた。

『公事方御定書』第五十条は、相対死を行ない、二人が命をとり止めた場合、三日間晒《さらし》のうえ、身分を最下等に落とすと定めている。一方が死に損なった場合も同じだった。

宗助は妻子を持っていた。

店にも手堅く二十数年奉公し、調べによれば、暮しむきも堅実。そのかれにはおよそ似つかわしくない妾囲いと心中だった。

しかし、人間には内面と外面がある。

どんな善人でも、世間が悪ときめることを行なう可能性を濃厚に持っており、長く謹厳に暮してきた人間ほど、ときには途方もない過《あやま》ちを犯す。若いときの遊蕩《ゆうとう》はやむことがあっても、年をとってからのそれは底がなく、当人の命取りになるものだ。

事件は簡単に処理されそうだった。

ところが、その相対死に銕蔵が不審を抱《いだ》いた。出雲屋の帳面を調べても、宗助の横領、使いこんだ銭らしい数字がでてこない。おたきは銭のかかった暮しをしていた。衣装代だけでもばかにならないはずだった。

兄上どの——と不審を打ち明けられ、銕蔵輩下の同心福田林太郎と曲垣《まがき》染九郎を使い、菊太郎自身も調べてみた。すると死んだおたきは、実は出雲屋の当主八郎右衛門に囲われていたとの意外な事実が判明した。

最近かれは、贅沢三昧《ぜいたくざんまい》で出費が多く、ときにはあろうことか、若い男を妾宅《しょうたく》に引きこんでいるおたきに、嫉妬と愛想づかしという複雑な気持を抱いていた。

あげく、妾の存在を快く思っていない妻のおさんや、一の番頭弥兵衛の入れ知恵もあり、八郎右衛門は宗助に因果をふくめ、相対死を装わせたのだった。

宗助は西九条村の出身、両親が病気がちのため、妹が島原遊廓に身売りしていた。

その妹を身請《みう》けする金が欲しかったのと、たとえ社会で最下等の身分に落とされても、一、二年すれば、どれだけ金を積んでもきっともとの身柄にもどしてやるとの約束を信じたのだ。だからおたきを手にかけ、相対死に見せたのであった。

考えてみれば、これほど間尺《ましやく》に合わない行動はない。宗助はお上《かみ》の詮議《せんぎ》をあざむいたとして磔《はりつけ》のうえ晒、出雲屋夫婦と番頭は、宗助に殺人をさせたとして打ち首、出雲屋の家屋敷、家財はすべて没収されてしまうだろう。

八郎右衛門には二十六歳の息子がおり、家業を手伝っていたが、両親が起した事件は〈利欲〉にかかわる犯罪、どうしても闕所《けつしょ》（財産没収）はまぬがれなかった。

——すまじきものは道ならぬ嫉妬じゃ。まことに人事《ひとごと》ではないぞ。なあ菊太郎。

かれは自分にむかい、自嘲気味につぶやいた。

そのとき、部屋の外にきき馴れた足音がひびき、すんまへんと声がかかった。

「なんだ、お信さんではないか——」

菊太郎の胸のしこりが一気にとけ、暗い翳《かげ》をにじませた顔が、急にはればれとした。

「なんだとは、いうたらなんどすけど、なんというい い方どす。うちでは悪うおしたんか」

「いや、決してそうではない。わしがきたともうすに、お信さんが姿をみせぬゆえ、ついつまらぬ徒《いたずら》ごとばかりをあれこれ考えていたからじゃ。幽霊の正体見たり枯れ尾花、疑心は暗鬼を呼ぶのたとえもある。これでわしはほっといたした」

「幽霊の正体見たり枯れ尾花とはなんどす。誰が幽霊で、何が枯れ尾花どす——」

「まあ、さような説明はどうでもよいではないか。それよりわしに持ってきてくれたその熱《あつ》燗《かん》を、さっそく注いでくれまいか。そなたの顔をみたら、胸のつかえがさらっととれた」

「うちかて同じどす」

お信には、ほっとしたという菊太郎の言葉がうれしかった。かれの態度や表情などから、菊太郎の気持がおよそわかったからである。

「正午《ひる》がすぎれば店に客が少ないのは承知しているが、それにしてもどこに出かけていたのじゃ」

「はい、正午のお客さまが終りましたあと、ちょっと急いで家にもどっておりました」

お信の言葉遣いが、以前よりいくらか改まっていた。

かれに世帯をもとうといわれていたからだ。

「お清どのの工合がどこか悪いのか——」

菊太郎は彼女が注いでくれた盃を、口に運ぶのを途中で止め、お信の表情をうかがった。

ここしばらく、重阿弥にも法林寺脇の長屋にも訪れなかった自分をちょっと悔やんだ。

「いいえ、そうではございまへん。貰《もら》い乳に行ってたんどす」

「なに、貰い乳だと――」

　驚いた顔で菊太郎が返問した。

「はい」

「その貰い乳、誰の子にじゃ。まさかお清どのではなし」

「久しくお姿をお見せになりまへんと、うちのまわりにも少々の異変ぐらい、そら起きてきます。いまうちの家に、乳飲子をかかえた女子《おなご》はんがいてはるのどす。居候《いそうろう》いうたらよろしゅうおすのやろか。もっとも、うちが無理にお連れしたお人どすけど。そうでもせなその女子はん、やや児を抱え、鴨川に身を投げてはりましたやろ」

　お信は菊太郎の顔をみつめていった。

　おけい母子のことを考えれば、久しぶりに会った菊太郎の胸にすぐ甘えられなかった。

「やや児を抱えた女、鴨川に身投げなどと、およそ話が穏《おだや》かではないなあ。貰い乳はそのやや児のためか――」

「仰《おお》せの通りどす」

　返事をしながら、お信は銚子に手をそえた。

「母親の乳が出ぬのだな」

「はい――」

菊太郎がもつ盃の縁で、お信が注ぐ銚子の口が、かちゃかちゃ音をたてた。

鋳掛屋の重吉は、ときには、乳飲子の源太を背中に負ったお松をともない商いに出かける。そのためと、自分の子に乳をやっている同じ女性から、幾日も貰い乳はできず、定子はいつもひもじがっていた。

しかし、重湯をやっても嫌がって吐きだした。

おけいの健康の回復はまだはかばかしくなく、お信は重阿弥の板場に頼み、前日から店の暇なおり家にもどり、近所まで貰い乳に走っていたのであった。

そうした話の合間、彼女は三条大橋の下から、おけい母子を長屋に引きとってきた経緯《いきさつ》も、菊太郎に語ってきかせた。

「何をたずねても、身許や事情を語ろうとしないのじゃな」

「はい、それだけはお許しくださいといい、無理にきき出そうとすると、黙るか泣かれるのには、うちも往生してしまいます。それでこれからどうおしやすおつもりどすとたずねたところ、身体の工合が回復しだい、ご一緒の店で働かせていただけませぬかと、手をついて頼まれてしまいました。田村さま、いかがいたせばよろしいのでございましょう」

「さような話、わしにも返答ができかねる。いや、腑《ふ》に落ちぬともうした方がよかろうな。夫婦喧嘩《げんか》のすえ家を出てまいったようすでもなし、さりとて、なんぞ罪を犯して逃げている

わなあ」
「ともかく当人をなだめすかし、いくらかでも事情をきき出さねば、あとの始末ができまい
「お人柄からして、とてもさようには考えられしまへん」
工合でもない」

菊太郎は盃を膳にもどし、腕を組み思案の体《てい》になった。

おけいという女には、おそらく深い事情が隠されているのだろう。

乳飲子をかかえ料理茶屋で働くのは、相当覚悟していても、容易ではなかった。

お信の場合は、桶屋《おけや》に嫁いだ姉が近くにおり、その助けを借りて子育てが果せた。

そのうえいまは、自分という人間が彼女を見守っている。

「厄介な荷物を拾うてきたとは少しも思うてまへんけど、それにしてもおけいはんの口の堅いのには、ほんま困ってます」

「当人には当人の事情があるのだろう」

「田村さまは気楽にいわはりますけど――」

「けどとはなんだ」

「少し憎らしおす。おけいはんがこのまま居候してはったら、うちの長屋へ田村さまにきていただけしまへん」

お信はぽっと顔を赤らめ、意を決して菊太郎の胸にしなだれかかった。

「なるほど、そういうわけか――」

かれは左腕でお信を強く抱きよせた。

彼女の甘い匂いが、菊太郎の気持をかっとそそった。

「それにしてもそのおけい母子、妙な工合だなあ」

部屋の外の気配をうかがい、菊太郎は小声でつぶやいた。

誰に何をきかされ、気を利かせはじめたのか、菊太郎の部屋にお信が付くと、重阿弥の人々はそこに近づかなくなっていた。

「ほんまにそうどっしゃろ」

菊太郎の男らしい身体つきがお信の頭をほてらせ、短な声が乾いていた。

「そなたに会いたかった」

「うちかて、そうどす」

「それが銕蔵の奴から不粋《ぶすい》な相談をうけてなあ」

「鯉屋の公事ではのうて、町奉行所のお手伝いどしたん」

「そうだ。手伝うてやれば銕蔵の面目もたち、鯉屋も奉行所でなにかと顔がきくようになる。わしはなにしろ鯉屋の居候、これも身すぎ世すぎと考えれば、動かぬわけにもいかぬわい」

かれはさりげなくいいながら、お信の襟許に手をさし入れ、彼女の胸をまさぐった。

「こんなところで、お人に気付かれたらご身分にさわります」

「身分などわしはとっくに棄《す》てている。そんなもの、いまのわしには無用だ。お信さんとお清どの、二人さえいれば、ほかに何も欲しいとは思わぬ」

「うち、田村さまが好きどす」

「さようにもうしながら、わしと世帯を持つとはいわぬではないか——」

「好きと世帯をもつのとは別物どす。うちみたいに料理茶屋で働いている女子と、田村さまが世帯を持ったら、お身内の方々がきっと騒がはります。何事も知っていて知らぬ顔、それですぎていくのが、一番よろしゅうおす。まだ田村さまにお知らせしてしまへんどしたけど、お店の旦那さまとお店《たな》さまが、うちの給金をいままでの倍にしてくれはり、好きなときにお休みを遠慮なくとりなはれといわれてます」

お信は息をはずませ、菊太郎にささやいた。

京都のそこそこの商家では、女主はお店さまと呼ばれていた。

重阿弥の主《あるじ》は彦兵衛、女主はお佐世《さよ》という。夫婦は上得意の播磨屋助左衛門に耳打ちされて、菊太郎とお信の仲に気付き、かれの意向をうけ、お信に特別な計らいをしたのであった。

もちろん、金は助左衛門の懐《ふところ》から出ていた。

異母弟の銕蔵などに、そんな粋《いき》な計らいができるはずがない。さりとて、鯉屋源十郎の差し金とは考えられず、菊太郎の胸裏には、すぐ銕蔵の妻奈々の父助左衛門の悠揚《ゆうよう》とした顔が思い浮かんできた。

厚情の工作は、かれにきまっている。

「なるほど——」

「田村さま、なにがなるほどでございます」

口を結んだまま微笑するかれに、お信がたずねた。

「この重阿弥の主夫婦に、そんな指図ができるのは、播磨屋の親父どのぐらいしかおるまい。あのご仁《じん》なら、酸いも甘いも噛《か》み分けておられるわい。といたせば、安んじて主夫婦のもうし出を受けておくがよかろう。お信さんのようにいくら真面目な働き者でも、深い縁もゆかりもない奉公人に、さような慈悲を誰がかけよう」

「さようでございましょうなあ。そんな言葉に甘え、いまも長屋を見に行ってまいりましたけど、田村さまから事情をきかされると、なんやうち、気持が重うなってきます」

「それくらいの計らいで、気持を重くいたすこともあるまい。わしは銕蔵のため、十二分に役立っておる。強《し》いていえば、その報いであり、それを辞しては助左衛門どのものがっかりいたされよう。相手にも快いよろこびをあたえてやらねばなあ」

　播磨屋助左衛門は、自分とお信の関係に気付き、中風《ちゅうふう》で寝ついたままでいる父次右衛門の気持を考え、気配りをしたにちがいなかった。

　家督を異母弟にゆずるため放蕩《ほうとう》を装って出奔したとはいえ、今度は料理茶屋の仲居と世帯をもつと菊太郎がいい出せば、次右衛門はまた癇癪《かんしゃく》を破裂させるにきまっていた。

　菊太郎を祇園《ぎおん》の茶屋娘に産ませたかつての自分の過ちは別にして、とかく病《やま》いの床につく老人は、外聞にこだわるものだ。

　ともかく助左衛門の粋な計らいで、お信の暮しもぐっと楽になるだろう。

　それにつけても、お信が三条大橋の下から連れもどったという女とやや児について考えると、お信を抱く菊太郎の腕に力が入らなかった。

「田村さま、いかがしはりました」

　お信が顔に不安をきざんでたずねた。

「いや、どうもいたしておらぬ。ただ、いまお信さんが預かっているという母子、なぜか気にかかってならぬのじゃ。これは同じ公事宿の『蔦屋《つたや》』の帳場に、源十郎の奴が世話をした浪人土井式部《しきぶ》どのと、酒を飲んでいていてきいた話だが、つい六、七日前、蔦屋に妙な相談が、大坂・堂島に大きな米問屋を構える店の主から、持ちこまれてきたというのよ」

「土井式部さまともうされるのは、淀《よど》藩ご浪人の方どしたなあ」

土井式部は、菊太郎が二度ほど重阿弥に連れてきていた。

「おお、その式部どのじゃ」

公事宿の蔦屋に相談をもちこんできたのは、堂島の米問屋「阿波屋」岩蔵。なんでも、一人息子の久之助と関係のあった女に付けてやった手切金三百両を、女の養父《やしないおや》に当る堀川・姉《あね》小路《こうじ》の染屋「中田屋」八十助《やそすけ》から、取りもどせないかとの話だという。

「女子はんに付けた手切金を、養父からもどさせるとは、いったいなんでどす」

お信はなにかしら、おけいと定子母子に関係があるのではないかとふと思った。

菊太郎の胸から離れて真顔になった。

「鯉屋にもちこまれた出入物ではないゆえ、仔細《しさい》はききもらしたが、式部どのは公事の双方とも互いに強欲で身勝手。二人の間にはさまれた女子と子供が、いかにも哀れじゃともうされていた」

「田村さま、蔦屋さまが相談をうけられたその公事のこと、もっとくわしくたずねていただけしまへんやろか――」

お信は急に冷静な表情にもどり、菊太郎に頼んだ。

気のせいか、あのおけいに何か関わりがありそうに思えてならなかった。

三

火鉢の五徳《ごとく》にのせた土瓶《どびん》が、湯気をあげている。

おけいに飲ませる煎《せん》じ薬だった。

「おばちゃん、うち、定子ちゃんを背負うて外で遊んでくるわ。その方が安心して寝てられまっしゃろ。お店へ行かはったお母ちゃんも、そうしたらええいうてはったし。うち、一遍《いっぺん》でええさかい、やや児を背負うてみたかったんえ」

貰い乳をすませて満腹したせいか、機嫌のいい定子の顔を、お清は上からのぞきこみ、横に臥《ふせ》るおけいにせがんだ。

彼女の身体の工合はまだ良くなかった。

青白いその顔がお清にかすかに微笑んだ。

「お母ちゃんが子守帯を出しておいてくれはったさかい、うちの背中に負わせてえな」

お清は子守帯をもってくると、おけいに背中をむけた。

「お清ちゃん、すんまへん」

「おばちゃん、うちに謝ることなんか、なんにもあらへんえ。よその子が、妹や弟の子守りをして遊んでいるのを見るたびに、うちうらやましいなあと思うてたんやねん。そやけど、うちには妹も弟もいてへんさかい、あきらめてたん。でもそれができるようになって、よかったわあ」

お清はおけいが寝床から膝《ひざ》で立ちあがり、定子を背中におぶせてくれるのを振りむいて眺め、うれしそうな顔でいった。

幾分、定子の姉になった気分だった。

定子がお清の背中にしっかり負われた。

子守帯の紐が、彼女の前で堅く結ばれる。

「ほんなら外で遊んでくるわ」

「気をつけて行ってきなはれ」

「おばちゃん、そないな心配そうな顔せんかて大丈夫や。転んだりせえへんさかい」

お清はおけいを安心させ、家の表に出ていった。

しばらくあと、長屋の外から子供たちの騒ぐ声がきこえてきた。

つぎにまたしばらくおき、歌声が起った。

「坊《ぼん》さん坊さん、どこゆきやる。この橋とおって酢《す》う買いに。わたしも一《いっ》しょに、連れしゃんせ。女の道連れ、じゃまになる。かんかん坊主、かん坊主、うしろの正面どなた」

子供たちが手をつなぎ、〈人当て鬼〉をしているのだった。

こうした歌は俗に、〈鬼遊び歌〉ともいう。

有名なものでは「京の大仏つぁん」がある。

参考のために紹介してみよう。

「京の京の、大仏つぁんは、天火《てんび》（雷火）で、焼けてな、三十三間堂が、焼けのこった。アラ、どんどんどん、コラ、どんどんどん。うしろの正面、どなた」

地方でも「坊さん坊さん」の人当て鬼は知られ、京都にもこの歌はあるが、京都では歌の最後を決して「だあれ」とは唄わなかった。

どんな子供でも、必ず「どなた」というのである。

それが京ぶりでもあるのだろう。

定子を背中に負ったお清が、得意そうに仲間と手をつないで遊んでいる。

枕に項《うなじ》をあずけたおけいの胸裏に、子供たちが楽しそうに唄って遊ぶ姿がうかび、それが自分の幼い時代の姿に重なった。

おけいは誰の子ともわからない棄て子だった。

彼女を西本願寺脇で発見したのは、堀川・姉小路の染屋中田屋で働く染め職人の安五郎とお勢《せい》。夫婦には子供がなかったため、二人は棄て子に〈お恵《けい》〉の名をあたえ、神仏からの授《さずか》りものとして大切に育てた。

ところが、おけいが六歳の夏に大火があり、病気で臥っていたお勢を助けようとして、安五郎は火の海にとびこみ、夫婦とも焼死してしまった。

「安五郎や女房の身内でも、おまえを育てられへんいうてます。こうなったらしょうがありまへん。安五郎は若いときから中田屋に奉公してきたことやし、うちで養うてやりまひょ。そやけど、おまえは棄て子どしたんやさかい、これはわたしのお慈悲とお思いや――」

中田屋八十助は幼いおけいにいいきかせた。

自分が棄て子だったことは、両親からではなく、世間の口からおけいは薄々きかされていた。

突然、両親を失い、呆然自失《ぼうぜんじしつ》していた彼女は、八十助からそれを明白に知らされ、やっぱりとさらに悲しみを深めた。

哀れな自分をわが娘のように育ててくれた仮りの両親《ふたおや》。涙がとめどもなくあふれた。

安五郎とお勢の親戚が、自分を引きとるのを渋るのも当然だった。

「おまえ、わたしのいうことに不服はないやろなあ」

利休茶の薄物をきた中田屋八十助に、おけいはこくんとうなずいた。

「ああ、かしこいなあ。ほんなら今日からこの中田屋の子や。そやけど、どこの世帯でも只《ただ》で御飯を食べさせるわけにはいかんさかい、台所で働いてもらいますえ」

八十助は顔に笑いをにじませていい、台所働きのお勝におけいを預けた。

そして台所だけでなく、仕事場の手伝いもやらせなはれと命じた。

かれは一文の銭も支払わず、誰に遠慮もなく、正々堂々と幼い奉公人を手に入れたのである。

おけいは中田屋の物置小屋で寝起きさせられた。朝は暗いうちから起きだし、水をくみ、台所仕度を手伝わされる。

染め場の職人たちからも追い使われ、八十助の子供たちの子守りもさせられて暮した。

安五郎が生きていたころ、優しい言葉をかけてくれた店の職人たちも、まるで掌《てのひら》をひるがえしたように冷たかった。

いままでおけいちゃんといっていたかれらは、以後、おけいと自分を呼び棄てにした。

そんななかでも彼女はすくすく育ち、十七歳になった。

さすがに八十助も、彼女を女中部屋に移していた。

「おけい、このごろやけに色っぽくなってきたやんけ――」

彼女がどうして中田屋で働いているのか、すべてをきいている若い職人たちが、おけいに軽んじた口調でいい、尻に触れたりする。

「きたならしいそんな手で、うちにふざけんといてんか。うちが棄て子やったと侮《あなど》ってはるんやろけど、それはうちのせいやないさかいなあ。昔のことをいうたら、あんたたちのお父ちゃんやお母ちゃんかて、棄て子やったかもしれへんし、もっと昔々のことをいうたら、どなたはんでもどこの馬の骨かわからしまへんやろ。京のお土居を造らはった太閤《たいこう》はんは、尾張の百姓の子どした。お釈迦はんはありがたいお経の中で、人間は生れなどどうでもええ、人間は行ないや考えによって身分がきまるのやというてはりますえ。やらしいことせんと、上手に一枚の布でも染められる職人になってから、うちのお尻《いど》にさわってんか――」

おけいは自衛のため、辛辣《しんらつ》な口をきいた。

だが本当の彼女は、日々多忙、過酷な生活の中で育ったというのに、気持は優しく、他人の立場に立って物事が考えられ、かつ利発だった。

主の八十助が自分に慈悲をかけたように装い、実は無法に働かせてきたことぐらい、しっかりわかっていた。

奉公人ではないため、自分には年季がない。しかし二十歳《はたち》をすぎたら、この中田屋から出て行こう。どんなに恩知らずと罵《ののし》られても、そのときだけは世間が自分に味方してくれるだろう。

中田屋八十助は、堀川筋の紅染仲間（組合）の年寄を務めていたが、強欲で同業者ばかりか、奉公人の間でも評判が悪かった。

おけいは将来、人の子の親として立派に生きるため、自分で文字を習い、店の使いで外を歩くときには、よその店の看板などを見て、漢字の読み書きを独習していた。

そして二年前、石門心学《せきもんしんがく》を修《おさ》める目的で、大坂から京の「明倫舎」へきていた阿波屋の一人息子久之助と知り合ったのである。

石門心学は町人の実学《じつがく》。貞享《じょうきょう》二年（一六八五）九月、丹波国桑田郡東懸《とうげ》村に生れた石田梅《ばい》岩《がん》（通称勘平）によって興《おこ》された。

かれは十一歳のとき、京へ奉公にでた。

事情があり、数年で丹波にもどったものの、二十三歳のとき再び上洛し、上京の商家黒柳家に奉公する。ここでの奉公は二十年におよび、その間、寸暇《すんか》を惜しんで読書につとめ、諸家の講釈をきいた。そして市井《しせい》の隠者小栗了雲《おぐりりょううん》と出会い、哲学的思索を深めていったのであった。

当時、士農工商の四民は、一つの有機体としてとらえられ、各身分の人々は、自らの立場をよくわきまえ、それぞれが社会的機能を正しく分担するとの論理道徳を通じて、身分制が堅持されていた。だから正直、勤勉、倹約が最高の徳目とされていた。

だがこの儒教《じゅきょう》にもとづく身分制は、商業資本の活動が活発になるにしたがい、内側から崩壊してきた。世の中が落ちつくにつれ、商人が〈運世〉の指導権をにぎったのだ。

これに対して「農本商末観」や「商抑論」がおこった。

農は国の本《もと》、世の中を支える基盤をなしている。幕藩体制の為政者《いせいしゃ》たちは、かれらを搾取《さくしゅ》するためにも、一面ではかれらを重視していた。

しかし一方、町人たちの商業活動は、利益をあげれば非難され、かれらが社会的に立つ瀬はなかった。

石田梅岩の学問は、現実社会の身分秩序を肯定したうえで、〈町人道〉の主張と確立を求めるものだった。

かれが唱えた石門心学の全体を簡略に説明すれば、「売利を得るのは商人の道なり」、また「利を取らざるは商人の道にあらず」「商人の売利は士の禄に同じ」と、世の中からいつも誹《ひ》謗《ぼう》されている商人たちに、自分の営為を正しく認識させるものだといえよう。

かれは商人こそ近世社会を強く支え、農民と同等に確固とした社会的役割を果していると説き、商人たちに自己の存在に自信をあたえ、経営哲学の道まで示した。

享保十四（一七二九）年、かれは四十五歳のとき、車屋町通御池上ル東側の自宅で、初めての講義を開いている。

自分たちが生きる徳目を求めていた商人たちの間に、かれの説く商人哲学はたちまち人気をよび、その死後、梅岩の学問と思想を受けついだ門弟たちによって、石門心学は隆盛の道をたどる。

　なかでも京の「近江屋《おうみや》」源右衛門は、家業を子に譲って隠居するや、名を手島堵庵《てじまとあん》と改め、富小路三条に「五楽舎」、五条東洞院に「修正舎」、千本今出川に「時習舎」、三条河原町に「明倫舎」、五条の伏見街道に「恭敬舎」を開き、本格的に町人の教化をはじめた。

　心学の教化普及は、すぐれた門弟によって全国におよんでいたが、手島堵庵はその主流とされ、西国から洛中の各舎に入門する商家の若者が少なくなかった。

　大坂・堂島の米商阿波屋の嫡男久之助も、その一人であった。

　かれとおけいの出会いは、彼女の向学心がもたらせたといえよう。

　その日おけいは、店の用達しを終え、寺町三条を西にむかい、小走りに歩いていた。

　中田屋にもどり、夕御飯の仕度を急がなければならない。あれこれ手順の一つひとつを胸に浮かべていた。

　寺町三条の一筋東は河原町、その東に高瀬川が流れており、木屋町筋をへて三条大橋となる。

　粗末な膝切りをきたおけいの足が、富小路まできてはたっと止まった。

　前方の右側に、自分の読めない文字を刻んだ木看板をみつけたからである。

これまでたびたび三条通りを歩いていたが、この木看板を目にするのは初めてだった。

店を開いてほどないらしく、店構えも御足袋《おんたび》狛屋《こまや》——と刻んだ木看板も新しかった。

「おんたびの字は読めるし書きもできるけど、その下の字はなんやろ。猿ではなし、猫でもなし、妙な字やなあ」

彼女は小さく口に出してつぶやいた。

目を木看板に釘付けにしたまま立ちすくんだ。

当の文字が読めないときは、通りがかりの誰にでも遠慮なくたずねる。聞くのは恥しいことではないというのが、彼女の信念であった。

この方法で、おけいは文字を学んできたのである。

「ちょっと教えてほしいのどすけど——」

ちょうど通りかかったのが阿波屋の久之助。かれは二十一歳。三条河原町の明倫舎から、止宿先の三条室町の長屋にもどるところだった。

「お女中どの、なんのご用でございましょう」

書物を包んだ風呂敷包みを左の小脇にかかえた久之助は、若い女性からいきなり声をかけられ、幾分、顔を赤らめて、歩みを止めた。

かれの身形《みなり》は商人風だが、言葉遣いはそうではない。おけいの方も戸惑った。

「へえ、ご存知どしたらお教えしてほしいのどすけど、あの文字はなんと読んだらよろしゅうおすのやろ。御足袋と屋の字は読めますのやけど——」

おけいは狛屋の木看板を指でさしてたずねた。

「おお、あの獣《けもの》へんに白と書いた文字ですか。お女中どの、あれは神社の社殿の両脇にすえられている狛犬《こまいぬ》の狛《こま》の字でございますよ。狛は朝鮮の高麗とも書きます。中国文字の影響をうけ、わが国で生じた文字とかで、狛犬は昔、宮中の門扉や几帳《きちょう》、屏風《びょうぶ》などが揺《ゆ》れるのを止めるため、用いられたときいております。店の屋号は、普通多くご当主の出身地を当てますが、狛の屋号は珍しいものです。山城《やましろ》国と大和《やまと》国の境に、狛ともうす地名がありますゆえ、ご当主はあるいはその狛のご出身なのかもしれませぬ」

余分なことまで解説しながら、久之助はおけいの粗末な姿をしみじみと眺めた。

利発そうな顔が、「こま犬のこま」とつぶやき、かれの目前でうなずいた。

久之助には一目で、向学心に燃える貧しい家の娘だと察しられた。

「こまと読むのどすか。お急ぎのところをお引き止めしてすんまへん。ありがとうございました」

おけいは久之助に深々と頭を下げ、ご無礼いたしましたといい、また西にむかいかけた。

「お女中どの——」

今度は久之助がおけいを呼び止めた。

貧しい身形だが、自分の読めない文字を、通りかかった人物に恥じらいもなく教えてほしいと乞《こ》えるのは、只者ではない。泥中の蓮《はす》とは、きっとあんな娘をさしていうのだろう。

かれの頭にかっと血がのぼった。

自分の妻にするなら、あんな女性がよかった。

相手がどんな素性《すじよう》の娘か、そんな世俗のことなどどうでもいい。身形から貧しい暮しをしているにきまっているが、襤褸《らんる》を被《き》て玉を磨いているその姿が、久之助の目にはとても美しく映った。

「うちどすか——」

おけいはふり返り、久之助の声に応《こた》えた。

文字をたずねた若者から、反対に声をかけられ、戸惑いを深めた。

妙齢の女としての恥じらいを、そのととのった顔にやっと浮かべた。

「そうです。ちょっとゆっくりお歩きになりませぬか。名は久之助。わたしは三条室町に仮り住いいたし、河原町の明倫舎という学堂に通うております。家は大坂ですが、そなたさまはどこにお住いで、お名前はなんともうされますか——」

自分の方から初めて若い娘を呼び止め、名前と住所をたずねているだけに、久之助はすでに赤面していた。

父親の岩蔵は一文の銭でも惜しむ吝嗇漢《りんしょくかん》。商人に金がないのは、人間に首がないのも同然というのが口癖だった。

それは商人として当然の理だろうが、裕福な中で育った久之助は、そんな父親とは全く別な人格をつくり、若いだけに純粋でもあった。

かれが教えをうけている石門心学の『斎家論《さいけ》』は、世間一同和合し四海の中皆兄弟なるがごとし――と説いている。

財をもつ人間には、品性、理性、深い教養がいり、さらに慈悲の心が必要だと、久之助は思っていた。

どれ一つが欠けても、蓄財は一時期、やがてはさまざまな形をとり、笊《ざる》で水をすくうように掌の中から取りこぼす。父親にさからったことは皆無だが、常々から内心こう考えている久之助だけに、貧富の差など問題ではなかった。

かれはおけいに一目惚《ぼ》れしたのである。

「うちの住いと名前どすか」

おけいの声が、久之助の耳の奥に、びっくりした響きをもってとどいた。

「は、はい、さようでございます」

久之助は自分が何をたずねたのかはっきりした覚えのないまま、喉をごくりと鳴らした。

聡明な目が久之助の顔をじっと見つめた。

相手は自分をからかう中田屋の職人たちとは、どこかちがっている。

真摯《しんし》なものが無言のうちにおけいの胸をたたき、彼女の顔もまた赤く染まった。

通りがかりの人々が、妙な取り合わせの二人を、しみじみ眺めてすぎていった。

「黙ったままわたしを見ないで、せめてお名前だけでもおきかせくださいませぬか」

久之助の改めての問いに、おけいは自分の名前と奉公先を率直に答え、二人は自《おの》ずと肩をならべ西に歩きだした。

それが二人の出会いだった。

数カ月の期間がすぎ、おけいと久之助は熱く身体を合わせた。

だがそれを、久之助の世話をみる通いの老女が大坂の阿波屋に知らせたため、大坂から早駕籠《かご》が駆けつけてきた。

「あんさんとこの下女が、阿波屋の大事な跡取り息子を、色仕掛けでまどわせましたのやがな——」

岩蔵が中田屋に乗りこみ、八十助にわめいたのであった。

「そんなこと少しも知りまへんどした。ちょいちょい居んようになると、不審には思うてましたけど、そないな不埒をしてたんどすか。そら許せしまへん。どうぞ堪忍しとくれやす。おけいをここに呼び、阿波屋の若旦那と手を切れと、わたしの口からきつういいきかせます」

ところがおけいは、すでに久之助の子を懐妊していた。

いくら久之助が惚れていても、彼女を阿波屋の嫁に迎えるわけにはいかない。久之助は強引に大坂へ連れもどされたまま、岩蔵と八十助の間で相談がまとめられた。

結果、八十助はおけいと生れてくる子供の養育料として、岩蔵から三百両の金を受けとったのである。

中田屋八十助は大坂へのきこえをはばかり、おけいが産み月を迎えるまで、懐妊の身体を大事にさせた。だが彼女が定子を産むと、態度を豹変《ひょうへん》させ、再びもとの下女として働かせはじめたのである。

定子――の名は、おけいと久之助が生木を裂くように別れさせられる以前、生れてくるのが男の子ならこの名、女の子ならこの名と、二人で考えたものだった。

――この子さえいれば、うちはなんとか生きていける。

だが定子が四カ月を迎えたつい十日ほど前、大坂の堂島から、阿波屋の番頭が息をきらし、中田屋へ現われた。

「いきなりなんでございまっしゃろ」

阿波屋の番頭と八十助の話をきき、おけいは大事にしまっていた着物をいそいでまとい、定子を抱き中田屋を飛び出した。

おけいと無理に別れさせられた絶望から、久之助が自殺したのである。

阿波屋の番頭は主の先駆けとして、おけいが産んだはずの子供を、大坂へ引きとらせていただきたいともうし入れにきたのであった。

おけいは数日、京の町中をさすらったすえ、お信に助けられた。

「定子ちゃん、いい子やねえ。お母ちゃんおねんねしはったやろか」

家の外から、お清の定子をあやす声がとどいてきた。

両目からあふれてくるものを、おけいは布団の縁でぬぐい、くるりと土間に背をむけた。

四

「兄上、かような所ではいかにも——」

田村銕蔵が非難がましい声をもらし、異母兄の菊太郎を見上げた。

場所は公事宿蔦屋の奥座敷。広い床の間に、与謝蕪村《よさぶそん》と覇《は》をきそった池大雅《いけのたいが》筆の大幅「武陵桃源図」がかかっていた。

「ばか者、何を考えることがある。中田屋や阿波屋ごとき卑劣漢。銭亡者《ぜにもうじゃ》たちは斬《き》るべきじゃが、せめてもの慈悲をかけ、かような場所で会い、話をつけるのよ。白洲に引き出し、奉行に糺《ただし》（審理）を行なわせれば、わしとお信の舌先三寸で、あの銭亡者たちは過料（罰金）どころか、闕所にもなりかねぬのだぞ。この一件は色恋沙汰に端を発しているとはもうせ、なにしろ中田屋と阿波屋の行ないは、いずれも利欲からじゃ。細《こま》かな糺がいたされれば、両人とも身勝手ないい分で奉行を騒がせたとして、ただではすむまい。一人息子が死んだ、店の跡を継ぐ者がいなくなったゆえ、銭までくれて手を切らせた女子の子供を引きとりたいだと。あまつさえ母子の行方が知れぬとわかると、養育料を返せとは、銭亡者にしてもほどがある。また中田屋も輪をかけた悪人。幼いおけいを言葉巧みに引きとり、店でこき使ってきた経緯《いきさつ》や歳月を考えれば、これはかぎりなく拐《かどわ》かしに近いともうせよう。町奉行所に信頼の厚いわしが、ひねくれた言葉を二つ三つもらせば、両人とも打ち首にもなりかねぬ事件じゃ。蔦屋の座敷で決着をつけてやるのは、わしのせめてもの計らいだとは思わぬか。なんなら両人が姿をみせたところで、わしが奴らの襟首をつかみ、奉行所へ連れていってもいいのじゃぞ。わしは少々行儀が悪く無軌道だが、それができるぐらい東西の奉行はもちろん、吟味方や公事方与力たちをまるめこんでおる。これは手っとり早い内済（和解）のための場所だと思えばよいのじゃ。両人ともわしを素浪人とあなどり、甘く見てきたら、そのまま斬ってすててやる。そなたもさように心得るのじゃ」

菊太郎は刀の鐺《こじり》を青畳につき立て、怒気をにじませ、大声で銕蔵に長口舌《ながこうぜつ》をふるった。お信から頼まれて土井式部に会い、ついで蔦屋の主太左衛門に詳細をたずねた。するとしだいに事実関係が知れ、おけいが問題の渦中の人だとはっきりわかってきた。

「黙っていたらどうにもならしまへん。いま実はこないな工合になってますのえ」

おけいにむかい、お信が一切の経過を告げた。やっとおけいの口がほころび、彼女は嗚咽《おえつ》をもらしながら、すべてをお信と菊太郎に打ち明けた。

「ゆうたら銭は世間の垢《あか》みたいなもんどす。なかったら人は困りますけど、仰山あったらかえって人を歪《ゆが》めてしまいます。そやさかい、うちはそんなもの欲しいとは思いまへん。うちは生れてすぐ親に棄てられ、小さなときから貧しい中で育ってきました。けど銭にまさる尊いもんに、いろいろ出合うてまいりました。この定子も、お亡くなりになった久之助さまも、またうちが六つの時に死なはった養父母もそうどす。お信さま、お清さまもうちには尊いお方どす。うちと久之助さまを無理矢理別れさせ、久之助さまが死んだ。跡取りが欲しい。だから定子を大坂に引きとりたいとは、あんまり人の気持を踏みつけにしたやり方ではございませんか。中田屋さまの悪口はいいとうおへんけど、それとて同じことどす。うちはこの定子さえいれば、どんな苦労にも耐えていけ、定子も人の実《じつ》のわかる人間に育ててみせます。そやさかい、阿波屋の話はきっぱりお断わりさせていただきます。なんなら田村さまに、一切をまかせるとの一札を、したためてもようございます」

おけいが流麗な文字で書いた一通の書きつけが、いま菊太郎の懐《ふところ》にしのばせられている。

「銕蔵、そなた真面目で勤勉もよいが、人間、それだけでは何も果せぬぞ。能吏《のうり》は逸格であらねばならぬ。もっとも、わしを祇園の茶屋娘に産ませ、あげくは中風で寝付かれた父上どのを見ているると、そなたまでが風狂をいたしておれぬわなぁ」

内輪の話になり、菊太郎がそろそろ刻限だがとつぶやいたとき、庭を隔《へだ》てた蔦屋の表の方に、人の気配がわいた。

「ごめんくださいませ。中田屋の八十助、大坂の阿波屋岩蔵のお二方をお連れもうしました」

開けたままの襖のかたわらで、蔦屋太左衛門が黒羽織をさばいて手をついた。

「鯉屋源十郎も、介添えとしてまかりこしてございます。へえ——」

蔦屋のあとから、源十郎の声がつづいた。

「おお、それぞれ両人ともなかに入れ」

腹をきめた銕蔵が、威風をつくり、四人を部屋に招いた。

「では、失礼つかまつりまする」

遠慮した声がかかった。

同時に菊太郎は、左手に握った黒鞘《ざや》から刀をぎらっと引き抜き、鍔許《つばもと》から剣先までを鋭い目でじろりと眺めあげた。

「な、なにをいたされまする」

源十郎が狼狽して青畳に手をついた。

「鯉屋、この世にはなあ、人間そっくりな銭奴《ぜにやっこ》ともうす魚がおるそうじゃ。そいつを斬れば黄金色《こがねいろ》をした血がでると、唐国《からくに》の書物に書かれておる。そこに参上した中田屋と阿波屋、まことその銭奴に似ておる。わしは両人を斬って、一度でよいから黄金色の血をすってみたいのじゃが、どうであろうなあ」

「め、滅相もございまへん。銭奴の話は確かにきいた覚えがございますけど、ここにおいでのお二人は、似《に》て非《ひ》なるものでございますわ。ぶ、物騒なこと、冗談でもやめとくれやす」

「いや、冗談ではない。されば銭奴と決めつけぬが、人間として真心をもってわしと話し合うともうすのじゃな。ここにひかえるのは立会人。わしとは腹ちがいだが、東町奉行所の吟味方同心組頭の田村銕蔵じゃ。中田屋と阿波屋、それで否《いな》やとはもうすまいな。もうせば、刀に物をいわせぬまでも、わしに考えがある」

右膝に刀を垂直に構えたまま、菊太郎は平伏した中田屋と阿波屋を恫喝《どうかつ》した。

かれら二人には、源十郎と蔦屋太左衛門が、公事宿の主として自分の立場について語っているだろう。

白洲に出て糺が行なわれたら、結果はこうなる。ここでうまくやらな、身代をすべて失ってしまうどころか、場合によれば打ち首どっせと、因果をふくませているはずであった。

――源十郎と太左衛門の奴、両人からいくらせしめたかな。各自百両、いや二百両ぐらいに違いあるまい。おけい母子のために、銭奴たちからしっかり絞り取ってやらねばならぬ。

菊太郎は刀を静かに鞘におさめ、かれらをさらに平伏させた。

金仏心中

一

すでにまわりが薄暗くなっている。

田村菊太郎《きくたろう》は北野神社の北に小さな構えを置く「不動院」に詣《もう》でたもどり、近道をえらんで道をまっすぐに南にとり、北野遊廓の一画に足をふみ入れた。

不動院には、祇園《ぎおん》の茶屋の娘として生れ、薄幸のうちに死んだ亡き母が葬られていたのである。

「ちょっとそこの粋《いき》な兄さん、今朝来たばかりのええ妓《こ》がいてますさかい、是非、寄っておいきやすな。嘘なんかつかしまへんえ」

声のしゃがれた遣《や》り手ばばが、店先を通る嫖客《ひょうかく》を誘っている。

利休鼠《りきゅうねずみ》の旦那はん、うちが若《わこ》うおしたら、旦那はんがここに来《き》はらんでも、うちの方から入れあげさせてもらいますけどなあ——などと、別な老女がお世辞をいいたて、どこの店先もかまびすしかった。

せまい路地、むかいは寺の白い築地塀《ついじべい》。太目の格子をはめた妓楼《ぎろう》がずらっと軒をつらね、その格子の奥はいずれも十畳ほどの座敷であった。

襟足《えりあし》までおしろいを塗りたてた女たちが、一軒一軒、燭台《しょくだい》にともされた百匁蠟燭《ひゃくもんめろうそく》の明りのもとで品《しな》をつくり、座敷から格子ごしに嫖客を誘いこむのに躍起になっていた。

嫖客は格子から中をのぞきこみ、相方《あいかた》の品定めを行なう。妓楼の女たちも笑顔で懸命に媚《こ》びをみせている。

客の好みに合い、部屋に消えていく女はいいが、今夜も客のつかない女たちは、稼ぎを気にかけ、やがて気持を荒れさせてくる。

自分を格子ごしに一瞥《いちべつ》しただけで、冗談の言葉一つかけない相手をみると、彼女たちはいきり立った。

「なんやな、文無しがこんなところに来んといてんか。汚らしい草履《ぞうり》をはいて、店先で貧乏風をぱたぱた立てられてたら、こっちがかなわんわ――」

客のつかない遊女たちの罵倒《ばとう》は辛辣《しんらつ》だった。

「な、なにをぬかすねん。お茶を引き、そこにぼんやり坐《すわ》ったるのは、おのれのせいやろな。鏡をよう見て客にものをいわんかい。このお多福、おととい化《ば》けて来いや――」

彼女たちの科白《せりふ》に足を止め、同じく辛辣な言葉を返す客は稀《まれ》で、ほとんどがおそれをなし、店先から足を速めて遠ざかった。

「お時、お客はんに悪態《あくたい》つくのもええ加減にしいや。おまえ、『車屋《くるまや》』の暖簾《のれん》に泥をぬるつもりか」

表座敷と帳場を隔《へだ》てる暖簾の間から、車屋の半纏《はんてん》をはおった女将《おかみ》のお定が、険《けわ》しい顔をのぞかせ、彼女を鋭い声で叱りつけた。

「ほんまにあいつ、毎日、お茶ばかり引きおってからに。そのうちにただ飯も食えんようになるのがわからんのかいな」

店にはときおりしか姿をみせない楼主車屋文蔵の声だった。

「ただ飯も食わせてもらえへんのどしたら、店先で首くくって死んだらええのどすがな。嫌な客に身体《からだ》いじられるより、その方がなんぼましかしれまへん」

お時は文蔵の声に負けていなかった。

「ど阿呆《あほう》、われのその身体には、まだ二十両もの銭が貸してあるんじゃい。一文の銭も稼がんと、首くくられてたまるかいな。お時、車屋の商いを甘く見くびってると、地下蔵で逆さ吊《づ》りの仕置きにしたるで」

「へえっ、逆さ吊りのお仕置き、できるもんやったら、好きなようにしはったらええのどすがな」

「な、なんやと――」

憎々しげな罵声《ばせい》とともに、細縞《ほそじま》の羽織をきた文蔵の姿がぬっと現われた。

かれは通り客の目から表座敷を隠すため、格子の内障子を手早く閉めた。そしてお時のきものの襟首をつかみ、荒々しく彼女を店の奥に引きずりこもうとした。

「な、なにしますねん――」

「おまえがいうた通りにするんじゃい。おい、誰か手を貸さんかい」

文蔵はさすがに声を低め、暖簾の奥に呼びかけた。

上京《かみぎょう》の北野門前町から南にひろがる遊廓では、どの店でも用心棒を兼ねた男衆《おとこし》を置いていた。文蔵の声に、二人の男がへいと答え、眦《まなじり》をつりあげ、表座敷に飛び出してきた。

「畜生、働かせるだけ働かせよってからに。客がつかへんと、すぐ仕置きかいな。もう勝手にしたらええのや。舌でもかんで死んだるわいな」

お時は艶《つや》の失《う》せた色気のない下肢をばたつかせ、二人の男に悪態をあびせた。

「かまへん、これではほかの女子に示しがつかへん。猿轡《さるぐつわ》をかませ、地下蔵に放りこんどけ」

一瞬、ひるみをみせた男たちに、文蔵が命じた。

「旦那さま、どうぞお時はんを許してやっとくれやす。お時はんが荒れてはるんは、店の稼ぎを気にかけてのことどす。悪気があってとちがいます。その分、うちが一生懸命に客をとりますさかい――」

このとき、表座敷のすみに身をひそめた若いお鈴《すず》が、いきりたつ文蔵をみつめ、かれに哀願した。

「お鈴、そんなんは余計なこっちゃ。おまえの稼ぎはおまえのもん。このお時とはなんの関わりもないわい」

文蔵は胆汁質《たんじゅうしつ》な顔の目で、客をすませて表座敷に入ってきたばかりのお鈴をにらみつけた。

この分なら、最悪のところまで行きつきかねない剣幕だった。

お鈴はかれの叱咤《しった》に眉《まゆ》をひそめてうなだれた。

「おいそこの主《あるじ》、手荒らな真似はやめにせぬか。仕置きをいたすその女子《おなご》の、わしが客となろうではないか。それなら文句はあるまい」

遣り手ばばの手を払いのけ、車屋の土間に急いで入ってきた着流し姿の田村菊太郎であった。

かれは妓楼がならぶ表で、険しい二人のやりとりをきき、店に飛びこんできたのである。

「お、お武家はん、な、なんでございますと、この女子をどすかいな——」

文蔵はただの浪人ではなく、さりとて寺侍《てらざむらい》とも見えない菊太郎の姿を眺め、あきれ顔でたずねた。

お時は三十二歳の大年増。物好き、女好き、さらには酔狂にしてもほどがあると考えたからだった。

「このわしが、相方はその女子でよいともうしているのじゃ。ついでにお鈴とかもうす若い女子も、ともに部屋に揚《あ》げてもらおう。今夜は二人に挟《はさ》まれてのお泊りじゃ。なんなら居つづけてやってもよいぞよ。払いはこれでよかろう」

菊太郎は懐《ふところ》の財布から、小判二枚をつまみ出し、文蔵の足許《もと》にひょいと投げた。

「これはこれは、ありがたいことでございます。店にしたら、銭さえいただけば一つも不都合はおまへん。おまえら早く奥に去《い》なんかいな。福の神さまのご到来じゃわい。お時、地獄に仏とはこのことなんやで。お鈴もお時といっしょに、お武家はんのご機嫌を損《そこ》ねんようにしなはれや」

戸惑ったようすで菊太郎をみつめる男衆を奥に追いたて、文蔵は表情をやわらげ、お時にいいきかせた。

突然の事態に、お鈴もこくんとうなずいた。

「主、では揚げさせてもらうぞ」

「へえ、どうぞどうぞ。こうなったらもう遠慮なく揚がっとくれやす」

文蔵は小判二枚を両の掌《てのひら》ではさみ、相好《そうごう》をくずした。

「どうせなら少しでも広い部屋がよい。それに酒と肴《さかな》を運んできてくれ」

かれは腰から黒鞘の刀をぬきとり、草履をきちんと脱ぎ、車屋のあがり框《かまち》にすすんだ。目前に黒光りする階段がのびている。

車屋は北野門前町では、多少は名前の知られた妓楼だった。

「どうぞこっちにきとくれやす。すっかり暖こうなって、桜の花がぼちぼち咲きはじめたそうどすなあ」

女将のお定が、菊太郎を上客とみたのか、笑みをうかべて愛想をいい、二階の特別上等な部屋に案内した。

二人の後ろからお時とお鈴が、襟許を合わせ、神妙な顔付きでついてきた。

「旦那さま、さあでんと坐っとくれやす。すぐ酒と肴を運ばせてもらいますさかい」

お定は床《とこ》を背にした場所に菊太郎を導き、脇息《きょうそく》をかれにすすめた。

嫖客が相方を二人とり、歓をつくしていくのは稀《まれ》ではない。だが遊妓から女将におさまったお定には一見したところ、仕置きの仲裁に入り客となったこの男は、そんな不埒《ふらち》な人物には思えなかった。

車屋の主文蔵には、もちろん正妻がいる。

お定はかれの妾として、店の仕切りをまかされていたのである。

「お時、旦那さまにようお礼をいい、ご機嫌をとって、これからもご贔屓《ひいき》にしてもらわないけまへんのやで。お鈴かておんなじえ。では旦那さま、何日でもゆっくり遊んでいっとくれやす」

お定は上機嫌で部屋から退《の》いていった。

二両は大金、相方が二人にしても四、五日は遊べる金。世の中には変った客もいるものだ。そんな思いを胸の中でつぶやき、彼女は階段を下りていった。

「ふん、おんなじお女郎あがりが、お世辞たらたら何をいうてますやら。小判をみたら、鬼が仏面《ほとけづら》になりおってからに。そやけどお武家さま、それとは別にほんまにおおきに。気まぐれにしたところで、うちみたいな女子をよう助けておくれやした」

お定の足音が遠ざかったのを見定め、部屋の入口に坐ったお時が、菊太郎に礼をいった。

お鈴は黙ったままうなだれている。

彼女は洛外、太秦村《うずまさむら》の貧農の娘。車屋に身売りしてきてまだ半年余り。〈挟み遊び〉をさされるのは初めてで、客の顔をまともに見るのさえはばかられていたのだ。

「お時とやら、わしに礼をもうすにはおよばぬ。あの二両はどうせ碌《ろく》でもない仕事で得た金じゃ。朋輩《ほうばい》のお鈴の言葉も気に入った。二人とも数日わしが買い切ったゆえ、ゆっくり骨休めをいたすがよい。この稼業、客があるにつけないにつけ、なにかと気疲れいたそう。妓楼の主とて、生半可《なまはんか》な慈悲を女子にかけていては儲《もう》けになるまいしなあ」

菊太郎はどちらの肩をもつともつかぬ言葉をつぶやき、項《うなじ》をまわし、一間床に掛けられた画幅に目をむけた。

女将のお定に案内され、部屋に入ったときから目を止めていた「山水図」だった。

かれの視線が黒ずんだ画幅にじっと注がれた。

山水図の上に「倣董源《とうげん》　値雪飛幾尺　千峯失翠」と賛《さん》が記され、龔賢《きょうけん》と落款《らっかん》がほどこされている。雪飛《せっぴ》幾尺に値し、千峯翠《みどり》を失うとでも読めばいいのだろう。

龔賢は中国の明末清初《みんまつしんしょ》の画家。明が滅亡したあと、かれは清朝に仕えるのを潔《いさぎよ》しとせず、流寓《りゅうぐう》したすえ、最後は貧窮のなかで死んだ。

董源は五代末から宋の初期にかけて活躍した画家。かれは山を描くのが巧《たく》みだったといい、その董源に私淑した龔賢は、明の〈遺民〉として自分の不遇や不条理を、山に託して冷徹に描いた。

菊太郎が、『芥子園画伝《かいしえんがでん》』にわずかに名をとどめる中国の画家に通じているのは、十八歳の頃まで剣の修業に通っていた一条戻り橋東の道場主、岩佐昌雲《しょううん》が、龔賢の一幅を蔵していたからであった。

――こんな中国画が、どうして妓楼の床にかかっているのだろう。

深い疑問がかれの胸裏をふさいだ。

「お武家さま、辛気《しんき》くさいその絵をなんや気にされてますけど、その絵がどうかしたんどすか」

お時がすぐ運ばれてきた酒肴《しゆこう》の膳を菊太郎の前にすすめ、おずおずたずねた。

「お鈴もわしのそばにきて、まあ一杯注《つ》いでくれ。それにしてもかような絵を、このような遊所の一室で見ようとは思わなんだわい」

それが菊太郎の率直な感想だった。

「お言葉通りにきいていますと、この辛気くさい絵には、なんぞ謂《いわ》れがあるんどすか」

「あるもないも——」

菊太郎は短くいい、お鈴が盃《さかずき》に注いでくれた酒をぐっと一気に飲み干した。

「余分なことかもしれんけど、お武家さま、この車屋の旦那は大の骨董《こっとう》好きどすねん。どんなお店の息子でも、若い衆は女子遊びのお金にかぎりがございまっしゃろ。ここの旦那、そこに目をつけ、金目の骨董を持ってきさえすれば、若い衆をそれで遊ばせますのやがな。金高はなんぼのもんやら知りまへんけど、なんや阿漕《あこぎ》なやり方やと思われしまへんか」

お時が憎々しげにいった。

京の旧家やまずまずの家では、美術品といえるさまざまな絵画や茶道具類をもっている。数奇者《すきしゃ》になれば、何十何百の画幅や茶道具を蔵しており、たとえ道楽息子がそれらを一つ二つ持ち出しても、しばらくの間であれば、当主にはわからないはずだ。また該当品が行方不明とわかり、当人が白状したとしても、当主は世間体《てい》をはばかり、道楽息子を強く叱るだけで、車屋にまで押しかけてこないにちがいなかった。

自分が背にした床の絵も、そんな方法で入手した一幅に相違あるまい。だが骨董好きでも車屋の主文蔵は、中国絵画についてまで幅広い知識をもたないとみえる。かれがただなんとなく佳《よ》さそうな絵と認め、上等の部屋の床にかけたものだろう。

菊太郎はお時の話で、だいたいこんな察しをつけた。

「ところでお時にお鈴、おまえたちも一杯どうじゃ。お鈴はともかく、お時はいける口だろう。いっそ仕出し屋からなにか旨《うま》いものでもとり、今夜は盛大にやるとするか——」

亡母の墓参のもどり、妓楼で遊蕩しているとわかれば、理由がどうあれ、中風《ちゅうふう》をわずらう父次右衛門や異腹弟の銕蔵《てつぞう》ばかりか、義母の政江も渋い顔をすると思いながら、菊太郎はお時をうながした。

「お武家さま、それほんまどすか——」

お時が喜びをあふれさせた声で問い返した。

客からご馳走《ちそう》されるのは、数年ぶりになる。男は女の流行《はや》り廃《すた》りに、それほど明らさまな態度をとるものなのである。

「おお、もうした言葉はまことじゃ。金ならまだ一両と二朱ほど所持いたしておる。二人とも好きなものを店に頼むがよかろう」

かれはお時のよろこぶ顔に目を奪われ、お鈴の表情が翳《かげ》ったことに気付かなかった。

外はすっかり暗くなり、男たちが出盛ってきたのか、嫖客をさそう女たちの声が、さらに盛んになっていた。

二

どこの桜も満開だそうだ。

菊太郎は公事宿《くじやど》「鯉屋《こいや》」の離れでごろんと横になり、目前に寝そべる猫のお百《ひゃく》に、紐でむすんだ猫の根付《ねつ》けを投げ、じゃらつかせていた。

猫の根付けは、銕蔵の義父播磨屋《はりまや》助左衛門が、大坂の彫師に彫らせたもので、数日前、銕蔵がわざわざかれの許に届けてくれたものだった。

根付け——とは、煙草入れや印籠《いんろう》、またきんちゃくなどの緒《お》の端につけ、帯にはさんで留めるのに使う細工物。だいたい象牙《ぞうげ》か木で彫られている。

およそ古いものには銘がなく、根付け制作の黄金時代といわれる江戸末期になり、彫師たちが自分の作ったものに銘を入れるようになった。助左衛門から贈られた根付けには、〈宗伯〉の銘が刻まれていた。

根付けはたんに滑《すべ》りどめの実用品ではない。身につけることから装飾もかね、彫師たちは金持ちの顧客《こきやく》の求めにしたがい、また自分の腕を誇示するため、その意匠に工夫をこらした。卓越《たくえつ》した意匠、繊細で巧妙な彫り、各大名はお抱えの根付け師まで持っていた。

だがそれが明治時代、衣服が洋装に変り、一転して無用のものとされるや、根付けは只同《ただ》然、値打ちのないものとなった。

当時、根付けは笊《ざる》一杯数十銭で売られていたといい、日本のこのすぐれた美術工芸品にヨーロッパ人やアメリカ人がまず目をつけた。あげく大量の根付けが海をわたる結果を招いた。

そして浮世絵同様、日本人の根付けに対する美の認識は、海外からもたらされた評価によって再び高くなった。近年、根付け師友忠の彫った馬の根付けが、ロンドンのオークションで約四千万円で落札されたという。

また江戸末期の根付け師「懐玉斎《かいぎよくさい》正次」は、名人として知られ、その作品には数百万円から一千万円前後の値段がつけられている。

「猫をもって猫を遊ばせるか――」

菊太郎は無聊《ぶりよう》に飽きて起きあがり、猫の根付けを懐にしまった。

客間の方からきこえてくる言葉が、ちょっと気になったからでもある。

客間では鯉屋の主源十郎と、身形《みなり》のいい六十すぎの男がむき合っていた。

先ほど茶を運んできた手代の喜六によれば、男客は三条高倉に大店《おおだな》を構える小間物問屋「真砂屋《まさごや》」の主藤兵衛だという。

「なんでも、ある品を相手からとりもどすため、相談にきはったんやそうどすわ」

「ある品とはなんだ。商人なら売り掛け金とも考えられるが、品となれば別じゃな」

「そんなこと、わたしがまだ知りますかいな。くわしい話は、いま始まったとこどすがな」

喜六は下代《げだい》（番頭）の吉左衛門に呼ばれ、面倒臭そうな顔で店の方にもどっていった。

ごろんと横たわっていた菊太郎が、ふと身体を起す気になったのは、源十郎と藤兵衛の会話の中に、しばしば車屋という名がきかれたからであった。

——車屋とは北野門前町の妓楼、あの車屋ではないのか。車屋の名はそれほどあるものではなかろう。

菊太郎は胸の中で自問自答した。

あの日、深夜まで酒をくみ交したお時の説明によれば、車屋の主文蔵は、もとは伏見に住み、駄馬《だば》一頭をもつだけの荷駄屋だったという。

顧客は伏見酒の醸造元。かれは酒樽を荷車に積みあげ、洛中の酒屋にとどけて日銭をかせいでいた。

「その荷駄屋が、どうしてここで妓楼を営むほどの銭をためられたのか、そのからくりどすけど、それは荷車に積んだ酒樽の栓《せん》を開けて酒をぬき、不足分だけ水を足してはったからどすわ。ぬいた酒を、別にあちこちに売る。長年それをつづけていたら、相当な銭になりますわなあ。醸造元からとどけられる酒が水臭いとの評判がたち、ここの旦那に疑いがかかったそうどすけど、そんなもんあとの祭りどすがな。荷駄の仕事こそ失ったもんの、銭はしこたまためこんだ。そやさかい、こんな店の一つぐらい手に入れられます。そのうえどこでどう骨董好きになったもんやら、古そうな品を持ってきたら、自分で値段を決め、若い客を遊ばせはります。素人《しろうと》のぼんに物の値打ちなんかわからしまへんやろ。そこがまた目のつけどころで、ほんまなら十両百両とする絵を、二束三文で買うに似た悪どさどすわ。それを値打ちのわかるお人にきちんと売れば、ぼろ儲けどっしゃろ。ともかく、目先のきいたお人にはかないまへんなあ」

お時は菊太郎に銚子《ちょうし》をすすめられるまま、蟒蛇《うわばみ》のように酒を飲み、車屋がどのように身代《しんだい》を築いてきたかを語ってきかせた。

ある品を相手からとりもどす相談となれば、なにかにつけあの車屋に当てはまる。

真砂屋藤兵衛は、目安（訴状）を奉行所に出すため、鯉屋を訪れたにちがいなかった。

——車屋の名をきいたからには、居候《いそうろう》のわしとしては放ってはおけまい。

菊太郎は自分にいいきかせ、のそっと立ちあがった。

にゃあごと鳴き、お百が前脚《まえあし》をそろえてかれを眺めあげた。

「どこにお行きやす。客間の話がなんや知りまへんけど、そんなもんかまわんときなはれ。首をつっこんだら、碌なことはおまへんえ」

老猫の鳴き声と光る目が、そう諫言《かんげん》していた。

「お百、厄介なことに首をつっこむのは、わしの癖でなあ。その癖のゆえ、わしはここでのうのうと過しておられるのじゃ。まあ、今日のところは大目にみてくれ」

かれはお百につぶやき、客間にむかった。

「ああ菊太郎さま——」

鯉屋源十郎は、菊太郎の現われるのを当然といった表情で迎え、こっちにおいやすとうながした。

真砂屋藤兵衛は、偏屈《へんくつ》そうな商人面《あきんどづら》に不審と当惑の色をうかべ、菊太郎が源十郎のかたわらに坐るのを眺めた。

「真砂屋はん、そないな警戒の目で、このお人を見はらんかて大丈夫どす。このお人は鯉屋の居候で、田村菊太郎さまといわはるご浪人どすけど、弟御さまは京都東町奉行所の吟味方同心組頭。町奉行所から再々、お召し抱えのお沙汰《さた》があっても、受けられへん困ったお人どすわ。けど弟御さまのご関係から内々、奉行所が手こずる事件の探索にお力を添えてはり、お奉行さまやお偉方にも一目置かれてはります。この鯉屋も重宝させていただいており、今度、真砂屋はんからうけたまわったご相談も、おもどりのあと、田村さまにご意見をうかがうつもりどした」

　源十郎は菊太郎の身許を明かし、藤兵衛に笑いかけた。

　かれの説明の途中から、真砂屋藤兵衛の偏屈面に好意の色がにじみ、源十郎の言葉が終ると、かれは名前と商いを名乗り、何卒《なにとぞ》、お力をお貸ししとくれやすと菊太郎に低頭した。

「わしはここの居候、主からいたせといわれれば手伝わぬでもござらぬ。離れにいて、ご両人の話の中に、しばしば車屋なる屋号が出てくるのがきこえたゆえ、ちょっと気掛かりになり、不躾《ぶしつけ》ながらここにまいらせていただきました」

　菊太郎は両膝《ひざ》をそろえて坐り、藤兵衛に答えた。

　かれの背筋がまっすぐのびている。

　色白で一見柔弱にみえるが、多くの人々に接してきた真砂屋藤兵衛の目には、菊太郎が剛《ごう》をひめた柔弱、ひとかどでない人物とみてとれた。

　同時に、気ままな一人娘お袖《そで》の顔がうかび、さらには、遠縁の茂助がそなえる実直、律義と共通するものを、ちらっと相手の表情に感じた。

今日、かれが鯉屋にかけてきた相談とは、この茂助に関するものだった。

源十郎にうながされ、真砂屋藤兵衛は順を追い、相談事をまたなぞった。

お袖の不出来は十四、五のときから承知の上だが、かれはやがては店の総番頭にでも、強《し》いていいえば、娘のお袖と添わせ、三代つづいた真砂屋の店をまかせようかとまで考えていた。

茂助の背信《はいしん》行為を語りはじめた。

茂助は十二歳のとき、洛外の太秦村から奉公にでてきた。いまは二十五歳。小僧から手代になるまで十三年間、実直に勤めあげ、数人いる手代のなかでも、若輩《じゃくはい》ながら将来を期待していた。

勤めぶりは真面目で陰日向《かげひなた》がなく、大店の一人娘としての心得に欠け、みんなから顰蹙《ひんしゅく》を買っているお袖を、なにかとかばってくれる。

「あれにいっそお袖を添わせ、真砂屋のあとを継がせたらどうやろ。茂助は奉公人いうても、わしの従兄弟《いとこ》の子や。店やお袖のことを考えると、それしかあらへんわ」

妻のいくにむかい、藤兵衛は毎日、嘆息していた。

それほどに考えていた茂助が、こともあろうに北野門前町南の女郎屋に足をはこび、馴染みの妓《こ》に入れあげていると、中手代《なか》の福次郎からきかされた。

「茂助にかぎって、そんなはずがありまへんやろ。人間一人の将来ばかりか、お店《たな》の信用にも関わることやで」

真砂屋藤兵衛は、眉をひそめて福次郎を叱りつけた。

「そうどすけど旦那さま――」

かれに食い下がられ、藤兵衛は困惑した。

茂助が女郎屋に足繁《しげ》く通える金を、持っているはずがないからである。

「お店の金に手をつけたわけではありまへんけど――」

言葉を濁《にご》す福次郎を問いただすと、かれは奥むきにも出入りを許されている茂助が、家蔵の書画や骨董品を持ちだし、車屋とかいう女郎屋に通っているのだと明かした。

福次郎は二十六歳、女好みの優男《やさおとこ》で、如才《じょさい》のないところをそなえている。

「福次郎、わたしによう知らせてくれた。茂助を詰問するより先に、画幅や骨董品が無《の》うなってえへんか、一つ確かめてみます。それまでこのことは、誰にもいうてはなりまへんえ」

かれは福次郎に口止めをしたうえ、さっそく福次郎を供にして蔵の中に入り、蔵帳《くらちょう》をめくって家蔵品を照合した。

その結果、伝来の狩野探幽《かのうたんゆう》筆「菊図」、酒井抱一《さかいほういつ》筆「花鳥図」二点と、驚いたことに中古伝世の金銅「弥勒菩薩坐像《みろくぼさつざぞう》」の計三点の紛失が判明した。

「狩野探幽さまや抱一さまの絵どしたら、いずれも小幅、少々銭を出せば求められます。そやけど弥勒菩薩の金仏《かなぶつ》さまだけは別。千両万両の銭箱を積んだかて、手に入れられる品ではありまへん。ああどうしよう、どうしたらええのやろ」

藤兵衛は蔵帳を手にしておののいた。

中古伝世の弥勒菩薩坐像は、目利きの鑑定によれば、聖徳太子が在世した時代の金銅仏。世の中においそれとある品物ではないといわれていたからだ。

遠い昔、寛永四年（一六二七）の話だが、豊前《ぶぜん》小倉十二万石を領していた細川越中守忠興《ただおき》は、国内の凶作に困り、安国寺恵瓊《あんこくじえけい》が愛蔵していたため「安国寺」の銘のある茶入（現在・五島美術館蔵）を、黄金千五百枚で売り払い、飢饉《ききん》を救ったときいている。

真砂屋の商いが左前になった場合でも、その金仏さえあれば、店が救えるほどのものだった。

金仏を納めていた空《から》の桐箱を両手にもったまま、藤兵衛は呆然《ぼうぜん》と立ちすくんだ。早く茂助を問いただし、問題の女郎屋に掛け合わなければ、金仏が人手に渡ってしまう。

「それでいかがしたのじゃ――」

菊太郎が生唾《なまつば》をのみこみ、ひと息ついた藤兵衛につぎをうながした。

「もちろん、茂助をすぐ居間に呼びつけ、二幅の絵と金仏の所在をたずねました。ところが茂助は、車屋に品物を持参したことと、入れあげているお女郎の名前を明かし、なんともすんまへん、もうどんなお仕置きでも覚悟でございますというだけで、あとはまるで栄螺《さざえ》が口を閉ざしたように黙りこみ、なんとも答えよりまへん。そこでわたしは大番頭の儀左衛門を連れ、北野門前町の車屋に駆《か》けつけましたわいな。そやけどいくら茂助が入れあげているとはいえ、相手はたかが端女郎《はしたじょろう》、十両も二十両も使うたわけではありまへん。わたしは三つの品を取りもどすため、三十両の金子《きんす》を持参いたしました。ところが車屋の主は、探幽さまと抱一さまの絵は、二十両の金と引きかえにすんなり返してくれよりましたが、金仏にかぎっては、一向に知らぬ存ぜぬとしらを切るのどすがな。最後にわたしは、百両出してもええとまでいいましたけど、欲に目がくらんだのか、主は諾《うん》と承知してくれしまへん。そやさかい、こうなれば奉行所に訴えても金仏を取りもどさなあかんと思案し、仲間（組合）の総代の口ききで、鯉屋はんへ公事をお願いにまいった次第どす」

藤兵衛はあとの推移《すいい》を一気にしゃべった。

「骨董好きの女郎屋、車屋といえば、主は確か文蔵とかもうしたな」

菊太郎は腕をくみ、藤兵衛にたずねた。

「へえ、主は文蔵はんといわはりましたけど――」

相手がどうしてかれの名前を知っているのか。蛇《じゃ》の道はへび、さすがにと、藤兵衛は驚きの色をかくさなかった。

「若旦那、どうして車屋の屋号どころか、主の名前まで知っておいやすのどすな。なんや隅に置けしまへんなあ――」

「さようなわけは、あとで改めて説明いたす。それより真砂屋どの、手代の茂助をどのように処しておられる。また茂助の相方はなんという名前じゃ。その二つをきかせてもらいたい」

菊太郎は源十郎の軽口をきびしく制し、気ぜわしく藤兵衛にたずねた。

「手代の茂助には禁足をもうし渡し、小僧を一人見張りにつけております。手足を縛り、柱にくくりつけておくわけにもいかしまへん。なにしろ従兄弟の息子どすさかい。それにわたしかて、店から縄つきを出しとうおへん。要は金仏さえもどってきたら、茂助にも分別してもらい、またもとの真正直な人間にもどって欲《ほ》しおす」

鯉屋が公事を引きうけてくれ、奉行所に目安が出されたと知れれば、車屋の文蔵もまさかいつまでもしらを切りつづけることはあるまい。茂助に対する藤兵衛の気持は、幾分やさしくなっていた。

「それははなはだもってよい心掛けじゃが、わしはまだ相方の名前をきいておらぬぞ」

「ああ、お女郎はお鈴とかいうてましたなあ。そやけど銭のない若い衆でも、骨董品を持ってきたら女子をあてがって遊ばせるのは、主のやったことで、店の妓《こ》にはなんの関わりもおまへんわいな」

「それはそうだが――」

菊太郎は、いつもお茶を引いてばかりというお時をかばったお鈴の、まだ汚《けが》れをしらない顔を、胸裏にうかべた。

お鈴は確か太秦村の百姓娘だときいている。それは茂助と同じ郷里だ。

しかも車屋に身売りをしてきたのは半年前。茂助と彼女は、以前から一本の赤い糸で結ばれていたとしか考えられなかった。

お鈴と茂助は深い間柄。彼女が車屋に身売りされたと知ったかれは、矢も楯もたまらず、主家の品物に手をつけたのではないのか。二十五、六の手代風情に、書画や骨董の良《よ》し悪《あ》しのわかるはずがない。茂助は手当たりしだいに、三つの品物を真砂屋の蔵から持ちだし、車屋の文蔵に渡し、お鈴と会ったのだろう。

菊太郎には、若い男女のやるせない思いが察せられた。

それにしても、茂助はどうして文蔵の骨董好きを知っていたのか。そこのところがどうしても解《げ》せなかった。

「真砂屋はん、いずれにしてもその公事、この鯉屋が引き受けさせていただきまひょ。なあに、真砂屋はんが鯉屋を通じて奉行所に目安を出したときけば、車屋も金仏のことはついうっかり忘れてましたと、お店に使いをよこしますやろ。小そうてもそんな高価な金仏、どこにもさばけしまへんさかいなあ」

源十郎は、文蔵が客から得た骨董品をどう換金《かんきん》しているのか、すでに察しているようであった。

「奉行所のお白洲であれこれいいあわんと、車屋はんがすんなり金仏を返してくれはったら、結構なんどすけどなあ。信用してきた茂助の不始末を、わたしがつけるのどす。最後に出した百両はもちろんいただいてもらいます」

藤兵衛は力のない声でつぶやいた。

大店《おおだな》が家内で揉《も》め事を起し、公事にもちこんだことを、幾分悔《くや》む気持がわいていたのである。

「では真砂屋はんの目の前で、目安を書かせていただきまひょ。それでよろしゅうおすなあ」

源十郎の言葉に、真砂屋藤兵衛は声もなくうなずいた。

それにつれ、源十郎が下代の吉左衛門を呼ぶため、手を大きく叩いた。

「へえーい」

手代幸吉の声が、店の方からひびいてきた。

三

東町奉行所の白洲に、車屋文蔵は一刻半（三時間）余り、身じろぎもせずに坐っていた。暑くもないのにひたいや首筋に流れる汗をいくどもぬぐった。

白洲といっても、世間を大騒ぎさせる事件ではないだけに、そこは東町奉行所の片隅に構えられた二間《けん》四方ほどの吟味場だった。

それでも普請《ふしん》は堅牢《けんろう》、下には腰板が張られ、上は格子。訴えられた相手がひかえる場所には、白砂利が敷きつめられていた。

かれらは白砂利の上の藁筵《わらむしろ》に正座させられ、目の高さにいかめしく坐る公事方吟味役から取り調べをうけるのである。

真砂屋藤兵衛が公事宿鯉屋を通じて出した目安にもとづき、車屋文蔵に返答書を提出させ、二人を白洲に呼び出したのは、公事方吟味役坂根武大夫だった。

この民事訴訟は、町奉行所がなにかと事件の解決に世話をかけている田村菊太郎の口添えもあり、鯉屋から目安が出された二日後、早くも行なわれた。

「なんやめんどうなこっちゃなあ。真砂屋が金仏を返せと、奉行所に訴えおったがな。奉行所から差紙《さしがみ》（出頭命令書）がきたさかい、これはどうしても行かなならんわいな」

当日、女将のお定に愚痴《ぐち》った文蔵は、地味なきものに改め、定刻通り、東町奉行所に出頭した。

かれには、すぐ公事方同心と小者が張りつき、白洲に連行された。

白洲の建物を目前にしたとき、文蔵は柄《がら》にもなく、ぶるっと身体をふるわせた。

自分が駄馬一頭の荷駄屋から、どうして身代をつくり、遊女屋一軒をもつまでになったかの悪業を、思い出したからである。

かれは若いときから実直を装い、伏見の蔵元や京都の酒屋に出入りするうち、骨董品に親しみ、好きも手伝いそれなりな目利きとなった。女郎を働かせ、日銭を稼がせるだけでは手ぬるい。それを利用し、金の代りに骨董品やさまざまな書画で登楼させる方法を思いついたときには、われながら妙案だと、右手で膝を叩いた。

女を特に抱きたい若い男たちは、ほとんどが小遣い銭に窮している。それは親へのはばかりや遊びの性格から、大店の息子でも同じだった。

これはと見当をつけた遊び好きの若い客に、ちょっと妙案を匂《にお》わせると、かれはその翌日、羽織の中にかくし、小幅をもってきた。

大徳寺の一休宗純《いっきゅうそうじゅん》の一行物、茶席の掛け物として極上の品だった。

「うちの親父はけちやさかい、そんなもん、どうせ偽物《にせもん》に決まったるわい。蔵の中や座敷の違い棚には、そんなんが仰山《ぎょうさん》詰まったる。十本や二十本ぐらい持ち出したかて、親父にわかるわけがあらへん」

西陣の千両ケ辻で糸問屋を営む家の息子は、一年ばかりこうして遊びつづけ、名品といえる書画や茶道具を、たくさん文蔵にもたらしてくれた。

――銭がなくても、車屋ではこんな遊び方をさせてくれる。

噂《うわさ》は道楽息子たちにひそかに広まり、ここ八年ほどの間に、文蔵は実に多くの骨董品を入手した。これらの中には、平安時代の仏画や鎌倉時代の肖像画など、客が一カ月や二カ月店に居つづけても、なおお釣りが出るほどの逸品《いっぴん》もみられた。

親の目をどう誤魔化してくるものやら、狩野永徳《えいとく》や宗達《そうたつ》、光琳《こうりん》の屏風《びょうぶ》まで持ちこんでくる者もいた。

文蔵はそれらを披露《ひろう》されるたび、どんな名品に対しても、ちょっと首をひねってみせる。

相手は若い道楽者たちだけに、ろくに鑑識眼などもっていない。馴染んだ妓に会いたさのあまり、誰もが文蔵のいい分に従った。

長谷川等伯《はせがわとうはく》の大幅一本で、三日二晩しか居つづけさせられなかった若い客もいた。

しかしなにが幸いしたのか、この八年間余、かれらの親や奉公先から、一度も苦情や返品を迫られたことはなく、苦情は真砂屋藤兵衛がその最初であった。

かれが店の番頭をともない、血相を変えてきたとき、一瞬文蔵は、知らぬ存ぜぬで押し通そうとした。だが相手の気迫に負け、茂助という客から、探幽と抱一画を確かに受け取ったと答えた。

一幅につき、五両でも十両でも支払う、どうぞ返しとくれやすといわれたからである。

だがいざそれらの品と、金を引きかえる段になり、文蔵は面くらった。

「品物は絵だけではのうて、金仏もいっしょどすがな。本当のところ、絵の方はどうでもよろしゅうおす。何より金仏を返しとくれやす」

真砂屋藤兵衛に懇願され、きつい目でにらみつけられたからである。

「か、金仏。ま、真砂屋はん、あんた何をおいいやすのや。女郎屋をやっているからといい、変ないいがかりはやめとくれやす。お店の手代はんは、そんな金仏なんか持ってきはれしまへんどしたえ」

事実だけに、文蔵の語気には力がこもった。

「変ないいがかりどすやと。茂助は金仏を確かに持ってきたはずどす」

藤兵衛は品物が高価だけに、車屋文蔵が欲に目をくらませ、しらを切っているのだと悪く考えた。

茂助を自分の居間に呼びつけ詰問したとき、かれが実に意外だといった顔付きをし、肩をすくめしばらく思案したうえ、あっさり罪状を認めたことなど、藤兵衛は激昂《げっこう》のため思慮に入れていなかった。

茂助の重い沈黙が、一切の事実を証明している。だから車屋へ掛け合いにきたのだ。

それを知らぬ存ぜぬですまされたら、家宝の第一がふいになってしまう。

藤兵衛は文蔵と激しく応酬したあと、奉行所に訴えても金仏さまだけは返していただきますと、捨て台詞《ぜりふ》をのこし、車屋をあとにしてきたのであった。

——真砂屋はその通りにわしを訴えおったがな。せやけどわしは金仏なんぞ知らんわいな。ほんまにけったいなことになってきたもんやで。せやけど奉行所の吟味役は、あれこれ尋問したり調べよったら、よけいわしのいい分なんか正直にききよらんわなあ。わしが客に持ってこさせた骨董品で、金をもうけてきたのは、一応ほんまやしなあ。

文蔵が白洲の建物を前にしてみせた身震いは、深い絶望からだった。

稀覯《きこう》品・名品の類は、これまで町中《まちなか》に店を構える信用できる茶道具屋に売りさばいてきた。

車屋の利益とその金の二つで、かれは堀川の長者町に立派な家を普請した。だがこれですべてふいになってしまう。

吟味役坂根武大夫の尋問は、文蔵になにもかも吐かせてしまうほど厳しく、また鋭かった。かれの横には、真砂屋藤兵衛が藁筵の上にやはり坐らされ、公事訴訟への介添えとして、公事宿鯉屋の主源十郎がそばについている。

坂根武大夫の斜め後ろでは、書き役が机にむかって無言で筆を走らせ、ほかに与力や同心が尋問の経過を見守っていた。

「吟味役さまにどないにたずねられましても、ここにおいやす真砂屋藤兵衛はんとこの家宝の金仏さまなんぞ、手代の茂助はんから受けとった覚えは全くありまへん。なんどしたら、茂助さんと対決させとくれやす」

車屋文蔵は長い取り調べに、ほとんど一切の行状を正直に自白したあと、金仏横領の嫌疑だけには従えないとして、武大夫に必死にすがった。

「文蔵、おぬしもあわれな奴じゃな。真砂屋が返してもらいたいと訴えている金仏は、中古伝世の稀代《きだい》の品。おぬしがそれだけは失うまいとして詭弁《きべん》を弄《ろう》しているぐらい、いままでの生き方からうかがい自明の理じゃ。今度の事件は、おぬしが酒樽から五合、一升と酒をぬきとり、財を築いた悪業をみれば、わしでなくとも、おぬしが嘘をついていると思おうぞ。奉行所をもいいくるめようとするしぶとい奴。このまま家に帰すわけにはまいらぬ。しかし、すぐさま牢にぶちこむのも不憫《ふびん》ゆえ、公事宿預けといたし、諸方詮議《せんぎ》のうえ、再び取り調べをいたす。車屋の商いは、本日から裁可を下すまで停止、文蔵の宿預けは鯉屋に命じる。さよう心得るがよい。一同、いずれも立ちませい——」

吟味役坂根武大夫は、文蔵をにらみつけ、いかめしい口調でいい渡した。

文蔵には予想もしない沙汰だった。

東町奉行所の与力や同心たちが、すぐさま北野門前町南の店に駆けつけ、暖簾をあげかけている店の表に竹矢来を結び、金仏を探すため、店内をくまなく調べはじめるだろう。

長者町の本宅にも、奉行所の手が入るにきまっている。

「車屋文蔵、立ちませい——」

かれを白洲にともなってきた中年すぎの公事方同心が、がらりと態度を変え、文蔵に命じた。

よろよろ立ちあがったかれに、小者《こもの》が手早く後縄を打つ。真砂屋藤兵衛がほっとした顔で、鯉屋源十郎とともに自分を見送るのを一瞥《いちべつ》し、文蔵は白洲の潜《くぐ》り戸《ど》から外にむかった。

つづいて真砂屋藤兵衛も、坂根武大夫に源十郎とそろって平伏し、その場から辞していった。

白洲が急に静かになる。

それを破り、書き役の後ろの襖《ふすま》が、手荒らに開かれた。

「ささて妙な返答をきいたものじゃ。坂根さま、文蔵の奴は、あくまで知らぬ存ぜぬで押し通すつもりでございましょうか」

白洲の模様を見届けるため、奉行の許しを得て、特別に襖の隙間《すきま》から訊《ただし》（尋問）をうかがっていた田村菊太郎であった。

坂根武大夫は父次右衛門のもと朋輩《ほうばい》、まだ矍鑠《かくしゃく》としていた。

「わしとて文蔵に疑いを抱いてはいるものの、なにやら解《げ》しかねておる。ともかくすぐさま車屋の店と長者町の家を徹底して調べさせ、金仏の発見につとめてみる。また奴が骨董品を売りさばいた茶道具屋たちをも、厳しく吟味いたすつもりじゃ。その方も、鯉屋に宿預けといたした文蔵から、もっとよく事情をきいてくれまいか。これにはまだまだうかがい知れぬなにかわけがありそうじゃ。明日は金仏を持ち出した手代茂助を、白洲に召し出し、さらに詮議をいたしてくれる」

「坂根さま、肝心なところはそこでございましょうな。真砂屋藤兵衛は、茂助が貴重な品物を持ち出した悪事を、実にあっさり認め、あとはかたくなに口をつぐんでいるともうしておりましたが、その口をこじ開け、真実をきかねばなりませぬ」

「さよう、それは明日の白洲でじゃ」

「茂助と車屋のお鈴は、生れがともに太秦村。わたくしはお鈴が車屋に売られたとき、彼女に惚《ほ》れていた茂助が無理算段して登楼し、あげく金に困り、奉公先の品物に手をつけたと推察しております。しかしながら、これだけでは金仏の行方はつかめませぬな」

「わしも菊太郎その方も、さらには真砂屋、車屋も、なにか見落としているようじゃ。すべて詮議の次第は明日にかかっておる。では鯉屋にもどり、文蔵の工合を頼むぞ」

武大夫は扇をつかみ直し、立ちあがった。

「さればわたくしも鯉屋にまいりまする」

菊太郎は思案顔のまま答えた。

かれが鯉屋に帰ったのは、主の源十郎に遅れること四半刻（三十分）余り。すでに真砂屋藤兵衛は、三条高倉の店にもどり、宿預けとされた車屋文蔵は、別棟の座敷牢に閉じこめられていた。

「おやっ、おぬしは車屋の主ではないか——」

源十郎に断り、座敷牢をのぞいた菊太郎は、わざと驚きの声をあげ、かれの顔をしげしげと眺めた。

「あっ、お武家はんは——」

「車屋の主、おぬし、いったいどうしたのじゃ」

「お武家はんはこの鯉屋の——」

「これは奇遇じゃなあ。わしは鯉屋の用心棒をいたしておる。おぬしこそどんな悪事を働き、こんな公事宿の宿預けとなっているのじゃ」

「どんな悪事、そら悪事といえば悪事かもしれまへんけど、何もわしだけが悪いわけではおまへんわいな。それに身に覚えのない罪まで白状せいと、奉行所の吟味役さまにせつかれ、困り果ててますのやがな。お武家はん、いうたらなんどすけど、この公事宿鯉屋の旦那も、実にいい加減なお人どっせ。ある罪でわしを訴えたのは、三条高倉の真砂屋藤兵衛どすけどな、そいつのでたらめをまともに信じこみ、目安を書きおってからに。奉行所の吟味役もそれをまた真《ま》にうけ、白状せい白状せいとわしをきつう責めよりますのやがな。もうどうにもなりまへんわ」

「ある罪とは何か知らぬが、それはこれからゆっくりきくとして、どうだ車屋、いきなり座敷牢に閉じこめられると、日頃の暮しのありがた味がわかるだろう。人間は少々貧しくとも、毎日、気ままに振舞え、息災にすごせるのがなによりだぞ」

「お武家はん、ほんまにそうどすわ」

「つくづくそれを悟《さと》ったといいたげな顔つきじゃな」

「わしは淀《よど》の貧乏百姓の子どしたさかい、金だけがすべてやと考え、この三十年余り、ただ金々と脇目もふらずに稼いできました。けど人間は、金がすべてではありまへんなあ。公事宿の座敷牢に思いがけず閉じこめられ、ほんまにそう思いましたわ」

「おぬし、脇目もふらずにともうすが、車屋の女将はおぬしのこれではないのか――」

菊太郎は左手の小指を立て、ふと笑ってみせた。

「お武家はん、それは稼業のためどすがな。それくらい堪忍しとくれやす」

文蔵は両膝をそろえ、率直にわびた。

「まあそこまではとやかくもうすまい。それより車屋、わしがおぬしをこの座敷牢から出し、困り事の相談にのってつかわそうか」

いよいよ菊太郎は話の本筋に入った。

「お、お武家はん、それ、じょ、冗談どっしゃろ。この鯉屋は、ゆうたらわしの敵《かたき》どすがな。主《あるじ》がそんな勝手を許しますかいな」

「許すも許さないもない。わしは公事宿のただの用心棒ではないぞよ」

片頰をにやっとゆがめ、菊太郎は店の方にむかい、やい源十郎、座敷牢の鍵を持ってまいれと叫んだ。

「へ、へい――」

と答えたのは、源十郎ではなく、下代の吉左衛門だった。

吉左衛門が長廊に急いで現われ、つぎに当の源十郎が、血相を変えてやってきた。

「菊太郎の若旦那、大変なことが起りました。いま真砂屋から使いがあり、手代の茂助が、見張りの小僧を欺《あざむ》いて、厠《かわや》の窓から姿をくらませたそうどすわ」

「なんだと——」

座敷牢の前からすくっと立ちあがり、菊太郎は源十郎に怒鳴った。

「そらあきまへんわ」

車屋文蔵が両手で木格子をつかみ取った。

かれの胸裏には、金仏を探すため、町奉行所の手先が、店に雪崩《なだれ》こむ光景が浮かんでいた。その混乱にまぎれ、かねてから客の茂助としめし合わせていたお鈴が、逃走をくわだてる。二人の関係をかすかにきいていた文蔵は、だからあきまへんわとうめいたのであった。

お互いに好き合った二人が、手をたずさえ、あの世にむかい走っていく。かれには止めようもなかった。

「車屋、なにがあきまへんのじゃ。もうせ——」

菊太郎は吉左衛門から座敷牢の鍵を奪い取り、牢の錠前をがちゃんと開けた。

「お武家はん、いや菊太郎の若旦那はん、あんたも公事宿の旦那はんも、全くどじなお人どっせ。奉行所の旦那もどすがな。わしがやった悪事は悪事。そやけど金仏の行方、わしには全く身に覚えがないさかい、それがいえるのどすわ」

文蔵は座敷牢の潜り戸から、腰をまげて外に出ながら、怨《うら》みがましい目で、菊太郎と源十郎の二人に愚痴った。

東町奉行所の坂根武大夫の手の者が、車屋の遊女お鈴の出奔《しゅっぽん》を告げてきたのは、それからさらに半刻（一時間）ほどあとだった。

菊太郎は鯉屋の離れで、文蔵を前に坐らせ、その最悪の知らせをまたきかされた。

四

不安のうちに翌日を迎えた。

「やっぱり、車屋の店も長者町の家からも、金仏はでてこんかったそうどすわ」

夕刻になり、東町奉行所の公事宿仲間の詰所からもどってきた手代の喜六が、源十郎とともに離れに姿をみせ、落胆気味に菊太郎に知らせた。

かれのそばで、車屋文蔵が深刻な顔をしている。

菊太郎の指図により、奉行所の命にそむき、かれを座敷牢から出したままにしている源十郎は、じろりと文蔵をにらみつけた。

「若旦那はんに鯉屋の源十郎はん、そんな金仏、わしはあれほどしらんというてましたやろ。

また隠すため、あれをどこにも預けてしまへんで。貧乏な家に生れたさかい、そら少々あくどい稼ぎをしてきましたわいな。せやけど吟味役さまにすべてを白状してんのに、いくら大枚の金になるからといい、往生際の悪い嘘なんかもうつきますかいな。鯉屋の旦那はん、わしが探索の始末をきいても、晴ればれとした顔をせいしまへんのは、真砂屋の茂助はんと店のお鈴の行方が、一日たってもわからへんからどすわ。お奉行所も調べてはりまっしゃろけど、金仏より二人の生死の方が大事とちがいますか。探しに行きたくても、わしはここから一歩も外に出られしまへん。どの店でも、不始末を起した奉公人には冷たいもんどっしゃろけど、真砂屋はんでは、二人の行方を探してはりますのかいな」

文蔵の言葉で、源十郎が喜六の表情をうかがったが、喜六は首を横にふった。

「へえっ、そうどすか。茂助はんいう手代は、真砂屋藤兵衛はんの従兄弟の息子はんで、店の女子から耳にはさんだ噂によれば、真砂屋の一人娘は気まま者、真砂屋はんは真面目で律義な茂助はんを婿《むこ》にして、暖簾を守ってもらおうとまで考えてはったといいますわなあ。それだけ見こまれていたお人が、かわいそうなもんで、そうどすかいな。わしもそろばんを弾きちがえましたわ」

腕を組み、文蔵の愚痴に耳を傾けていた菊太郎の目が、このとき少し疑いの色をおびて光った。

「若旦那、どうしはりましたん――」

「真砂屋の一人娘はあばずれ娘、藤兵衛は茂助に店を譲ろうと考えていた。奴は一応は白状したものの、あとはさざえのように口をつぐんでいる。奴が消え失せたら、あばずれ娘は店はやっぱり自分のものだと、内心、大喜びだわなあ。ほかに好きな男でもいればましてじゃ。源十郎、これはわしらも奉行所も、この文蔵がもうす通り、大きなどじを踏んだかもしれんぞ――」

「若旦那はなにをいいとうおすのや――」

「わしは茂助もわれわれも、そのあばずれ娘にいっぱいくわされたかもしれぬともうしているのじゃ。あばずれ娘にとって、茂助は堅物だけに邪魔者。親切めかして奴に家蔵の探幽画や抱一画をこっそりくれてやり、車屋のお鈴に会いにいかせていたとなれば、どうなる。問題の金仏は自分が隠し持っている。こう考えれば、話の辻褄《つじつま》がすべて合うというものじゃ。茂助の身になれば、真砂屋のあばずれ娘の婿となり、大店の主に納まるのは、お鈴を好きなだけに、なにかと遠慮があろう。そんな男を、親切ごかしにおとしいれるのはわけもない」

「わ、若旦那――」

　源十郎がぐっと身体をのり出した。

「おぬしにも事件の裏がみえてきたか」

「はいな、これはひょっとしたら、若旦那のいわはる通りかもしれまへん」

「ひょっとどころか、それがほんまどっせ。わしは下種《げす》な人間だけに、下種な人間の考えることが、手の中を見るようにようわかりますわいな」

「真砂屋のあばずれ娘は、お袖とかもうしたな」

文蔵にうなずき、菊太郎は源十郎にただした。

「へぇ、確かお袖ときいてます」

そのあと離れに、一瞬、重い沈黙がただよった。

文蔵が茂助とお鈴の行方を案じているのは確かで、また源十郎は、商売とはいえ、真砂屋藤兵衛のいい分を一方的に信じこみ、公事を引きうけた軽率を悔みかけていた。

「源十郎、わしは喜六を供にして、真砂屋に出かけてまいる。おぬしは人手を集めて、茂助とお鈴の行方を徹底して探すのじゃ。二人の生れは太秦村。頼るとなれば、その界隈《かいわい》の知辺《しるべ》しかあるまい。是非とも無事に見つけ出すのじゃ」

「若旦那、よういうてくれはりました。おおきにおおきに。わしにもお手伝いさせとくれやす」

文蔵は自分の潔白が証明されたと考えてか、小腰をあげた。

「車屋、ばかをもうすな。おぬしはまだ奉行所からの宿預人じゃ。わしが他出いたすからには、また座敷牢にもどってもらわねばならぬ」

「ざ、座敷牢に。そんな殺生《せっしょう》な――」

「殺生もなにもないわい。それもあとしばらくの辛抱じゃ。事件の真相が明らかとなった暁《あかつき》には、おぬしの商いが困らぬよう、わしが坂根さまを通じてお奉行に慈悲を乞《こ》うてやる」

菊太郎は早口でいい、床においた刀をつかみ取り、店の方にむかい喜六と大声で叫んだ。


鴨川のむこうに東山の連嶺がのびている。

山は緑をふくみはじめ、艶《つや》めいた小座敷に吹きこんでくる風が快《こころよ》かった。

「お嬢はん、茂助が車屋のお鈴と逃げてくれ、これでもう大丈夫どすなあ。あいつ、子どもの頃から惚れてたお鈴恋しさのあまり、お嬢はんの罠《わな》に、まんまと引っかかりましたわいな。お店《たな》へご奉公にあがってから、あいつなにかとお嬢はんにへつらい、旦那さまのお叱りを自分が受け、ええ恰好してきよりましたが、あれは全部、お店を乗っ取るつもりやったんどっせ。お嬢はんと割りない仲になっているこのわしを除《の》け者にして、四代目に居坐ろうなどとはもってのほかや。金仏は茂助が盗み出した。車屋に渡したかどうか、そんなことはどうでもよろし。罠は二幅の絵だけで十分どすわ」

真砂屋の手代福次郎が、床柱を背にして酒を飲んでいるお袖に、媚《こ》びるようにいった。

「おまえも飲みますやろ——」

お袖が妖艶《ようえん》な顔で福次郎にたずねた。

「へえ」

「それより先に抱いとくれ」

彼女は盃をおき、福次郎にしなだれかかった。

二人がいまいる料理屋「大杉屋」は、真砂屋が客を接待するための店だった。

「儀右衛門、うち、気持がいらいらしてかないまへんさかい、大杉屋に行き、東山でも眺めてきます。茂助があんなことを仕出かしたからには、うちも性根を入れ替えなあきまへんさかいなあ」

父親の藤兵衛は、公事宿の鯉屋から迎えがきたため、何かあわただしく出かけていった。大番頭の儀右衛門は、疑わしげな視線でお袖を見たものの、へいとうなずき、福次郎の供を許したのであった。

「おまえの口からお父さまの考えをきかされてから、うちは茂助の顔を見るだけで寒気がしました。おまえを好いているうちが、なんであんな男を婿にせななりまへんのや。この金仏一つで真砂屋の身代がうちとおまえのものになるとは、ありがたいことどす。福次郎、おまえはほんまに知恵者やなあ」

お袖は懐から白布につつんだ六寸ほどの弥勒菩薩像をとり出し、悪戯《いたずら》っぽく片手でおがんだ。

「知恵者もなにも、わしはお嬢さまといつもこうしたいだけどすわ」

かれがみだらな笑みを顔ににじませ、お袖のきものの裾《すそ》に手をのばしたとき、小座敷の襖がすっと開けられた。

真砂屋の大番頭からお袖の行き先をたずね出し、主従の会話を外で立ちぎきしていた菊太郎であった。

「あ、あんさん、お部屋を間違えはったんとちがいますか――」

危険な話をきかれたのではないか。お袖が狼狽気味に菊太郎をなじった。

「いや真砂屋のあばずれ娘、わしは部屋を間違えたりはしておらぬ。わしは公事宿鯉屋の居候で、田村菊太郎ともうす。そなたが手にしておる金仏を、そなたともども奉行所に差し出すため、やってきたのよ。茂助を罠にはめたうえ、お上《かみ》をあざむいた罪は、若い女子とはもうせ大きいぞよ。打ち首は必定じゃ」

菊太郎に恫喝《どうかつ》され、お袖はちぢみあがった。

「福次郎――」

お袖が福次郎にしがみついた。

「そこの痴《し》れ者、おぬしも同罪じゃ」

菊太郎は激しい怒りにかられ、目にも止まらぬ速さで、腰の刀を一閃《いっせん》させた。

「ぎゃあ――」

主従の口から悲鳴が迸《ほとばし》り、髷《まげ》が二つ宙に飛んだ。

菊太郎は真砂屋を訪れる途中、あとを追いかけてきた手代の幸吉から、太秦村からそれほど遠くない嵯峨野、広沢池に、茂助とお鈴の死体が浮いたと告げられていたのである。

二人は互いの身体を、紐でかたく結んでいたそうだった。

そのとき、哀《かな》しい結末を悼《いた》むかのように、床に活けられていた白い辛夷《こぶし》の花がぽとりと落ちた。

お婆とまご

一

「ここの酒は旨《うめ》え。こんな旨え酒、わしはいままで飲んだことがねえ。なあおっちゃん」

身形《みなり》や人柄はよさそうだが、全体をみるとどこか荒れをのぞかせる若い男が、銚子《ちょうし》から盃《さかずき》に酒をついでは飲んでいる。かれはまわりの飯台で、酒を飲んだり小魚をせせっている客たちにむかい、しきりに話しかけていた。

だが得体の知れないかれを避けてか、どの客も相槌《あいづち》を打たなかった。

それでも若い男は、酒をほめちぎり、小商人や百姓姿の客たちに満足そうに笑いかけ、また自分の盃に銚子を傾けた。

そして再び大きな声でいうのである。

「この店の酒は全く旨えなあ。こんな旨え酒を飲んだことがないいうのは、わし、ほんまのこっちゃで。おうい、お店のおっちゃん、これはなんちゅう酒やな——」

かれはついに誰も自分の相手になってくれないとわかると、袖《そで》板の奥に声をかけた。

袖板の奥の調理場では、白髪《しらが》の髷《まげ》を小さく結んだ初老の親父が、きゅうりを刻み、小鉢に酢物《すのもの》をこしらえていた。

縄暖簾《なわのれん》を下げた店は、五条大橋の東たもとにあり、「音羽屋《おとわや》」と書いた提灯《ちょうちん》が軒にかけられている。店の親父の名は松蔵といった。

かれは若い男が、相客の誰かれなしに酒が旨いといい話しかけるのを、店の奥から先刻もながめ、いまいましげに眉《まゆ》をひそめたところだった。

五条大橋の東詰めは、そのまま伏見街道に通じており、店は問屋町のかたわらに構えられていた。

白昼の居酒屋だが、音羽屋の客は、奈良や大津の近在から、京へ小間物などを仕入れにきた小商人か、さもなければ、伏見や淀《よど》あたりからきた百姓ぐらい。身形をみれば一目瞭然、それぞれ実直な生業《なりわい》の者たちばかりだ。

かれらは一本か二本の銚子を、じっくり味わいながら飲み、雅《みや》びた京のたたずまいを楽しんで、また各自の暮しにもどっていくのである。

夜には、広い土間に馴染《なじみ》客も多かったが、月に一、二回ぐらいしか顔をみせない昼間の客も、松蔵にはやはり馴染客だ。一見《いちげん》の客に店の雰囲気をそこなわれてはかなわんなあ——と、非難の目でながめた直後、若い男の声がとんできたのだ。

「へえっ、なんどすかいな」

ええ加減にしとくれやすと怒鳴りたい気持をぐっとこらえ、松蔵は袖板から顔をのぞかせた。

　店の小女は、すでに松蔵の不機嫌に気付いており、刳盆《くりぼん》をにぎったまま二人を見くらべた。

「おっちゃん、この店の酒は旨いなあいうてんのやがな。この酒、どこの酒やな。わしに銘柄をきかせてんか」

　若い男は銚子の鶴首《つるくび》をつまみ、横にふってたずねた。

　かれが小鰯《こいわし》の煮付けを肴《さかな》にして飲んだのは銚子二本。酒が旨いと騒ぐからには、相客に銚子の一、二本、振舞ってもよさそうなものだが、そうしないのは、服装にくらべ懐《ふところ》がさして豊かでないからだろう。

「お客はん、それは伏見の〈ふり袖〉どすがな。そんなに旨うおしたら、もう一、二本おつけしまひょか。ついでにほかのお客はんたちに、振舞うてあげやしたらいかがどす」

　松蔵は苦情より儲《もう》けを選んだ。

　伏見の銘酒「ふり袖」は、奈良街道に沿った地で古くから地酒を醸造していた鮒屋《ふなや》三右衛門が、江戸初期、伏見奉行についた仙石因幡守久利《ひさとし》を供応したとき、久利によって名付けられた由緒をもつ酒であった。

「おお、そうや、そうやった。気いつかなんですまんこっちゃ」

　若い男は大きな声でいい、一瞬、胸算用でもするのか、右手を懐の中に入れた。

「勘定の方はよろしゅうおすなあ」

松蔵が相手の顔色をうかがった。

「かまへん、かまへん。銭やったら心配せんでもええでえ」

「ほんなら安心して燗《かん》つけさせてもらいまっさあ」

若い男と松蔵のやりとりを、相客たちの幾人かが、息をこらして見つめている。

酒飲みとは意地汚いもので、立ちあがりかけた客が、また飯台の席に腰をもどした。

「ほんまにこの酒は旨い。伏見のふり袖か、忘れんとしっかり覚えとこ。なあみなはん――」

かれは自分をながめる客たちにうなずいた。

お世辞笑いを返す者、視線を伏せる者。着流しのまま店のすみでちびりちびりやっている田村菊太郎《きくたろう》の目には、いずれもありふれた庶民《しょみん》の姿として映った。

――こ奴《やつ》、世間のはぐれ者のようだが、身形には金がかかっており、そうではあるまい。

　さして好きでもない酒を飲み、相客に酒をほめてみせるのは、人恋しさからであろう。意外にお人好《よ》し、周囲の者たちは相手にいたさぬが、奴にはなんの悪企《だく》みもないはずだ。

菊太郎は、若い男の視線にとらえられるのを避け、わざと顔を伏せて銚子を傾けていた。

かれが自分の領域から少し離れた五条大橋東詰めの居酒屋で、白昼、酒を飲んでいるのは、胸の憂《う》さを晴らしたいからだった。

先ほど菊太郎は、五条大橋のかたわらで、一艘《そう》の舟を南に見送っていた。

高瀬舟に乗せられ、伏見から大坂、さらには隠岐《おき》島にと送られていく「真砂屋」藤兵衛の娘お袖にせめてもと思い、ひそかに別れをつげにきたのである。

公事宿《くじやど》「鯉屋《こいや》」源十郎が引きうけた前回の事件は、実に後味が悪かった。

あばずれ娘のお袖と手代《てだい》の福次郎に企まれた手代茂助と幼馴染みのお鈴は、広沢池に入水《じゅすい》して果てた。

事件の真相をつかんだ東町奉行所の公事方吟味役の坂根武大夫は、奉公先の主《あるじ》をだまし、あまつさえ当奉行所に厄介をかけたのは、〈お上《かみ》〉を欺《あざむ》く所業として、娘お袖と情交を重ねていた手代の福次郎を、斬首《ざんしゅ》の極刑に処した。二人が直接手にかけたわけではないが、茂助とお鈴を殺害したのも同然だからだ。

主犯ともいえるお袖は、若い女子のため特に罪一等を減じられ、即刻、隠岐島への永《なが》の遠島。真砂屋藤兵衛には家内不取り締まりのかどで、闕所《けっしょ》の断が下された。

公事の相手となった「車屋」文蔵は、菊太郎がかれに約束した通り、遊女屋稼業以前の不埒《ふらち》は不問。ただし稼業の心得よろしからずとして、過料《かりょう》（罰金）百両、営業停止十日間という軽いお咎《とが》めですまされた。

「採《も》めごとの中心になった金仏は信仰いたすもの。店をはじめ一切を闕所といたすが、特に藤兵衛に尊像の所持をさし許す。それをいかようにいたすとも、当奉行所の関わり知るところではないと心得よ」

吟味役坂根武大夫は、藤兵衛に対して暗に金仏を処分して店の再興を計れと、指図をあたえたのであった。

「ご吟味役さまのお言葉をきき、ほんまにわしもほっとしましたわ」

車屋文蔵の声が、いまも菊太郎の耳によみがえってくる。

だが島送りになるお袖は、自分と情交を重ねていた手代の福次郎が、すでに処刑されたむねを知らされながら、平然とした顔で高瀬舟に坐《すわ》っていた。それが菊太郎には、なんとも胸《むな》糞《くそ》が悪かった。

五条大橋に枝をたれる柳のかたわらで、彼女を見送る菊太郎の耳にはとどかなかったが、お袖は護送の与力や同心に、なにか冗談さえいいかけているようすだった。

「うちもこれで京の見納めどすわ――」

それに対し護送の与力が、お上にもお慈悲がある、島では身持ちを正し、真面目に暮すのじゃと、いいきかせたにちがいない。そんな気配が遠くからでも感じとれた。

「ふん、うちがそうしとうても、女子はんに飢《う》えた島の流刑者たちが、うちを放っとかしまへんやろな。いっそ福次郎と、重ねて四つに斬《き》ってほしおしたわ。こうなったら、あとは島でなるようになるだけどすがな。甘いことというて、うちを弱気にさせせんといてんか——」

お袖の居直りぶりも、はっきりうかがわれた。

——お袖の奴に少しでも悔悟《かいご》の気持があれば、死んだ茂助やお鈴たちも成仏でき、親父の藤兵衛どのも救われるものをなあ。

菊太郎は胸の中でつぶやき、盃をあおる。

だがいくら酒を飲んでも、心の憂さが晴れないどころか、ますます陰鬱《いんうつ》になってきた。

——お袖の島送りを見送らねばよかった。

相客たちに酒の味をほめていた若い男のことなど、菊太郎の脳裏から消えていたが、怒号とともに、がちゃんと瀬戸物の割れる鋭い音がひびき、ふと我に返った。

「な、なにしはりますねん——」

怒号にたじたじとなり、それでも辛《かろ》うじて反発しているのは、あの若い男だった。

「なにをしはりますのじゃと。わしらはわれなんかの酒を飲みたくないというとるんじゃわい。たかが銚子の一本や二本、わけ知り顔で振舞い、青二才が大きな顔をしいさらすな。われなんぞに酒をおごられたとあっては、わしらの名折れになるんじゃい」

若い男にむかい、はっきりならず者とわかる二人の男が、罵声《ばせい》をあびせつけていた。

「そ、そやけど、折角《せっかく》の銚子を叩き割ることはおへんやろ」

かれは音羽屋の小女が盆に載せてきた二本の銚子の酒を、つぎつぎ店の相客たちに注《つ》ぎ、かれらの許《もと》に近づき、一喝をくらったのであった。

「われ、わしが銚子を割ったのが気に入らんのやな。そやったら、こうされたらどないするつもりじゃ――」

左頬《ほお》に切傷のある年嵩《としかさ》の男が、いきなり手を振り、怯《おび》えた恰好で飯台によりかかる若い男の頬をばしっと叩いた。

激しい打擲《ちょうちゃく》の音が店のなかに響き、総立ちになり、なりゆきをうかがっていた客たちの間に、ざわめきが広がった。

関わりになるまいとして、あわてて勘定を置き、姿を消す客もみられた。

「む、無体《むたい》な。あんまりどすがな――」

頬をぶたれた若い男が、一遍《いっぺん》に酔いをさまし、泣きそうな顔で相手をなじった。

「しゃらくさい。わしらのやりようが無体だと。飲みたくもないわれの酒を、わしらに無理強《じ》いする方が、よっぽど無体やわい」

明らかに二人のならず者は、若い男にからんでいる。

「や、やめとくれやす――」

かれらの間に、音羽屋の松蔵が必死な声をあげ仲裁に入った。

店の中でこれ以上揉められては、調度品が損《そこ》なわれ、怪我人もでる。町内の番屋から、町廻《まわ》りや市中見廻りの同心でも駆けつけることになれば、店の評判が落ちるどころか、数日、暖簾を下ろせと命じられかねなかった。

「やめてくれやと。なるほど、店の親父にすればそうやわなあ。どうや源二、おまえにも親父のいい分がわかるか——」

年嵩の男はあざ笑いを浮かべ、仲間の男にたずねた。

「卯平次の兄貴、わしにかてそれくらいの道理、わかりますわな」

「そうやろう。お素人《しろうと》衆に迷惑をかけるしなあ。わしらはそこのところを分別せな、食うていかれへん。いくらやくざ者でも、仁義だけは守らないかんご時勢やさかい。ほならこいつを外につまみ出し、そこでぐうの音《ね》も出んようにいためつけたろ。こいつ、全くいい気になりおってからに。生意気やで——」

「兄貴、それがええ勘考どすわいな」

卯平次から源二とよばれた男が、頬をゆるめて答えた。

二人は殊勝な言葉をのべたてていたが、互いの目は笑っていなかった。怯えきっている主の松蔵や店の客たちを十分に恫喝《どうかつ》して、番屋に走らせなかった。

二人の視線が、そのかたわら店の隅に腰を下ろす菊太郎の姿にちらちら注がれた。

かれらの目に映る菊太郎は、柔弱な寺侍《てらざむらい》か公家《くげ》侍。正義感をむきだしにあらわす田舎侍とちがい、にわかに持ちあがった騒動に驚き、身を縮めて嵐が去るのをひたすら待つ腰抜けにしか見えない。卯平次は残忍そうな顔に、相手の度胸のなさを蔑《さげす》む色をふと浮かべた。

「か、堪忍しとくんなはれ――」

若い男が店の客たちを見まわし、泣きそうな顔で卯平次に懇願した。

「いまさら堪忍なんぞできるかい。わしらはそう分別したんじゃ。止めてやまるかいな。われも覚悟せいや――」

卯平次は逃げ腰になった若い男の胸倉を、左手でがっしり摑《つか》み取った。

「やめとくれやす――」

「うるせえ。往生際の悪い奴ちゃ。じたばたせんとけや」

卯平次は力まかせに相手を自分の胸許にぐっと引き寄せ、目をむいてにらみつけ、またもやばしっとかれの右頰を叩いた。

「ぎゃあ――」

悲鳴をあげながら、若い男は音羽屋の入口に引きずられていった。

もはや抵抗する気力も失《う》せ、卯平次のなすままになっていた。

店の客たちは固唾《かたず》をのんでみつめ、一方、店の親父松蔵の顔には、これで厄介から逃れた安堵《あんど》の色がにじんだ。

盃を置き、菊太郎がゆっくり立ちあがったのはこのときだった。

「兄貴——」

源二が目敏《めざと》く菊太郎の動きに気付き、卯平次にささやいた。

一瞬、卯平次の動きが止まった。

つぎには挑みかかるような目で菊太郎を眺めた。

——てめえ、わしらに文句をつける気か。

卯平次の目はそういっていた。

「やい、青侍——」

まず源二が、菊太郎にむかい口を切った。

「おぬしのもうす青侍とは、わしのことか」

青侍は柔弱な武士を侮《あなど》る言葉で、大きな寺院や公家につかえる武士の呼称でもある。

「そうやがな。てめえのこっちゃ」

「このわしが青侍といたせば、おぬしたちは臭い物にたかる青蝿《あおばえ》かな。なりふりや人を脅《おど》す文句だけは猛々《たけだけ》しいが、わしが見たところまるで木偶《でく》に等しい」

「なんやとこの青侍。なんならわしが吼《ほ》え面《づら》をかかしたるで」

「おお、さようにいたしてくれ。今日のわしはことのほか虫の居所が悪くてなあ。自分自身をもてあましているのよ。おぬしたちの腕の一、二本折りかねぬ。刀を抜くまでもなかろうでなあ」

「この野郎、勝手なことをいわせておけば図に乗りおってからに――」

卯平次は若い男の身体をどすんと突き離し、狂暴な表情で菊太郎にむき直った。

獲物に襲いかかる姿勢で、店の隅に立ったままの菊太郎にじりじり迫っていく。店の客たちが、興味深げに二人の動きを注視した。

菊太郎は静かな微笑をうかべ、卯平次が迫ってくるのを待っている。

卯平次は肩で息をつき、菊太郎のそばへさらに近づいた。

――ただの青侍とみたのが誤りだったのではないか。相手の落ちつきぶりが意外だ。

かすかな逡巡《しゆんじゆん》が卯平次の動きにひるみを生じさせたが、もはやどうにもならない狂暴なものが、かれを菊太郎にむかって跳躍させた。

「うわあっ――」

騒然とした声は、店の客たちの間から起った。

かれらは当然、菊太郎がならず者の手に摑み取られ、つぎには手もなく叩きのめされると思っていたからである。

　しかし予想に反し、卯平次の身体が宙で一転し、大きな音をたて飯台の上にひっくり返された。

「ぎゃあ——」

　腰の骨でも打ったのか、卯平次の口から悲鳴が迸《ほとばし》る。

「それみたことか。今日わしは虫の居所が悪いともうしたはずじゃ。勝負はこれまで。店の親父に詫《わ》びをもうして金を払い、早々にここから退散いたせ。それが分別じゃ——」

　菊太郎は華奢《きやしや》な手の指で襟許《えりもと》をととのえ、またゆっくり自分の飯台に坐った。

「おぼえてやがれ——」

　卯平次と源二は、かれに捨て台詞《ぜりふ》をあびせつけ、その場から逃げていった。

二

　初夏を感じさせる陽光が、せまい庭の青葉ごしに離れの居間を明るくさせている。

「若旦那、なにしてはりますねん」

　店の裏から急ぎ足で菊太郎の部屋にやってきた手代の喜六が、あきれた声でたずねた。

「なにをしているとは珍妙、そなたが見ての通り、お百《ひやく》と遊んでいるのよ」

かれは胡座《あぐら》をかき、猫のお百の前脚《まえあし》をつかみ、歩かせているのであった。

お百が迷惑そうに、にゃあごと鳴いた。

「うちの和尚《おしよう》さん　むりなこと　おっしゃるさ　かごで水汲め　いかき（ざる）で運べさ石で風呂たけ　消さずにさ」

菊太郎は節をつけて唄い、お百をまた歩かせた。

「若旦那、やめときやす」

「お百の奴が退屈そうにしていたゆえ、いっそ化けはせぬかと、こうして遊んでいてやるのじゃ。まことこ奴が化けてくれたら、わしは小金持ちとなり、左団扇《うちわ》で暮せるのじゃがなあ」

「なにを埒《らち》もないことをいうておいやすのやな。そんな話をお信《のぶ》はんがおききやしたら嘆かはりまっせ」

かれと料理茶屋「重阿弥《じゆうあみ》」で働くお信との仲は、いまや公事宿鯉屋で知らぬ者はなかった。

「ところで喜六、わしに用でもあるのか」

菊太郎はお百の前脚から手を離した。

彼女はこれ以上たまらぬとばかり、居間からさっと庭に飛び出していった。

「へえ、若旦那にお客さまどすわ」

「わしに客だと」

「しかも、すごい女子《おなご》はんどっせ。若旦那も隅におけまへんなあ。わしかてあやかりとうおすわ」

「すごい女子、はてなあ――」

首をひねり、喜六がすごいと形容する女性について、思い出そうとしたが、菊太郎にはなんの記憶もなかった。喜六がすごいというからには、さぞかし美形なのだろう。

「お信はんが気をもまはりまっせ」

「ばかをもうすな」

「お勢《せい》さまとお名乗りどしたけど、ここにご案内してもよろしゅうございますか」

「おいおい喜六、わしに覚えのない女子を、部屋にまで案内いたす必要はない。わしが店の表に出かけてまいる」

菊太郎は不審な顔で立ちあがり、きものの襟を合わせた。

誰がなんの用で自分を訪ねてきたのか。あれこれ記憶をさぐったが、まるで心当りがない。お信の長屋にはきのう訪れており、彼女からの使いではなさそうだった。

長廊に足を運び、菊太郎は店の表に近づいた。

公事を依頼にくる客の事情をきく客間から、鯉屋源十郎の「そうでございましたか」の声がきこえてきた。

なにやら嗄《しわが》れた声がそれにつづいた。

「わしに客とはいかなるお人じゃ」

菊太郎は、店と客間との暖簾をはねあげ、ぎょっとそこにたちすくんだ。

源十郎が相手にしていたのは、七十歳余りの老婆、しかも頭痛持ちとみえ、両のこめかみに梅干しを貼《は》りつけた年寄りだったからである。

だが茶羽織をきた身形はよく、品らしいものを十分にそなえていた。

「喜六——」

菊太郎は後ろについてきた喜六を、小声で叱った。

「わし、すごい女子はんとはいいましたけど、なにも若い美人やとはいうてしまへんえ」

かれは人を小馬鹿にしたとぼけた顔でいい、帳場に身をひるがえしていった。

「若旦那、いかがいたされました」

二人のやりとりに気付いたのか、源十郎が首をのばし、菊太郎にたずねかけた。

「いや、なんでもない。お百ではなく、喜六の奴に、わしが誑《たぶら》かされたのじゃ」

「喜六に誑かされたとは、真昼間からなにをいうてはりますのや。お客はんはこのお年寄りどすわ。若旦那、おききしたら、なんや人助けをしはったんやてなあ」

「わしが人助けを――」

菊太郎は源十郎にすすめられ、老婆の前に坐った。

「鯉屋の旦那はん、このお人が田村菊太郎はんどすかいな」

老婆は源十郎に念を押し、背をまげたままの姿勢で、まじまじと菊太郎を仰《あお》いだ。

「さようでございます。田村菊太郎さまどす」

「おやさようどすか。わしはまたならず者をものの見事に退治しはったと弥市からききましたさかい、髭面《ひげづら》のごついお侍さまやとばかり、勝手に思うてましたのやがな」

弥市という名を耳にし、菊太郎はやっと老婆の身許に気付かされた。

彼女はきのう菊太郎が、五条大橋東の居酒屋で、ならず者たちから助けた若い男のおそらく身内なのだろう。

かれは確か弥市と自分の名前を明かしていた。菊太郎は執拗にたずねられたため、そのとき姓名と居候《いそうろう》先を告げたのである。

「それでは改めて田村さまにご挨拶いたします。わしはきのうあんたさまにお助けいただきました弥市の祖母《ばば》でお勢といいます。弥市になり代り、本日はお礼に寄せていただきました。きのうはほんまにおおきにどした」

彼女は居住いを正し、菊太郎に両手をつき、小さな茶筅髷《ちゃせんまげ》を深々と下げた。

「田村菊太郎でございます。ご老女どのが、さようでございましたか」

菊太郎は頬をゆるめ、さあその手をおあげくだされとうながした。

「若旦那、ご隠居さまから、礼物として虎屋の饅頭《まんじゅう》をいただいておりますえ」

源十郎が膝許の一折りを示した。

「それでは、わたくしがはなはだ恐縮いたします」

「なんの、あの弥市に怪我がのうて、婆《ばば》はほっとしました。せやけど、幼いとき両親を流行《はやり》病《やまい》で失のうたため、わしが大事にするあまり、育て損なったのか、あの弥市にはほんまに往生してます。今日もいっしょにこちらさまに伺おうといいながら、いざとなると、ぷいとどこぞに行きよりましてなあ。まあこの年寄りに免じて許したっとくれやす」

お勢はよほど弥市の行状に手をやいているとみえ、洟《はな》をすすりあげ、目を拭《ぬぐ》った。

「そんなことはどうでもよろしおすけど、お婆さま、その弥市はんはおいくつにならはるんどす」

なぐさめ顔で、源十郎がかれの歳《とし》をたずねた。

お勢は孫の弥市をひどく猫可愛がりにして育ててきたにちがいない。彼女の言葉の端々に、いまもそれがのぞいている。

「へえ、それがもう二十二にもなるんどすがな。わしが厳しく躾《しつけ》てきたさかい、女遊びも博《ば》打《ち》もせえしまへん。そらええ孫どすけど、人柄は悪くないものの、人間がもう一つぱっとしよりまへんねん。これといって親しい友だちもいてしまへん。珍しく人さんにお酒をご馳走しようとしたらあの始末どっしゃろ。なんであんな子がそないにされなんのか、このお婆にはさっぱりわからしまへん。この頃、なんやあの子、外に出るたびに、人さんからよう因縁《いんねん》をつけられますねん」

お勢の言葉に耳を傾けながら、菊太郎は酒が旨いといって褒《ほ》め、相客に対して人懐かしげにしていた弥市の顔や素振《そぶ》りを、はっきり思い浮かべていた。

誰かれなしに話相手をもとめる。

それは人の好さからと、少しでも孤独をいやすため、人間が自ら行なうわざであった。弥市の言動には、明らかにこれがうかがわれた。

「お婆どの、ご家族はお婆どのと弥市どののお二人だけなのじゃな」

菊太郎は念押しぎみにたずねた。

「へえ、あの子に兄弟でもいてたら、そら違いますやろけどなあ。婆と孫一人の世帯どすねん」

それから彼女が語ったところによれば、お勢と弥市は、四条小橋を上《かみ》にあがった米屋町に住んでいた。彼女の連れ合いの庄兵衛は、御幸町《ごこうまち》仏光寺通りで質屋を営んでいたといい、息子の善助があとを継いで嫁を迎えたが、弥市が七歳のとき、夫婦とも流行病で死んでしまった。

庄兵衛はよほど気落ちしたのか、半年後に若夫婦のあとを追い、お勢と弥市だけが、この世に残されたという。

「質屋稼業いうのんは、いくら実直な番頭や手代が居てたかて、女子の腕ではとてもやっていかれしまへん。そやさかいわしは、米屋町の高瀬川沿いに十軒長屋も、すぐそばに小さいながら住む家もあることやし、奉公人の身の立つように計らってやり、店をたたみましたのや。弥市が一人前になったら、器量に応じた商いでもさせたらええと、わしなりに一生懸命、家屋敷を守ってきたつもりどすのや。そやのに、あの子はこのお婆の気持もわからんと、なにをさせてもだらだら、さっぱりものになりまへんねん」

弥市は十五歳のときまで寺子屋に通い、商人に必要な筆算や「五倫経書」などを一通り学んだ。それからかつての同業者の店へ、見習奉公に出た。だがここは半年で腰を折り、つぎには将来、料理屋をやりたいといい出し、上京の料理屋へ奉公した。

しかし、ここも一年で辞め、あとはあれをやったりこれをやったりして、いつの間にか二十二にもなったのだという。

質屋を廃業したときの金、さらには長屋から毎月あがってくる家賃が、かれを安易な気持にさせ、懸命さを失わせたとも考えられる。だがお勢の話をきいていると、菊太郎にはどうもそれだけではなさそうに感じられた。

お勢は質屋稼業で暮してきたせいか、小金を持ちながら金遣いにはうるさく、弥市に無駄金を使うな、無駄金を使うなと、いいつづけてきたようすである。

こうして育てられた弥市は、当然、人付き合いは悪く、やがては銭がありながら出し汚《ぎたな》いと、仲間からうとまれる存在になる。

家産を散じさせてはならない。弥市が遊びの味を覚えたら大変だ。お婆の心配が、かれの生きる世間を狭くさせ、人間はいいものの、かれは他人から敬遠される人柄につくられたというのが、菊太郎の観察だった。

「お婆どのの話では、弥市どのはこれまで、銭の使いかたも十分知らないまま、育ってこられたようだのう」

菊太郎はたまりかね口をはさんだ。

「銭の使いかた――」

お勢は目をぱちくりさせ、つぎには菊太郎をにらみつけた。

「そうじゃ。銭があっても使わねば、ないのも同じ。上手《じょうず》に使ってこそ、銭は生きてくる。

銭があってのけちは人に嫌われる。弥市どのがそれだろうよ。いっそない方がましというものじゃ」

「ふん、あんさん、公事宿の居候をしていてからに、いったい何がおわかりやすのや。銭いうもんは、仰山《ぎょうさん》持ってみな、その値打ちのわからんもんどす。持ってはれへんさかい、そないなことがいえるのとちがいますか。わしが弥市をどないに育てようと勝手どすがな。放っといておくんなはれ」

急に態度を変え、お勢は口をゆがめ、憎々しげにまくしたてた。

おだやかな部屋の雰囲気が、にわかに険悪になった。

「まあ若旦那もお婆さまも大人気ない。二人ともお茶でも飲《ぶ》んで、気持を鎮《しず》めとくんなはれ」

源十郎が気をもみ、二人に茶をすすめた。

お勢の生活律はやはり尋常ではない。金があればあるで、その分よけいに周囲の人々に配慮しなければ、人の気持が離れていく。だがそれと、弥市が近頃よく人から因縁をつけられるというのは、なにか因果関係があるのだろうか。源十郎はそばできながらふと思案にふけり、菊太郎に口をつつしむ方が無難だと、目配りをしてみせた。

かれも偏狭《へんきょう》なこの手の年寄りは苦手だった。

「けちなお婆が、えらいお邪魔をいたしましたなあ。あんさんのいわはった言葉は、釈迦に説法どすわな。ほならこれで去《い》なさせてもらいまっさあ」

お勢はどっこらしょと腰をあげた。

袖触れあうも他生の縁というが、源十郎も菊太郎も、彼女がにわかに見せたふてぶてしい態度に、引き止める気にもならなかった。

「ご隠居さま、もうお帰りでございますか」

暖簾のむこうで、下代《げだい》（番頭）の吉左衛門がお勢にお世辞をいい、履物をそろえている。

「へえ。お礼だけはいわせていただきましたさかいなあ」

皮肉をこめたお勢の声が、菊太郎たちの耳にとどいてきた。

「えらいことどすわ。すぐ来てくんなはれ」

三条室町通りの番屋から、使いが駆けつけてきたのは、それからわずか後だった。

なんのためか、今度はお勢が通りかかった男たちに乱暴され、番屋に運びこまれたというのである。

「ここでの腹立ちまぎれに、どうせ見ず知らずの男たちに、憎まれ口でもきいたのだろうよ。源十郎、放っておけ」

「しかし若旦那、鯉屋の名前を出されたらそうもいきまへん。わたしの代りに、ちょっと行ってきておくれやすな」

商売柄、かれはなにか事件の匂いをかいだのである。

「居候三杯目にはそっと出しともうすが、こんなとき、居候は辛《つら》いものじゃなあ」

菊太郎は口とは裏腹にすくっと立ちあがった。

三

水の匂いがする。

「えんやほい、えんやほい――」

こんな掛け声が、一定の間隔をおき、規則正しくひびいてくる。

伏見からのぼってきた高瀬舟の曳《ひ》き人足たちのかけ声であった。

「どうじゃお婆どの、少しはよいかな――」

菊太郎は奥座敷の絹布団に横たわるお勢の顔をのぞき、気遣わしげにたずねかけた。

奥座敷の先は濡《ぬ》れ縁《えん》、十坪余りの小庭があり、古びた灯籠《とうろう》が置かれている。

高い生け垣のすぐむこうを高瀬川が流れ、彼女の住居と持ち長屋はその流れに沿って構えられ、長屋の木戸門は南に口を開けていた。

場所はほぼ一等地、長屋の家賃は安くても、これなら子孫末代まで食いはぐれがなかろう。菊太郎に声をかけられ、お勢は右半分白布でおおわれた顔をまわし、かれを眺めあげた。片方の目許が黒ずみ、先日、菊太郎に悪態を吐《つ》いた口許も、赤く腫《は》れあがっていた。

「ほんまにあの極道者め、年寄りをこんなめにあわせおってからに。罰当りめらが。腰がまだ痛うてならんわい」

「お婆どの、口だけは達者だのう。それより弥市どのはどこにまいられた。姿が見えぬようじゃが」

部屋数の多い家の中は、しんと静まり返っている。弥市のいる気配はどこにもなかった。祖母の薬を医者の許にもらいに出かけたのだろうかと考えたが、そうでもなさそうである。菊太郎はきのうも今日も、お勢のようすを見にきた。だが長屋の店子《たなこ》たちとは、不思議に一人も顔を合わさなかった。

「ふん、あの不孝者、わしがこないに寝こんでいるというのに、朝からどこかへ行きおったわいな。嘆かわしいこっちゃ。長屋の店子も見舞いにも来よらん。いったいなんのつもりでいてんのやろ」

彼女は怨《うら》みがましい声でつぶやいた。

一昨日、三条室町の番屋に菊太郎が駆けつけたとき、お勢は板間に横たえられ、うんうんうなりながら、町医の手当てを受けていた。

「お婆どの、いかがいたされたのじゃ」

菊太郎があわただしくたずねると、彼女は道ですれちがった四人の男たちと、肩が触れたの触れないのとの口論が発端となり、いきなり撲る蹴《け》るの乱暴をうけたのだと、辛《かろ》うじて答えた。

「このお婆さまと連中のやりとりを、見ていた者からききましたけど、あっという間の出来事やったそうどすわ。相手はこんなお年寄り。はなから乱暴する気やったとしか思われしまへん。念のため、お奉行所の旦那にも届けておきましたけど——」

番屋の小者《こもの》は、怪我人のお婆が、どうして鯉屋に知らせてくれと頼んだのか不審に思いながら、菊太郎に一応の顚末《てんまつ》を語った。

「四人の男、連中は当然、堅気ではあるまいな」

「へえ、見ていた衆がならず者みたいやったというてました」

小者の言葉で、菊太郎はすぐ五条大橋東の居酒屋音羽屋で、弥市にからんだ二人の男を思いうかべた。

中年の男は卯平次、若い男は源二と呼び合っていた。

「それで連中のなかに、左頰に切傷をもつ男はおらなんだか」

「旦那、どうしてそれを――」

勘にぴんとくるものがあり、小者にたずねると、かれは驚いて目をみはった。

「左頬に傷のある男がいたのじゃな」

「はい、いわはる通りどすわ」

「その者の風体、奉行所の同心にも知らせておいたな」

かれは小者にまたただした。

弥市とお勢は、同一人物にからまれたに相違ない。小者がこっそりうなずくのを眺め、菊太郎は今度はややこしい事件の匂いをはっきり感じた。

「手当てがすんだら、このお婆どのを町駕籠《かご》で、家まで送りとどける手配をいたしてくれまいか。駕籠の供《とも》には、わしがついてまいる」

番屋の小者は、鯉屋からやってきた人物が、東町奉行所同心組頭・田村銕蔵《てつぞう》の異腹兄で、しかも東西の両奉行から特別に扱われていると知るだけに、町医の手当てを見定め、すぐ駕籠を呼びに走った。

――けちで口は悪いものの、隠居したお婆とお人好しの孫息子。人から怨みをうけそうにない二人が、どうしてならず者にしつこく狙われるのじゃ。銕蔵の奴に、卯平次、源二の身許を徹底して洗い出してもらわねばならぬ。

菊太郎は町駕籠をゆっくり行かせ、お婆を米屋町の家まで送りとどけた。

その折、家主のお勢が不慮の怪我をしてもどったのを見ながら、店子《たなこ》が誰も案じて駆け寄ってこないのが、菊太郎には不審に思われた。

「どうせあのお婆のことや。店子の世話もろくすっぽみずに、きまった店賃《たなちん》だけをびしびし取りたてているのどすやろ。あれは相当な業突《ごうつ》く婆どすわ。そやさかい、ならず者にからまれ、足腰も立たんように痛めつけられたと知り、店子の連中、かえって溜飲《りゅういん》を下げてるのとちがいますか」

店にもどった菊太郎から、一切の事情をきかされ、源十郎は当然だといわんばかりに答えた。

「そなた、早くもあのお婆の身の廻りをさぐったのか」

「蛇《じゃ》の道はへびどすさかい——」

「されどそなた、銭にもならぬ悶着に口出しいたすのか」

「すぐ銭にならんかて、銭になりそうなら、それなりに塩梅《あんばい》しておくのが、この稼業の心得どすがな。あのお婆の身の廻り、なんやきな臭うおっせ。厄介なことにならんかったらよろしゅおすけどなあ。人の思惑《おもわく》や欲がからむと、何事も難儀なもんどすわ」

源十郎はどこか思わせぶりな口調でいった。

「なるほど思惑や欲か――」

「若旦那は世の中から一歩身を引き、気随《きずい》に暮してはるからわからはらしまへんやろけど、世の中のことはみんなそんなもんどすわ。三条や室町筋に立ち、人がせかせか歩いているのを、改めて見てみなはれ。みんな銭か日々の暮しのこと、それとも色恋の思案で歩いているんどっせ。ところであのお婆、孫息子が若旦那に助けられたお礼をいいにきたといいよりましたけど、本当のところは、若旦那や公事宿を営むわたしに、何か相談があったのとちがいますやろか。銭遣いをとやかくいわれたさかい、ひょいとつむじをまげて去《い》によりましたけど、商売柄、わしはそないににらみましたんやけどなあ。この推量、はずれてまっしゃろか」

いつになく源十郎は、真剣な顔で菊太郎の目をじっとみつめた。

「それはわしも思い当らぬではない」

「思い当る事柄があればきかせとくれやす」

「先ほどももうしたが、お婆が怪我をして町駕籠で運ばれてきたというに、長屋の連中が誰一人、見舞いに訪れないどころか、わしの姿を見ると、さっと身を隠したことじゃ。わしはお婆が銭に執着するあまり、店子たちに疎《うと》まれているのではないかと考え、そなたもいまさようにもうした。だがどうやらそれだけではなさそうなのよ。わしの姿を見て身を隠した長屋の女房たちは、なにゆえかひどく怯えていた。あれはただごとではあるまい。さらにわしは木戸門からちらっと長屋の工合をのぞいたが、奇妙にも三軒の家に貸し札が貼られていた。米屋町のあそこなら地の利もよく、店賃がよほど高値でないかぎり、借り手はわんさとあるはずじゃが」

「若旦那、何食わぬ顔で、もうそんなことまで見てはりますのやな。蛇の道はへびやといいましたけど、きな臭いいうのはそこのところどすわいな。お婆の住む家や長屋は、高瀬川に沿うてます。いま喜六と幸吉の奴に調べさせてますけど、そこの地の利に目をつけ、あわよくば安く手に入れようとして蠢《うごめ》いている悪どい奴が、居てるようどすわ。お婆は近頃、弥市がよく人に因縁をつけられるとこぼしてました。けどそれは、おそらくただの因縁ではありまへんで」

高瀬川の開削《かいさく》は慶長十六年（一六一一）、角倉了以《すみのくらりようい》が幕府に願い、京都の伏見と大坂を河川で結ぶため起工され、七万五千両という莫大《ばくだい》な費用を投じ、三年後の同十九年秋に完成された。

この人工的な河川運河は、鴨川の西岸、上樵木町《かみこりき》の樋口から鴨川に沿い、中京《なかぎよう》、下京《しもぎよう》を南流して、東九条北松ノ木町あたりで一旦、鴨川に合流する。そして鴨川の東岸福稲高原町《ふくいねたかはら》からふたたび南流し、伏見の丹波橋をへて宇治川に合流するのである。

川幅は四間（約七・二メートル）、延長五千六百四十八間、当初は角倉川ともいわれた。

京都の樋口（二条）から伏見に就航した高瀬舟は、宝永七年（一七一〇）頃の記録によれば百八十八艘《そう》。船一艘に約十五石《こく》の荷が積め、京都・伏見間の船賃は一人十四匁《もんめ》八分。以来、船運はすべて角倉家にまかされ、同家は下鳥羽《しもとば》や伏見の陸運業者に大打撃をあたえ、年間約一万両の利益を得ていたという。

京と伏見を結ぶ河川運河の発達は、洛中の高瀬川筋に商人の集住をしだいにうながし、同業者町を形成させた。二条から五条間には、材木、石屋、紙屋、米屋、車屋、船頭の各町など、商品や職人名をもつ町ができていった。

それだけに、利益をもくろむ商人たちにとって、お勢の所有する長屋をふくめた一帯は、万金をはたいても獲得したい土地だった。

源十郎はその土地を入手したい誰かが、お婆と弥市に陰険な攻勢をかけているのではないかと、暗にのべているのである。

「ただの因縁付けではないとな。そなたにそういわれれば、わしにもおよその察しがつき、十分納得できてくる。あのお婆、相当な守銭奴《しゅせんど》で頑固者。誰ぞが土地を譲ってくれともうしてきたとて、少々のことでは承知せぬであろう。亡夫や死んだ息子の遺言でもあれば、なんとしても手離すまい」

「孫息子にそっくり渡したいと思うてたら、なおさらどっしゃろ」

得たりとばかり、源十郎があとをつづけた。

「ところが、弥市があの体《てい》たらくじゃ。お婆としては立つ瀬もなく、気が気ではあるまい。弥市め、今日とて寝たままのお婆をおいてお出かけじゃ」

「金があり、苦もなくぬくぬく育つと、あんなものでございまっしゃろか」

「それも段々じゃ。お婆は厳しく躾てきたつもりだろうが、ただ一人の孫息子ゆえ、心底にはやはり甘いものがある。ゆえに人が好いだけの海月《くらげ》に似た骨無しができるのじゃ。兼好法師は『徒然草』のなかで、友とするにわろ（悪）き者、七つありと書いている。考えてみれば弥市は、それらに大なり小なり相当するなあ。あれではよい友もできまい」

菊太郎はつぶやくともなくつぶやいた。

「兼好法師の友とするにわろきとはなんどすいな」

「おお、それはまあこんな友じゃ」

兼好法師のそれは、『徒然草』の第百十七段に記されている。

――友とするにわろき者、七つあり。一つには、高くやんごとなき（身分が高い）人。二つには、若き人。三つには、病なく身強き人。四つには、酒を好む人。五つには、たけく勇める兵《つわもの》。六つには、そらごとする（嘘をつく）人。七つには、欲深き人。

弥市は六つめ以外は、すべてにどこか相当していた。

「なるほど、一つひとつ理に合うてますなあ。身分が高い人や、病もなく丈夫なお人は、人の痛みや哀《かな》しみがわかりまへんさかい」

「兼好法師はそのつぎに、よき友三つありとつづけている。一つには、物くるる友。二つには、医師《くすし》。三つには、知恵ある友とじゃ。源十郎、そなたは医師ではないが、わしには物くるる友、知恵ある友で、きわめて重宝じゃ」

「それをいうたら、わたしかて同じどすがな」

二人はここで互いに声高《こわだか》に笑い合った。

「旦那さま――」

このとき、下代の吉左衛門が姿をみせた。

「なんどす。こわい顔してからに」

「へえ、やっぱりどしたわ」

「喜六か幸吉がなにか摑んできたんかいな」

「へえ、米屋町のお婆さまの地所は、どえらい連中に目をつけられてるそうどすわ。喜六をここに呼びますさかい、直々《じきじき》にきいてくんなはれ」

吉左衛門がぽんぽんと手を鳴らすと、喜六がすぐに店表から現われた。

鬢《びん》のほつれをなでつけ、縞《しま》のきものの裾をととのえ、源十郎と菊太郎の前に坐った。

「お婆の地所がどうしたともうすのじゃ」

主の源十郎より先に、菊太郎がたずねた。

「米屋町や車屋町の界隈《かいわい》で、知らん顔してきき廻ってきましたけど、お婆さまのところの地所、大坂は堂島の米問屋『柳屋』市兵衛たらいう商人に、ねらわれているいいますねん。あのあたりに、納屋を幾棟も建てるほど広い地所の売りもんは、さっぱりありまへん。堂島の柳屋は、尾張徳川さまの京都留守居役さまと手を結び、なにやら大きな商いをこの京でするため、どうしても高瀬川沿いに広い場所がいるそうどすわ。そこでお婆さまの地所に目をつけたいいますねん。お婆さまは強情なため、弱音も吐かんと、弥市はんのことだけをこぼしてはりました。けど相手はだいぶ前からならず者を手先に使い、長屋の連中を脅しつけたり、また金をつかませたりして立ち退《の》かせ、お婆さまの長屋をがたがた、閑古鳥《かんこどり》が鳴くようにさせてるそうどすわ。貸家札を見て人がくると、邪魔をして借りささしまへん。お婆さまも難儀な連中に狙われたもんどすなあ」

「なるほど、それで長屋の貸家札の多さにも納得がまいる。あれは異様な光景じゃ」

「鯉屋が口出しするからには、わたしも一度見てこなりまへんけど、そんな阿漕《あこぎ》、許されていいもんどすかいな」

「あのお婆、弥市のことにかこつけ、やはりわしらに相談するつもりでまいったのじゃ。それをつむじをまげおってからに——」

菊太郎は苦々しげに毒づいた。

「お婆さまがつむじをまげたのは、公事宿に相談したら、大金を取られると思ったからどっしゃろ。後生大事に小金《こがね》を持つ者は、だいたいそんなもんですわ」

「心情狭量なるゆえに、やがては資産を亡じさせるか。あのお婆も、弥市に十分吟味したうえで遊びを覚えさせておけば、同時に処世の術《すべ》ぐらい心得たものをなあ。あれでは全くものの用に立たぬ」

癖のない弥市の顔を胸裏にうかべ、菊太郎はため息をついた。

「若旦那、銭にもならんみたいやさかい、この件やっぱり放っときまひょか」

源十郎が突然、白《しら》っとした顔でいった。

「そなたも阿漕な奴じゃなあ。義を見てせざるは勇なきなりともうすぞ。公事宿は、ときには一文にもならぬ事件にも、身銭をはたいて介入せねばならぬ場合もあるはずじゃ。それがひいては公事宿の信用を高め、さらには鯉屋の格を上げることにもなる。そこのところが、そなたにはわからぬとみえる、まだまだじゃなあ」

「阿呆《あほ》くさ。わたしはただ若旦那の気持を、ちょっと引いてみただけどすがな。堂島の柳屋市兵衛は大藩の御用をまかなう商人。尾張徳川さまのご用人がからむとなれば、だいぶ厄介どすけど、一つ商売気を離れて、お婆さまの役に立ってやりまひょうやないか。先方がならず者を手先にしているとなれば、若旦那独《ひと》りでは忙しおっしゃろ。『蔦屋』の太左衛門はんにも相談をかけ、土井式部《しきぶ》さまに手助けを頼みまひょか」

土井式部は山城淀《やましろよど》藩の浪人。菊太郎の働きで冤罪《えんざい》をはらされ、隣りの同業蔦屋の帳場に坐っていた。

一見、おとなしそうだが、いざとなれば容易ならぬ使い手であった。

「それは頼もしい。公事宿仲間（組合）の信用になることでもあり、太左衛門も嫌だとはもうすまい。さてそれで、悪人どもをどうこらしめてやるかじゃが」

「そやけどお手柔らかに願いまっせ。わたしは気が小そうて、なにより血をみるのがきらいどすさかいなあ」

「こやつ、よくもぬけぬけとぬかしおる」

二人は互いにまた声高に笑い合った。

四

お婆がうなって寝ている。

彼女の怪我が数日ぐらいで治るはずがなかった。ましてや今日は熱がでたとみえ、ひたいに濡《ぬ》れ手拭《てぬぐ》いをのせ、枕許には平桶《おけ》が置かれていた。

「お婆どの、工合はどうじゃ。今日もまた弥市どのの姿は見えぬようだが——」

菊太郎はお勢の布団のかたわらに坐り、彼女の顔をのぞきこんだ。

「あのお武家はん、どなたはんどす」

お勢は菊太郎の問いを無視し、反対にかれに質問してきた。

菊太郎と連れだち、米屋町にやってきた土井式部は、長屋を見廻ったあと、お婆の家に上がりこみ、濡れ縁に立ちはだかったまま、高瀬川の水音に耳をすませていたのである。

「あのご仁《じん》は土井式部どのともうされて、わしの友だちじゃ。いたって無愛想だが、悪いお人ではない。お婆どの、この屋形《やかた》やお婆どのがお持ちの地所、長屋について、すでに大方の顛末は調べさせてもらった。だがお婆どのも難儀なお人じゃなあ。困ったことがあれば、鯉屋にまいられたとき、遠慮なくわしらに相談してくれたらよいものを。何事も意地を張れば窮屈、お年だけ無駄にとってこられたわけではござるまい。もっと素直になられるのが、肝要ではあるまいか」

かれはしみじみとした語調でお勢に説いた。

お婆は気弱になっている。

菊太郎と式部を迎えたのは、もと奉公人の女房おひさだった。

彼女は旧主の災難を知辺《しるべ》からきいた夫にうながされ、きのうからお勢の世話をみにきていたのだ。

「どうぞ、お茶でも飲んどくれやす」

おひさが菊太郎と式部にお茶を運んできた。

式部が刀をわきにおき、お婆のそばにどかっと胡座《あぐら》をかいた。

「お二人とも、えらい心配をかけてすんまへんなあ。弥市のことどすけど、それがきのうから家にもどってしまへんのや。ぶらっと出かけても、一度も外で泊ってきたことのない子で、実は心配でなりまへんねん」

「なんじゃと——」

菊太郎が身を乗りだした。

「菊太郎どの、相手はすでに強手段《こわ》にでているやもしれませぬな。お婆どのと孫息子を痛いめにあわせおった卯平次と源二とやら。やつらの正体と居所を、鋏蔵どのの手下《てか》たちがさぐっているともうされましたな」

「いかにも。鋏蔵の奴が、尾張徳川家の息がかかるとはもうせ、もしまことに大坂の柳屋が動いての不埒とわかれば、無法にも京のご定法を破るものとして捕え、厳しく吟味いたさねばならぬと息巻いておった。鯉屋の喜六や幸吉たちも動いております。それにしても連中、まさか弥市どのを殺しはすまいが」

菊太郎はお婆を一瞥《いちべつ》していった。

「や、弥市が殺される。そ、そんなん——」

お勢がひたいに置いた濡れ手拭いをはねのけ、がばっと上半身を起した。

「お婆どの、わしは何も弥市どのが殺されるとはもうしておらぬ。お婆どのの地所がどうしても欲しくば、相手はそれほどの勢いで迫ってくると考えたまでじゃ。どうだなお婆どの、弥市どのをみていると、生きているようでもあり、死んでいるようでもあり、あれはまさに毒にも薬にもならぬ生き方であろう。いっそならず者の方がもっとましじゃ。お婆どのの歳《とし》で独り残されてみると、さように思うものでございますぞ。銭を惜しみ、弥市どのにそれをすべて受けつがせたいと頑張ってまいられたお婆どのの肉親としての気持、わしにも理解できぬではないが、世間には銭を使ってしかわからぬ部分もある。悍馬《かんば》はものの用に立ち、遊《ゆう》蕩《とう》も人を磨くこととてある。お婆どのがそっくり心を入れ替えねば、弥市どのは一生、あのまま駄目な木偶《でく》の坊として終ってしまわれますぞ。弥市どのの行く末を案じられるのであれば、わしみたいなろくでなしに預けられたがよいかもしれぬ。お婆どのが後生大事に両手でかかえこまれてきた銭のおよそ半分でも使えば、弥市どのもまともになられるかもしれませぬなあ」

菊太郎の話を、お勢は熱のある顔を伏せてきいていたが、銭の半分でも使えばの言葉で、背筋をぴくっとのばした。

驚きとおそれがありありとうかがわれた。

「お婆どの、それは菊太郎どののたとえ話じゃ。どこの素浪人《すろうにん》かわからぬわしがもうしても信用されまいが、菊太郎どのは生きる心構えをのべられているだけで、決して不埒を企《たく》まれるお人ではないわい。ところでお婆どの、何軒も長屋が空《あ》いているのであれば、今夜からでもわしを住まわせぬか。わしなら連中の脅しにもびくつかぬうえ、用心棒にもなる」

「おお、それはよい思案じゃ」

菊太郎が膝をたたいた。

それを横目で眺め、お勢が寝間着の襟許をととのえ、姿勢を正した。

「鯉屋の菊太郎はん、ずけずけようういうてくれはりました。痛いところを突かれるのは辛うおすけど、ほんま、このお婆の心得ちがいどした。わしが銭金銭金と思うあまり、弥市をあんな若者に育ててしまいましたのどすわな。いわれて気付きましたけど、わしは弥市を真綿でじりじり締め殺していたのかもしれまへん。あの子がまともな若者になるんどしたら、銭はもちろん、ここの地所かていりまへん。半分といわず、全部でも使うておくれやす。こうなれば、もう惜しい物はなにもあらしまへん。弥市だけが大切どす」

「お婆どの、よくぞ分別された。しかし銭も地所も大事じゃ。今後、もしものことが起ったとて、わしらがきっと弥市どのとやらを守ってやる。安心いたされるがよい」

式部が髭面の顎を指でしごいたとき、おひさがまっ青な顔で、部屋に飛びこんできた。

「いかがされたのじゃ」

彼女のただならぬようすを見て、菊太郎が鋭くたずねた。

「へ、へい。い、いま気味の悪い感じの男が、これをご隠居さまに渡せというて――」

一通の手紙が、おひさの手に握られていた。

それを式部がひったくり、お婆に断わりもなしに封を切り、さっと目を走らせた。

「連中の細工、およそ察せられるが――」

「その通りよ。弥市どのが博打をうったのじゃと。やがて敗《ま》けがこみ、家屋敷を形《かた》に入れ最後の勝負をいたしたものの、やはり大損した。家屋敷の譲《ゆず》証文を持って迎えにこい。さもなくば、簀《す》巻きにして淀川か桂川にでも投げこむと書かれておる」

菊太郎の言葉を肯定し、式部が顔をにやつかせ、手紙をかれに手渡した。

「弥市がそんな玉かいな――」

お勢がにわかに元気を取りもどし、悪口を吐いた。

「お婆どののもうされる通りじゃ。見えすいた小細工を弄《ろう》するにも、ほどがあるわなあ」

「わしはいっそ、ほんまに弥市が家屋敷を質に置いて、大博打をしてくれたのならええのやけどと、いまは思うてますわいな」

「菊太郎どの、場所は東山・六波羅《ろくはら》蜜《みつ》寺《じ》に近い実相寺。二人で弥市どのを引きとりに出かけるといたすか」

「そうじゃなあ。だがその前に銕蔵の奴にも知らせ、連中を取り逃さぬよう手配させねばならぬ。ところでお婆どの、賭博《とばく》はご禁制、たとえ弥市どのの勝負が事実としても、譲証文はもちろん、銭を支払ういわれは金輪際ありませぬぞ。わしと式部どのが腕にものをいわせ、弥市どのを堂々と引きとってまいる。それでよかろうな」

菊太郎は、弥市の悪口を吐いたあと、今度は黙ってうつむいたままのお婆に、了解をもとめた。

お婆がものもいわずそっと両目を押えた。

「なにを泣いてござるのじゃ。災《わざわ》い転じて福となれば、それでよいではありませぬか」

式部が自信ありげに、お婆の背中をとんと叩き立ちあがった。

お婆が仏壇にむかい、経を唱えている。

亡夫と息子夫婦の位牌《いはい》のそばで、灯明がまたたいた。

「ご隠居さま、あのお武家さま方が、奉行所のお役人さまと図り、すべてうまくやってくだはります。熱があるいうのに、寝てなあかんのとちがいますか」

おひさが気を揉《も》んでうながしたが、お勢はどうしてもきかなかった。

「おひさはん、熱なんか下がってしまいましたわいな。歳だけは十分とりましたけど、わしはあかんたれどした。それをいま、死んだ旦那さまと息子夫婦に詫びてますねん」

お婆はおひさにいい、懸命に「般若心経」を唱えつづけたが、こころの中で事件の顚末を案じ、弥市の無事を祈願しているのは明らかであった。

こうして半刻がすぎ、一刻が経過した。

米屋町から東山の実相寺は、それほどの距離ではない。一刻半（三時間）がたったころ、お婆の声には疲れがにじみ、唱経はしだいにつぶやきに変ってきた。

ときどきおひさが家の外に走り、四条通りにむかう路地をうかがった。

日暮れが近づき、高瀬川の水音が急に高くきこえてきた。

「えんやほい、えんやほい――」

高瀬舟の曳き人足たちのかけ声が、薄暗くなった部屋にひびいた。

「ご隠居はん、若旦那はんが、若旦那はんがお帰りになりましたえ」

舟曳き人足のかけ声が遠ざかったとき、突然、お婆の耳におひさの声がはじけた。

「お婆どの、いまもどった」

「厄介ではあったが、殺生《せっしょう》もせんですみ、よかったわい」

菊太郎の声につづき、式部がやれやれといった調子で部屋に現われた。

二人の間で、弥市がしょんぼりうなだれている。

「こ奴、猪口才《ちょこざい》な。わしにまっとうな人間になるとほざきおった。なにをもってまっとうな人間というのじゃ」

弥市の肩を押えてお婆の前に坐らせ、今度は菊太郎が毒づいた。

「ほんまにそうどす。おまえはもともとまっとうな人間や。今度のことで、わしなんぞに詫びんかてええのやで。詫びんならんのは、さまざまわしの方どすがな。弥市すまんことどした。今夜はひとつ、十両でも二十両でも好きなだけ金を持って、三人で豪勢に遊んできなはれ。ほんまに博打などしてきたら、気持がすかっとするかもしれまへん。地所や家屋敷、仏はんから預こうてきた金銀は、わしやおまえのものであっても、考えてみれば、世間さまからの預かり物でもあるはずどす。これからそれをどうするか、みなさんにもご相談にのっていただき、考えていきまひょ。弥市、わしはそう決めましたえ」

お婆は仏壇の下から銭袋の一部を取りだし、弥市に同意をもとめた。

「お婆さま――」

「なにがお婆さまやねん。二十二にもなり、情けない声をだすもんやありまへん。みっともない」

実相寺では田村銕蔵の配下が、一味を巧妙に包囲し、柳屋の手先として動いていた卯平次たちを、一網打尽にしたのであった。

柳屋の悪事は、すぐ大坂町奉行所に通知される。

「お婆どの、弥市どのはわしらが庫裡《くり》に踏みこんだとき、覚悟をきめていたのか、泣きもわめきもされなんだ。いざとなれば度胸がある。どうだ、今夜は三人で旨い酒でも飲むといたすか」

「旨い酒、ほんまに旨い酒が飲みとおすわ」

弥市がいい顔でにっこり笑った。

甘い罠

一

浮わついた毎日が、ちょっと静まった。

京の町では、東山や円山《まるやま》、また鴨川《かもがわ》沿いに咲いていた桜の花が散り、人々がやっと日常の暮しにもどったのである。

桜花が消えたあと、どこでも若葉が一斉に芽吹いていた。

公事宿《くじやど》「鯉屋《こいや》」の表に立って眺めると、二条城の城内や東西両奉行所のまわりの緑が、目をそばだたせるほど鮮やかであった。

「ほんまにけったいな子供どっせ――」

田村菊太郎《きくたろう》は鯉屋の帳場に坐《すわ》り、下代《げだい》（番頭）の吉左衛門と渋茶をすすっていた。

そこへ六角牢屋敷まで用達《ようたし》に出かけ、もどってきた手代の喜六が、片手で暖簾《のれん》を少しかかげたまま、帳場の菊太郎たちにきこえよがしにつぶやいた。

正午《ひる》をだいぶすぎ、そろそろ八つ（午後二時）時分だった。

「喜六、なにがけったいなのじゃ。そなた確かいま子供とかもうしたな」

菊太郎は、土間に草履《ぞうり》をぬぎ、帳場に上がってきた喜六にたずねた。

「手代はん、おもどりやす――」

「ご苦労さまどした」

佐之助やお杉たちの声がかれにかけられた。

「へえ、若旦那《わかだんな》、ほんまにけったいな子供どすねん」

牢屋敷まで差し入れに出かけた喜六は、牢役人からもらってきた加判《かはん》の帳面を吉左衛門にもどし、不審を刻んだままの顔で、菊太郎にまたつぶやいた。

かれが七、八歳になるその女の子を店先で見かけたのは、今日だけではなかった。

きのうもおとといも、彼女は店の前をうろうろと歩き、中をうかがっていたのだ。

鯉屋の店から誰かが外に出てくれば、さっと物陰に身をひそめる。

遠くから暖簾を眺め、ほうっと大きな溜息《ためいき》をついた。良家の子女、しかも相当な商家の子供らしく、一見して服装《みなり》には金がかけられていた。

「けったいな子供なあ」

「へえ、相手がお菰《こも》はん（乞食）の子どしたらまだわかりますけど、それがどう見たかてええとこの子供、大店《おおだな》のお嬢はんらしいのが、なおけったいなんどすわ」

「大店の子女――」

「へえ、かわいらしい女の子どす。わしが初めてその子供を見かけたときには、小ちゃな人形を抱いてましたわいな」

「人形を抱いていたと。そんな幼い子供が、いったいなんのつもりで、おだやかならぬ稼業をいたす公事宿の店先をうろついているのじゃ」

菊太郎は眉根《まゆね》をひそめ喜六にただした。

「わしにそれがわかれば、若旦那、なにもけったいやといいますかいな」

「そういえば、それらしいお子をわたしも数日前、店先で見ましたなあ。なんにも気付かずに見過して奉行所に出かけましたけど、やっぱり大店のお嬢はんみたいどしたわ」

下代の吉左衛門が、帳簿の加判を確かめながらいい、つぎに佐之助やお杉までもが、わたしも見たうちも見かけたと声をあげ、帳場のまわりに集まってきた。

「まだ表にいないか、念のためちょっと外をのぞいてみろ」

菊太郎の指図で、小僧の佐之助が急いで土間から暖簾の外をうかがったが、すでにそれらしい女の子の姿はなかった。

だがその代りのように、老猫のお百《ひゃく》が「にゃあご」と鳴き、のっそり店の土間に入ってきた。

彼女はみんなが帳場のまわりに集まっているのを、光る目でみつめた。そしてみんな額を突き合わせ、いったい何を相談してはりますのやなとたずねるように、また一声鳴き、ひらりと床に飛びあがり、奥に消えていった。

「わしが店先に立ち、その女の子をじろっと見ると、あわてた顔で三条通りの方に歩いていきよりましたさかい、もうそのあたりには居てしまへんわいな」

喜六の口調はさっぱりしていた。

「うちがその子に気付いたのは何日も前、かれこれ七、八日にもなりますやろか――」

「七、八日、それからちょいちょいなのか」

吉左衛門の顔も菊太郎の顔もくぐもった。

「最初は表の掃除をしていたときなんどすけど、うちはどこか近くの大店のお嬢はんやろと勝手にきめこんでました。そやけどちがいましたんかいな」

お杉が彼女を見かけたとき、彼女はまるでたまたまそこを通りかかったようすで、鯉屋の店構えを眺めあげ、ゆっくり南に通りすぎていったという。

「七、八日も前からこの鯉屋の店先をうろついていたとは、相手が幼い子供、さらには女の子だけに奇妙だな。どうしてもっと早くに、それをわしや吉左衛門にもうさぬのじゃ」

「若旦那、そないにお咎《とが》めやすけど、うろついているのは小ちゃな子供。猪か熊でも見たようにに、初めからいちいちそんなん驚いて告げられますかいな。店の外を見たり歩いたりしてみなはれ。小ちゃな子供どしたらどれだけでもいてまっせ。うちがけったいやなあと思いましたんは、きのうぐらいからどすわな」

「わしはついぞ気付かなんだが、みんなはすでに知っていたのじゃな」

「若旦那は朝出たら晩、晩にお出かけやしたら、朝にしかもどってきはらしまへん。そんなお子に出会わしまへんやろ」

喜六が菊太郎を羨《うらや》む口振りでいった。

かれは菊太郎が、お信《のぶ》の働く三条木屋町（樵木《こりき》町）の料理茶屋「重阿弥《じゅうあみ》」に出かけたり、彼女の家で泊ってくることをいったのである。

お信は菊太郎が法林寺脇の長屋へ来るとわかると、前日から娘のお清を、桶屋《おけや》に嫁いだ姉の許《もと》に泊りにやっていた。

喜六やお杉たちの話からすれば、用ありげに鯉屋をうかがうのは、お清と同じ年頃の女の子らしかった。

――なんのつもりで公事宿の前をうろついているのか。

主《あるじ》の源十郎とお多佳《たか》の夫婦は、三日前から仲のいい同業者夫婦とともに、吉野へ旅立っていた。吉野の千本桜を見物に行ったのである。

「若旦那、しっかり留守番をしていておくれやっしゃ。そのために、只飯《ただめし》を食うてもろうてますのやさかい。お願いしまっせ。わたしはややこしい公事商いをしているせいか、身体《からだ》ばかりか頭の中もわやくちゃで、もうくたくたどすわ。少しぐらい骨休めさせてもらわな、先が持たしまへん」

かれはお多佳がはらはらするのを無視し、菊太郎に憎まれ口をたたいた。二人の間に骨肉の信頼関係があればこそ、笑ってきける言葉だった。

「いかにも、しっかり留守を預かってやろう。吉野の桜を気がすむまで見てまいるがよい。ただしもどってきたら、店の暖簾が変っているかもしれぬぞ。吉左衛門を抱きこみ、公事宿株を売り払い、わしは大枚の金を懐《ふところ》にして姿をくらましている。そんな筋書きはどうじゃ」

菊太郎も負けてはいなかった。

「ええどうぞ、十分にやっとくれやす。吉野まで桜見に行き、あとはお菰。それもまた風流どすがな――」

あり得ない言葉で応酬し、源十郎は旅立っていった。

かれが身体ばかりか頭の中もわやくちゃと愚痴ったのは、中京《なかぎょう》の扇商「佐野屋」の跡目相続の紛争に関わり、この二カ月余り、頭を悩ましたからだった。

「金と女子《おなご》はとにかく恐《こわ》い。店のみんなも大なり小なり気をつけなあきまへんのやで――」

かれはその一件が落着したおり、吉左衛門や喜六たちにもいいきかせた。

扇商佐野屋の当主は、外に女子を囲っていた。その彼女が嫡男《ちゃくなん》と同年の男子を産んでいたため紛争が起った。

　跡継ぎの息子は、遊蕩《ゆうとう》児で店をつぶしかねない。それにくらべ、同年の庶子は出来がよく、佐野屋の親戚や店の奉公人はおろか、亡くなった嫡男の母親の身内までが、当主が外にこしらえた庶子に、店の跡を継がせたいと願っての争いであった。

「喜六にそれをいわれると、わしも耳が痛い。しかし、わしとて目を光らせ、源十郎の留守を十分に預こうているつもりじゃ。今日からは何分とも気をつける」

「真面目な顔で殊勝なことといわれたら、どもなりまへんがな。けど相手はともかく七つ八つの子供どっせ。あだっぽい女子や面構えの悪い野郎ならいざ知らず、けったいはけったいどすけど、小ちゃな女の子では、いったい何が起りますかいな」

「喜六、されど世の中はわからぬものだぞ。たとえば源十郎が、お多佳どのに内緒でご隠居の宗琳《そうりん》どのと同じく、外に女子を囲っていたといたせ。わしの親父どのとてそうじゃ。その女子が病みつき、源十郎の子が途方にくれて、親父の源十郎にそれを知らせるため、店の外をうろついていたとすればなんといたす」

「若旦那さま――」

　下代の吉左衛門は、さすがに冗談がすぎるといいたげであった。

「もしそうとすれば、若旦那、そら大変どすなあ。わしらとしたら、外聞をはばかってうまいこと相談にのらな仕方おまへん」

「そうじゃろう。服装のいい小さな女の子、それがそもそも訝《いぶか》しい。世の中にはあり得ぬと考えていることが、しばしば起るものじゃ。起り得る事態を洗いざらい考えれば、一つにはそんな場合とてある」

「小ちゃな女の子、それだけはないとはいえしまへんわなあ」

喜六が顔をにやつかせてうなずいた。

「喜六、若旦那さまの口車に乗り、冗談にしたかて、そんな話、もうええ加減にやめときなはれ。吉野で旦那さまに風邪をひかせるつもりどすか――」

「あれに風邪をひかれては困る。それにしても、いたいけな子供がなぜ鯉屋をうかがっているのであろう。なんとしてもわしには合点がまいらぬ」

「わしもけったいに思いましたけど、いまあの女の子の素振《そぶ》りを思い返してみますと、この鯉屋に用があったとしか考えられしまへん」

菊太郎のつぶやきにつづき、喜六が首を傾け、自分の思案を口に出した。

「手代はんがそういわはりましたら、うちの目にもそないに映りましたわ。思い切って店に入ろか、それともやっぱりやめとこか、迷う素振りがうかがえましたわ」

小女のお杉も訝しそうな顔で告げた。

「なにしろここは公事宿、七つ八つにもなれば、鯉屋の商いぐらい知っておいやすはずどす。そやさかい、そら入ろうか入らまいか、子供どしたら迷わはりますやろなあ。駄菓子を買いに店に入るのと、わけがちがいますさかい」

吉左衛門が重々しい表情でお杉に相槌《あいづち》をうった。

「さようその通り。それにしても、子供が公事宿になんの用があるのじゃ。今度その子を見かけたら、必ず声をかけて用の趣《おもむき》をたずねるがいい。だが笑顔の一つも見せて声をかけねば、相手に逃げられてしまうぞ。そのつもりでなあ」

菊太郎は吉左衛門に代り、喜六や佐之助たちに指図をあたえた。

「へえっ――」

みんながうなずき、台所にもどるついでにと、お杉が暖簾の間からひょいと外をのぞいた。するど、いま全員が話題にしていた女の子が、また鯉屋の店構えにちらっと目を走らせ、ゆっくり通りすぎるところだった。

「わ、若旦那さま、いま話をしていた女の子が、そと、外を通っていかはります」

彼女は小声で菊太郎たちに告げた。

「なんだと――」

「若旦那さま、声が高うおすがな。どれ、こうなったらわたしが、外に出向いてそのお子にわけをたずねてみまひょ。若旦那さまどしたら、そのお侍《さむらい》姿に驚いて泣かれてしまいまっしゃろ。お杉、わたしについてきなはれ」

吉左衛門の言葉に、お杉がへいとうなずいた。

「のぞいてはならぬ」

菊太郎の言葉にしたがい、喜六も佐之助も動かなかった。

「なんのつもりどすかいなあ――」

「思案するまでもなく、いまにそのわけがわかる」

お百の鳴き声をきき、菊太郎は喜六にいった。

このとき、お百が再び奥からのそっと現われた。

親しげな目を菊太郎にむけ、さらに鳴いた。

「こちらにまいれ。膝《ひざ》に抱いてやろう」

菊太郎の言葉をきき分けるのか、お百がとことこかれの許に近づき、ひょいと膝にのった。

「そなたも長年、公事宿に飼われる猫だけのことはある。そなたを膝にのせておれば、小さな女の子もわしに安心いたすであろう。それをわかって姿を見せたのなら、そなたはなかなかの名猫。今夜はかつおの生節《なまぶし》でも馳走《ちそう》してやらねばならぬなあ」

声をかけ、菊太郎が顎《あご》をなでてやると、お百は小さく喉《のど》を鳴らし、また「にゃあご」と鳴いた。

「お嬢さま、さあご遠慮なくお入りなはれ。なんにもご心配はいりまへん。ここは公事宿、どんなご相談にも乗せていただきますえ」

吉左衛門が少女の肩を抱きよせ、店にもどってきたのは、そのときだった。

彼女は左手に、しっかり小さな紙包みをにぎっていた。

目鼻立ちのととのった顔が、緊張で青ざめ、侍姿の菊太郎を見て一瞬足を止めたが、お百を膝に抱いているのを認め、気持をふとなごませた。

「おお、かわいらしいお子じゃ。そなた猫が好きかな」

「はい、猫は大好きどす」

一気に緊張をゆるめた感じであった。

二

お百が菊太郎の膝から退《の》き、奥にむかうかれや吉左衛門の前を歩いた。

「このお子、年は八歳、お名前はお妙《たえ》さまといわはり、姉小路《あねこうじ》小川の蠟燭《ろうそく》問屋『大文字屋《だいもんじや》』はんのお嬢さまやそうどすわ」

中庭を背にした吉左衛門が、隣りに小さな膝をそろえきちんと坐ったお妙を、菊太郎に引き合わせた。

菊太郎の後ろの床《とこ》には、松村呉春筆の「柳橋図」が掛かっている。

「お名前はお妙どの、お年は八歳、大文字屋のお子か。大文字屋は大店《おおだな》、わしさえその名を存じておる」

菊太郎は笑顔でお妙に話しかけた。

動物は本能的に、相手が好感を持っているかどうかを感知するものだ。菊太郎の居間に入るなり、猫のお百は、お妙の膝許で両脚《あし》をそろえて彼女の顔をうかがい、挨拶がすむとすぐさま、その膝にとび乗った。

「こやつ、小さなお客さまに失礼ではないか。こちらにくるのじゃ」

菊太郎がお百を叱った。

「いいえ、お武家さま。これでようございます。うち、猫が大好きやといいましたやろ」

「おお、そうだったなあ。その猫の名前はお百、人間の年で数えれば五十歳ぐらい。そのおじさんぐらいの年頃になるかな」

「お武家さまのお名前はなんといわはります」

吉左衛門を顎で示した菊太郎に、お妙はいきなりたずねかけた。

利発さが、顔や言葉の端々にのぞいている。

公事宿鯉屋の暖簾をくぐろうかどうか、思案の逡巡《しゅんじゅん》は長かった。

だが吉左衛門やお杉に声をかけられ、実は相談したいことがあり迷っていたのだと、一旦、打ち明けてしまうと、お妙はあとすっと気持が楽になった。

「これは失礼をいたしました。わたしは田村菊太郎ともうし、ここの居候《いそうろう》、いや、ここの主の親しい友だちで、面倒な事件が起るたび、あれこれ相談にのっている立場の者じゃ」

「田村菊太郎さま、つまり用心棒みたいなお人どすのやな」

「そうそう、そのように解すればいたって簡単じゃ」

お妙はあどけない顔をしているが、なかなか手強《てごわ》いところのありそうな少女だった。

「菊太郎の若旦那さま、いまもいいましたけど、このお妙さまは、なんやこの鯉屋に相談があり、ずっと店先をうろついてはったそうどすわ。お妙さま、確かわたしにそういわはりましたわなあ」

「はい、ご相談したいことがあり、お店の前を往《い》ったり来たりしてました。お祖父《じい》さまがよく、鯉屋は信用のおける公事宿やというてはりましたさかい」

「子供が公事宿に相談、それはお家《うち》のご両親方もご存知のうえでかな――」

菊太郎だけでなく、吉左衛門にもそれがまず最大の関心事であった。

利発とはいえ相手は八歳の子供、どんな相談だろう。二人はどうせたわいのない話ぐらいにしか考えていなかった。

町内の遊び仲間の誰かに、大切にしていたお手玉を貸した。ところが相手がなかなか返してくれない。それを取り戻してもらえまいか。そんなことかもしれなかった。

「家のお父さまやお母さまは、商いに忙しく、うちの言葉には耳も貸してくれしまへん。総番頭の六右衛門かて同じどす。うちがけったいやというても、馬鹿なことおいいやすなと取り合《お》うてもらえへんさかい、うちは鯉屋に来たんどす」

蠟燭問屋の大文字屋に何事か起りかけているようすだった。

大の大人が何も気付かずにいる。

それを子供のお妙が、何か容易ならぬ変事をかぎつけているのだと、いわぬばかりであった。

「両親《ふたおや》どのも総番頭も取り合うてくれぬ相談とは――」

「お武家さま、それはうちのお祖父さまのことどす。うちはまだ子供やさかい、ろくにお金も持ってしまへんけど、ここにお小遣いをためたわずかなお金がございます。これで堪忍して、お祖父さまのことを調べてもらいとうおすねん。足らない分は、うちが大人になってから返させてもらいますさかい」

お妙は左手にしっかりにぎった紙包みを菊太郎と吉左衛門の前に置き、二人にむかい小さな両手をついた。

お百が素早く彼女の膝からとび退いた。

「ためたお小遣いでお祖父さまのことを調べてほしいと。お祖父さまとは大文字屋のご隠居はんどすわなあ」

「はい、名前は九郎右衛門いいます。やさしいおじいちゃんどす」

最初、お祖父さまといっていたのが、おじいちゃんと呼んでから、急に彼女の顔が赤らみ、泣きそうな表情になった。

「そなた、おじいちゃんの身を案じているのじゃな」

「お小遣いまでためて——」

菊太郎のあとを、吉左衛門がつづけた。

「何があったかはこれからきかせてもらうとして、ともかく案ずるまい。幼いそなたがおじいちゃんの身を心配いたす美しい気心に免じて、わしたちがなんとしても相談にのってやる。なにしろそのおじいちゃん、九郎右衛門どのが、鯉屋は信用のおける公事宿だともうされたのだからなあ」

「ほんまどすか——」

小さな叫びをあげたお妙の両目から、大粒の涙が白い頰《ほお》にすっと流れた。

「おおそうだとも。武士と鯉屋の言葉に二言はない」

菊太郎はお妙の態度に胸をうたれ、はっきりいいきった。

「大文字屋のお嬢さま、それでご隠居さまがいったいどうしはったんどす。ご挨拶こそしてまへんけど、ご隠居さまのお顔ぐらい、町筋で何回もすれちごうてますさかい、この吉左衛門かて存じてまっせ——」

吉左衛門がいよいよお妙の心配事に迫った。

「鯉屋の番頭はん、おおきに——」

「小ちゃな子供が銭の心配なんかせんときやす。それよりさあ早うに、お嬢さまの相談をうちらにきかせなはれ。決してお嬢さまの不都合になるようにはしいしまへん」

「ではいいますけど、うちのおじいちゃん、去年の夏すぎから但馬《たじま》の城崎《きのさき》温泉へ湯治《とうじ》に行ったきり、京にもどってきはれしまへんねん」

「去年の夏すぎから。結構なご身分やおへんか。一年近くも湯治場にご滞在とは、さすがに大文字屋はんのご隠居はんどすがな——」

なんだといわんばかりに、吉左衛門がつぶやいた。

お妙は祖父の帰京を待ちわびている。

だが大店の商いに忙しい両親にすれば、娘の寂しい気持などにかまっておれないのだろう。

吉左衛門はその程度にしか解さなかった。

これはやはり子供のつまらない相談だと、ふと胸の中で憫笑《びんしょう》した。

「おじいちゃんのことについて、そ、そんな風に軽々しくいわんとくれやす。うちにははっきり変やとしか思われしまへんねん」

お妙は幼い目で、きっと吉左衛門をにらみつけた。

「そやったらききますけど、お嬢さまのお父はんやお母はんは、おじいちゃんが城崎温泉にご滞在なのをご承知どすのやろ。長年せっせと働いてきたご隠居さまを、好きなようにさせてやりたい。湯治場での長逗留を許してはるのは、親孝行いうもんどすわ」

吉左衛門はお妙の両親になり代ったつもりで説いた。

「お父さまやお母さまのそんな気持ぐらい、子供のうちにかてわかってます。そやけど、おじいちゃんがうちに嘘をいわはるはずがおへん。そやさかい、うちはおじいちゃんの身に何か変ったことが起っているんやないかと、鯉屋に相談にきたんどす」

「おじいちゃんが嘘をつくはずがない。それはなんの話じゃ」

菊太郎が吉左衛門を制してたずねた。

かれの第六感に、なにかぴんと響くものがあったからである。

「おじいちゃんは城崎へ湯治に行くまえ、うちに来年の雛《ひな》祭りまでにはきっともどってくる。そのとき、新しいお雛さまを買《こ》うてやるといわはりました」

お妙は涙声で菊太郎に訴えかけた。

九郎右衛門が旅立つ数日前、大文字屋では書画の虫干しに合わせ、雛人形の虫干しも行なった。

お妙には四つ年上の姉お春がおり、雛人形は彼女が生れたとき、九郎右衛門が祝いに買い与えたもの。当然、姉のお春は自分のお雛さまとして、お妙には十分に人形をさわらせなかった。

「わしとしたことが迂闊《うかつ》どした。お春には雛人形を一式買うてやりながら、お妙にはなかったんやなあ。毎年、姉妹仲良くお雛さまを飾って遊んでいるこっちゃと、勝手に思ってましたからや。来年の雛祭りには、お妙にもお雛さまを一式買うてやります」

雛人形を虫干しのためずらっと並べた座敷で、九郎右衛門はお妙に詫《わ》び、固い約束をした。

祖父は律義で約束を重んじる人間である。

姉のお春より、むしろ自分をかわいがってくれていた。その祖父が、自分との約束をたがえるはずがない。湯治場で変事が起ったにきまっている。

九郎右衛門の言葉に信をおいたお妙の直感だった。

彼女から一通りの説明をきき、菊太郎はちらっと吉左衛門の顔に目をやった。

「お嬢さま、ご隠居さまからお店の方には、なんのお便りもありまへんのか——」

菊太郎の気配に気付き、吉左衛門も少し真顔になっていた。

「いいえ、ときどき手紙がとどきます。そのたびうちのお父さまは、ぶつぶついいながらお金を口入屋《くちいれや》の『かすが屋』はんに預け、城崎にとどけてもろうてはります。この間なんか二十両の大金どした」

「二十両もの金を——」

「そやけどおじいちゃんの手紙には、一度もうちと約束した雛人形のことは書かれてしまへん。それにおじいちゃんが、城崎でお妾《めかけ》はんをつくらはるなんて、うちには考えられしまへんねん」

お妙のあとの言葉は、留守を預かる彼女の両親の愚痴に反発するものだろう。

彼女の話から察すれば、城崎温泉に滞在している九郎右衛門は、手紙でちょいちょい金の無心をいってくる。そのつど彼女の父親は、金を送りとどけているようすだ。口やかましい年寄りに、ほかで気随《きずい》に暮してもらっているとして、安心しきっている当主の顔が察せられないでもなかった。

「口入屋のかすが屋とはなんじゃ――」

「うちのおじいちゃんは六十五の年寄り。城崎の湯治場まで道中が物騒といい、高瀬川筋車屋町のかすが屋はんのお店の衆が、お送りくださいました」

「大文字屋のお嬢さま、お嬢さまは鯉屋に城崎の湯治場まで行き、ご隠居はんの安否を確かめてほしいといわはりますのやな――」

吉左衛門もさすがに不審を感じてたずねた。

京都から但馬の城崎までは、普通に歩いて二泊三日の旅となる。往復となれば六日もかかった。

「待て待て吉左衛門、城崎に誰かをやり、九郎右衛門どのの安否をたずねるのはもちろんとしても、まず確かめねばならぬのは、そのかすが屋ともうす口入屋じゃ。お妙どのの話で、わしがもし短期間に大金を稼ぐとしたら、こんな場合いたす方法を思いついた」

菊太郎は吉左衛門に意味ありげにいい、右手の中指で畳の面をなぞった。

――金二十両、至急お送りくだされたく候《そうろう》。九郎右衛門。

かれの中指はこう書いていた。

「若旦那さま、それはなんどす。わたしは鈍《どん》やさかい、いうてくれはらなんだらわからしまへん」

「わしは金二十両、至急お送りくだされたく候、九郎右衛門と書いた。手じゃ、筆跡よ。わしはお妙どのを送りかたがた大文字屋へ行ってくる。そなたは東町奉行所に誰か使いをやり、銕蔵《てつぞう》に大文字屋までまいるように伝えさせてくれぬか」

「かすが屋はどうしはります」

「それは大文字屋でお妙どのの父親に会うたうえでのことじゃ」

「やっぱり怪しいおすか――」

「もうすまでもない。これは九郎右衛門どのだけではすまぬかもしれぬぞ」

「おじいちゃんの身に、やっぱり変ったことが起ってますのか――」

二人の話でお妙が顔色を変えた。

「いやいや、まだそうときまったわけではない。お妙どのが抱《いだ》いておられるほどの心配にすぎぬ。ともあれ、あとの詮索《せんさく》はわしらに委《まか》せておくがよかろう。さあ、わしといっしょにお店にもどり、そなたがおじいちゃんの身をいかに案じているか、わしの口からそなたの両親どのにもうしきかせてやる。物事はそれからじゃ」

菊太郎はきっぱりいい、お妙をうながした。

二人の大人たちが不穏《ふおん》な気配になったのを目前にして、幾分予想はしていたものの、お妙は急に不安をかきたてられた。

両目をぬぐい、おずおずと立ちあがった。

お百が前脚をそろえてそんな彼女をじっと見上げ、「にゃあご」と気遣わしげに鳴いた。

――大文字屋のお嬢さま、なにをめそめそしてはりますのや。おじいさまの大事やおまへんか。せやけど心配しんときやす。若旦那さまがしっかりやってくだはりますわいな。

菊太郎がお妙を連れ、店の表にむかうのに、お百は再びその先導をつとめて歩いた。

「ならば吉左衛門、銕蔵への連絡を急いで頼むぞ。あ奴におよその話ぐらいしておいてくれ」

お妙が赤緒の草履《ぞうり》をひろうかたわらで、菊太郎は腰に刀を帯びながら指示した。

「へえ、わきまえてます。喜六、おまえ若旦那さまのお供をしていきなはれ。大文字屋はんへ行ったら、きちんとご挨拶せなあきまへんで」

「それくらいわかってますわいな」

「余分な口きかんと、はいといいなはれ。だからゆうてんのやがな」

吉左衛門の叱責《しっせき》に、喜六は頭に手をやり、無言でうなずいた。

「では行ってまいる」

暖簾をはねあげる菊太郎とお妙の足許で、お百がまた小さく鳴き、二人を見送った。

三

若葉が目にまぶしかった。

公事宿鯉屋から大文字屋までは、東にむかいほんのわずかな距離。堀川を渡れば、南北にのびるのが油小路、つぎが小川通りである。

蠟燭問屋の大文字屋は、姉小路小川通りをあがった場所に、間口九間《けん》ほどの大きな店構えをひろげていた。

「お妙どの、お店はここじゃな」

重い足取りでついてきたお妙が、口を閉じたままこくんとうなずいた。

利発な子供ではあっても、自分の心配を公事宿に持ちこみ、大袈裟《おおげさ》にしたのではないかと考えこみ、にわかに不安を募《つの》らせてきたのである。

父親の安二郎、母親のお糸、二人に叱られるのではないかと、泣きべそ顔になってきた。

「いまさら気弱になるではない。親父さま方に叱られたら、このわしが叱るではないともうしてやる。だいたい手紙一通で金を送りとどけ、大事なご隠居どのを厄介払いのごとく、一年近くも湯治場に置いておく了見が、はなはだもってよくないのじゃ。幼い子供にそれを心配させていかがいたす」

菊太郎はいくらか立腹顔となり、ごめんと荒々しい声をかけ、大文字屋の暖簾をはねあげた。

濃密な蠟の匂《にお》いが、まずかれの鼻についた。

「おいでなされませ——」

菊太郎の声が並みでないのに気付いたのか、帳場でそろばんを弾《はじ》いていたお妙の父親安二郎が、すぐ半ば腰をうかせた。

客は着流し姿の侍、かれのそばに娘のお妙が半泣き顔で立っている。

「お妙、おまえどうしたんや。お武家さま、うちの娘が何かご無礼でもしたのでございましょうか」

安二郎がそそくさと立ちあがってきた。

広い土間を囲んだ床《ゆか》では、奉公人たちが品定めをする客の相手をしている。

蠟燭問屋だけに、その床も天井の梁《はり》も、磨きたてられたようにつるつるに光っていた。

「この子がわしに無礼などするはずがない。無礼はそなたが、ご隠居九郎右衛門どのやこのお妙どのにいたしておる。わしは二条城南の大宮で商いをいたす公事宿鯉屋の者だが、わけがあり、そなたにたずねたい仕儀があって参上いたした。ここでは人へのきこえもあろう。

奥に案内いたせ」

菊太郎は、安二郎の顔にじっと目をすえていった。

普段はやさしげに見える菊太郎だが、かれが目をすえると、かつて〈戻《もど》り橋《ばし》の綱《つな》〉と異名されたほどの凄腕《すごうで》だけに、殺気めいたものが相手を威圧した。

「へ、へい。お言葉にしたがいます。まあどうぞ奥へお通りくださいませ」

もはや安二郎は、娘のお妙に質問するどころではなかった。客や奉公人たちの視線を気にしながら、菊太郎と喜六を座敷に導いた。

座敷に通されると、菊太郎は床を背にして坐り、部屋やあたりのたたずまいを眺めた。

さすが大文字屋は市中屈指の蠟燭問屋。違い棚に置かれた品や、隅に立てられた二枚折り屏風などの調度品には、贅《ぜい》がこらされており、その屏風は酒井抱一筆の「かきつばた図」であった。

「わたくしが大文字屋の主安二郎でございまする」

「わしは鯉屋の田村菊太郎じゃ。あとからわしの指図で、東町奉行所から吟味方同心が参ることになっておる。驚かずにここへ案内するがよい」

菊太郎はいつになく高飛車にいった。

「東町奉行所からお役人さまが——」

安二郎は目をみはり、娘の顔を改めて眺めた。

お妙は父親に叱られるとでも思ったのか、菊太郎のそばから離れると、かれの背中に隠れるようにぴたっとよりそった。

「わしは驚くなといいまもうした」

「は、はい――」

菊太郎に対する態度が、いよいよ慇懃《いんぎん》になる。初めは威圧的に出られたためだが、いまは奉行所の同心に指図ときいたからであった。

――このお武家さまは公事宿鯉屋の者だとお名乗りやけど、ほんまはいったい何者なんやろ。人品はいやしくない。娘のお妙がそばに坐って安心しきっている。

安二郎が胸の中でつぶやいたとき、妻のお糸が自ら茶を運んできた。

一瞬、母親と視線を合わせ、お妙はうつむいた。

「よくおいでくださいました。何やら娘のお妙が不調法をいたしましたようで――」

「いまも主どのにもうしたが、娘御どのは不調法などいささかもしておらぬ。叱るどころではなく、事と次第では、かえって褒《ほ》めてやらねばならぬかもしれぬ」

お糸にはもちろんだが、主の安二郎も、客が何をいっているのかさっぱりわからなかった。

「さて主どのにご妻女どの、娘御のお妙どのはなあ、城崎温泉へ湯治にまいられているご隠居九郎右衛門どのの安否をたずねたいとして、さんざん迷われたすえ、本日、公事宿の鯉屋に参られたのじゃ。まだ八歳ながら、お妙どのはなかなか利発。詳細に話をうかごうてみると、ご隠居の身に容易ならざる事態が起っているとも考えられる。そなたたち夫婦は、九郎右衛門どのを但馬に湯治にやり、金さえ送ればよいと考え、厄介払いでもしたつもりになっているのではないかな」

菊太郎は最後にびしっといい叩いた。

「金を送って厄介払い、と、とんでもございまへん。金を送るゆうても、一両二両ではおまへん。ついこの間なんぞ、二十両も送らされました。親父さまが城崎に旅立たれてから、かれこれ十カ月に相なります。けど行ったきりで梨のつぶて。ここは居心地がええさかい長逗留する、店は順調のはずといい、これまですでに六十両近い金を届けさせられました。なあお糸、ほんまに親父さまは、いったいどんな了見でいてはりますのやろ。もうそろそろ長逗留を切りあげ、京にもどっておいやすと手紙に書いても、一向に承知していただけしまへん。あなたさまがいわはるように、決して厄介払いをしているわけではありまへん。うちらかて一生懸命なんどす。お糸、そうやわなあ」

安二郎は横にひかえる妻に同意を求め、つぎにはお妙にむかい、おまえにまで心配かけてすまんこっちゃと詫《わ》びをいった。

「なるほど、九郎右衛門どのは城崎の居心地がよいといわれ、ご当代のご意見をお聞き入れにならぬばかりか、再々にわたって金のご無心か――」

「城崎に出かけるとき、正確に金額は知りまへんけど、二十両ほどの金は持っていかはったはずどす。近くの出石《いずし》や豊岡のお城下から、芸者や幇間《ほうかん》を呼びよせ、どんなに遊んで暮したかて、田舎の湯治場での費《ついえ》はしれたもの。もしかして親父さま、城崎で女子でもできたんかもしれんなあと、女房と話しておりましたんどすわ。そやけど、こうこう手紙で金の無心をされてたらかないまへんさかい、この夏がきて一年、それを機会に、ようすをうかがわせに番頭をやろうとしてました」

安二郎の話をきけば、息子としての苦衷《くちゆう》がよくわかる。かれも安穏《あんのん》としているわけではなかった。

「うむ、事情は察せられた。ついては城崎から九郎右衛門どのが無心をもうされてくる手紙じゃが、それは飛脚が届けてくるのか――」

「へえ、さようでございます」

「金はいかがする」

「店の者に持参させるわけにもいきまへんさかい、親父さまを城崎に送ってもろた車屋町の口入屋かすが屋の宗伯さまに、お願いして届けてもろうてます」

「口入屋のかすが屋なあ——」

「親父さまの手紙には、口入屋のかすが屋は信用のおける店。主の宗伯が何事もうまく計らってくれる。城崎温泉までの旅も、かすが屋の奉公人がそれは塩梅《あんばい》ようしてくれて楽やった。旅籠《はたご》は湯本に近い岩田屋、ここはええ店やとも書かれておりました。湯治場での長逗留は一向にかまいまへんけど、こないにたびたび大金を無心されたら、いくらなんでも心配になってまいります」

安二郎は現実の問題として、ほうっと深い溜息をついた。

口入屋はいまの職業紹介所、また斡旋《あっせん》所に当る。職を求める者や、奉公人がほしい雇用主はここを訪れ、双方とも適当な相手を斡旋してもらうのである。

開業については、町奉行所と町内の町役に届け、許可をうけるだけでよかった。

「主どの、されば城崎から届いた九郎右衛門どのの手紙を見せていただけぬかな」

「親父さまからの手紙をでございますか——」

かれは一瞬、不審な表情をうかべたが、妻のお糸に合図を送り、彼女を立ちあがらせた。

お糸が夫の居間からすぐ持ってきた九郎右衛門の手紙は、全部で十四通、いずれも巻き紙に書かれ、上紙《うわがみ》に包まれていた。

宛て名は京、姉小路小川　大文字屋安二郎殿——と達筆でしたためてあった。

「この手紙、全部九郎右衛門どのの手じゃな」

「手ともうされますと」

「筆跡に間違いはないかとたずねているのじゃ」

「へえ、親父さまの手にちがいありまへんけど、それがなんぞご不審でも——」

「それならそれでよい。では中身を読ませてもらうぞ」

菊太郎が上紙を開いて中身を取りだし、ぱっと巻き紙を広げたとき、部屋の外に店の奉公人が膝を折った。

「旦那さま、東町奉行所からお役人さまがおいでなさいますが、いかがお取り計らいいたしまひょ」

奉公人は大文字屋の手代らしかった。

「おお参ったか。ここに通してくれ——」

菊太郎は安二郎に遠慮もなく、手代に呼びかけた。

安二郎夫婦があっけにとられ、菊太郎をみつめた。

——このお武家さまは、いったいどないなお立場のお方なんやろ。

夫婦の表情がはっきりこういっていた。

「ご免つかまつる」

数瞬あと、座敷に姿をのぞかせたのは、銕蔵輩下の同心小島左馬之介であった。

「やあおぬしか——」

「はい、組頭さまは口入屋のかすが屋の方を直々《じきじき》に探るともうされ、福田どのや岡田どのを連れ、そちらに出向かれました」

「ああそうか。奴も吉左衛門から話のようすをきき、怪しいと思うたのであろう。ともあれ大文字屋の主、まずはそんな次第。お妙どのは、このわしと親父さまにあとをまかせておかれるがよい。おじいさまのため、悪いようにはいたさぬゆえなあ」

菊太郎は安二郎に目で合図を送り、この場からお妙を去らせよと命じた。

「お武家さま、ではおじいちゃんのこと、よろしくお願いいたします」

両手をきちんとつき、お妙は菊太郎に頭を下げると、母親のお糸にともなわれ、座敷から退いていった。

安二郎が意外な表情でわが子を見送っている。

「主どの、子供ともうすものは、親が家の中で見たり思ったりするほど幼稚ではないのよ。外に出て他人に接すれば、案外しっかりしている。お妙どのが抱いた九郎右衛門どのへの心配、あなどってはならぬぞ。ゆえに東町奉行所の吟味方が動きはじめたのじゃ」

「若旦那、ご隠居さまからの手紙を、読ませていただきまひょか」

菊太郎とともに大文字屋の奥座敷に案内されたものの、それまで部屋の隅にひかえさせられていた喜六が、やっと膝をのり出した。

「それが隠居の手紙でございますか」

小島左馬之介が菊太郎にたずねかけた。

「全部で十四通、そなた喜六といっしょに、月日を確かめ、とりあえず古い順にそろえてくれぬか」

左馬之介はすでに、菊太郎が何を考え大文字屋にきたか、組頭の銕蔵からおよそをきかされているとみえ、喜六とすぐに仕分けにかかった。

菊太郎は初めに上紙をとりのぞいた一通に、じっと目をこらしている。

安二郎が不安げな面持《おもも》ちで、そんな三人の姿を眺めわたした。

「主どの、ちょっと頼みたいのじゃが」

「なんでございましょう」

「ご当家に九郎右衛門どのの筆跡があれば、それを拝借いたしたいのじゃ」

「親父さまの筆跡を——」

「さよう、この手紙がまこと九郎右衛門どのの手かどうか、お手許の筆跡と照らし合わせてみたい」

「親父さまの筆跡いわはりましても、手紙は大方外に出すもんどすさかい、店には残っていいしまへん。せいぜい大福帳ぐらいなもんで、ほかにはこれというて――」

「日記か覚え書きのようなものはないのか」

「親父さまはいたって筆不精でございましたさかい」

「筆不精でありながら、金の無心ともなれば、こうもせっせと筆まめに手紙を書くのか」

菊太郎が手にした一月十日付の手紙には、城崎の雪景色がどれだけ素晴らしいか、また近くの海から運ばれてくる蟹《かに》が、いかに新鮮で美味かが綿々と記され、店の商いの方はおまえの腕で十分、城崎は自分の肌に合《お》うた土地、ここで隠居生活をつづけられたら、人生の至福とまで書かれていた。

「お武家さまにいわれてみれば、確かにそうどすなあ」

「とりあえず大福帳でもなんでも持ってまいれ。早くいたすのじゃ」

菊太郎は焦《じ》れた声で、安二郎をせきたてた。

残り十三通の手紙はすぐ整理され、左馬之介と喜六も目を通している。

「組頭の兄上どの、どの手紙も城崎の湯治場がいい場所で、ここでなら自分の余生を満足にすごせるとつづったうえ、金を送れと書かれていますなあ。親孝行のなんたるかを説いた書状まであり、これでは主の安二郎も、無警戒に金を送るより仕方ありますまい。どの書状も名文、城崎温泉のたたずまいが、胸に彷彿《ほうふつ》とうかんでまいりまする」

小島左馬之介が感嘆の声を放った。

「左馬之介、感心いたしておる場合ではない。どれもこれも名文であるところが、また曲者《くせもの》と思わねばならぬ。九郎右衛門は筆不精といまきいたではないか――」

「みんななかなか書き馴《な》れた文章。この名調子なら、読み本の作者にかてなれまっせ」

喜六が二人の話をまぜっ返した。

「順番にそろえてはみたものの、どれもこれもまあ同一。九郎右衛門が読み本作者にでもなれる能力をもっているのが、わかるぐらいか。親孝行のなんたるかを説き、余生をいい、わが子からとはもうせ金をせびるのは、なかなかの手業《てわざ》じゃな。他人が築いた資産でもあるまいに、どうも妙な男だ」

菊太郎の言葉が耳にとどいたのか、安二郎が遠慮の素振りで座敷にもどってきた。

両手に大福帳をかかえ、その上に書状らしいものを載せていた。

「親父どのが書いた大福帳じゃな」

「はい、それにこれは十数年前、親父さまが暖簾分けをした奉公人に書きあたえた商心得の一通でございます。手控えのつもりで書き残したものが、親父さまの文庫からでてまいりました」

安二郎の説明をきくなり、菊太郎はその手控えをひったくった。

「左馬之介と喜六は、九郎右衛門からの手紙と大福帳の文字が、同じかどうか詳細にくらべてみてくれ」

かれは二人に命じると、自分も手紙と手控えの二つを畳の上に広げ、前かがみになり、文字をせわしく追った。

しばらくの間、座敷が重苦しい沈黙につつまれた。大福帳をめくるかすかな音だけが、かれらを見守る安二郎の耳についた。

「二つは同一のようでもあり、似せて書いたようでもある。誰にでも筆癖はあるものだが、城崎からの手紙は、いやにその癖が強調されているといえないでもない」

九郎右衛門の筆跡は、正式に筆法を習った人の文字ではなく、扁平で読みやすいものであった。

「全くもって、わたくしも同じ思い。古筆見《こひつみ》に鑑定を乞《こ》わねば、いずれともいいがたい代物《しろもの》でございますなあ」

左馬之介の意見に、喜六もうなずいた。

かれらが互いの顔を見合わせたとき、店の方からあわただしい足音がひびいた。

「田村さま、組頭さまから火急のお言付《ことづ》けでございます」

座敷に現われたのは銕蔵輩下の一人だった。

「火急とは何事じゃ」

「いまだ他聞をはばかりますゆえ」

かれは菊太郎のそばに近づき、その耳に何事かをささやいた。

組頭田村銕蔵たちが大急ぎで調べあげたところによれば、口入屋かすが屋の主宗伯は、公家《くげ》の血をひく人物といい、屋号の「かすが」は、藤原氏の氏神、奈良の春日大社になぞらえたものではないかという。車屋町に店を構えたのは二年前、さらに問題なのは、宗伯は持明院家流の能書家《のうしよ》で、練達《れんたつ》の文字を幾種にも書き分ける筆力をそなえているそうであった。

かれの店で働く奉公人を道中の供に連れ、北陸や山陰の湯治場に出かけている大店の隠居は、現在、判明しただけで四人おり、いずれも長滞在、湯治場から店に、たびたび金の無心をいってきているという。

「なにっ、さらに明日、下京・梅小路の数珠《じゅず》商相模《さがみ》屋《や》の隠居算哲が、今度は宗伯直々の案内で、城崎に出かけるともうすのじゃな——」

菊太郎の眦《まなじり》がつりあがった。

悪い予感が安二郎の顔を曇《くも》らせてきた。

四

高瀬舟が川を下っていく。乗客がすっかり明るくなった東山の空を見上げた。

「それでは相模屋の算哲さまを、店までお迎えにまいり、城崎までご案内してきますさかい、留守番をしっかり頼みましたよ」

口入屋かすが屋の主宗伯は、白い脚絆《きゃはん》をつけた足許の草鞋《わらじ》の紐を結び、土間やすぐ横にひかえる奉公人たちにいった。

道中の供に連れていく伊助は、すでに身仕度をととのえ、宗伯が立ちあがるのを待っていた。

二人とも腰に短い道中差しを帯びている。

宗伯から言葉をかけられた奉公人は二人。いずれも堅気を装っているが、ひと癖もふた癖もある面構《つらがま》えを、愛想のいい表情の下にひそめる顔付きだった。

口入屋ともなれば、女子の奉公人の一人ぐらいいてもよさそうだが、女気は少しもなかった。

伊助が留守番を命じられた二人に、念を押すように鋭い視線を投げた。

城崎までは年寄りの足で、駕籠《かご》を使っても二泊三日の旅となる。宗伯は城崎まで相模屋の算哲を案内してくると一応いったが、明日か明後日の夜、こっそり店にもどってくるぐらい、かれらにはよくわかっていた。

店の床に坐っている男は武平次、土間に立つのが辰次郎。二人とも前掛けをかけ、律義なお店者の服装《なり》だが、宗伯に命じられれば、どんな悪事でも平然と行なう悪党だった。

口入屋は見せかけ、かれらはそれを表看板にして、巧妙に大店の隠居に近づく。そして相手を懇意にする湯治場に送りとどけると称して、供にしたがい、道中で殺害する。

そのうえ、能書家の宗伯が、当人の筆跡を真似た偽手紙を書き、店から金を送らせるのである。

湯治場で長逗留となるだけに、誘いをかける大店の隠居は、厳しく選んでいた。

まず金に裕福であり、当人が鰥夫《やもめ》であること。さらに店を継いだ当主夫婦から、口うるさい隠居だと敬遠されている人物が最適だった。

「うちの親父さまから、宗伯はんとこの若い衆に、金をとどけてもろうてくれという手紙がきました。面倒でも城崎までお願いできしまへんやろか」

「旦那さま、またどすかいな——」

大店の若い主を迎えた宗伯は、いつも大仰なあきれ顔で答えた。

「ほんまにまたどすがな。うちの親父さま、城崎でなにをしているのか知りまへんけど、それでも店の帳場からがみがみいわれているのにくらべたら、なんぼかましどすわな。せやけど、なんでこうも金が要《い》りますのやろ。まさか女子にだまされでもしているのとちがいますやろなあ。そこのところもついでに見てきておくんなはれ」

隠居した父親の不在を、半ば心の中でよろこび、まとまった金を宗伯に托《たく》す大店の主もいた。

手紙は巧みに手をのばし、相手の大店にはわざわざ飛脚屋にとどけさせる。相手が勝手に城崎に手紙をやる場合も考え、湯本の近くに一応、手下《てか》を置き、岩田屋の看板も出させていた。

ときにはかすが屋に届いたといい、すでに殺害した隠居の偽手紙を持参する場合もあった。かれらは宗伯が能筆をふるった偽手紙に、全くだまされている。

少々気にかけても、隠居の工合を確かめに、遠い城崎まで店の者をやる気持などなかった。また偽手紙で、ようすを見にくる必要はない、長旅は無用、道中の費が無駄だと、くれぐれも足止めを厳命していた。

宗伯が仕組んだ甘い罠にひっかかり、こうして湯治場へむかわされ、道中で殺害された京の隠居たちは、すでに十五人も数えられた。

大文字屋の隠居九郎右衛門もその一人だった。

公家の血筋とはいえ、宗伯は庶腹の孫として生れ、四十半ばまで手習いの師匠をして、やっと暮しをたてていた。だが大金を一挙につかむため、二年前に一計を案じて口入屋を開き、金と暇をもてあます大店の隠居に目をつけたのである。

十五人の隠居たちを殺害し、偽手紙で得た金は、すでに七百両をこえていた。

だがこの金儲けも、隠居の滞在があまり長期になれば、やがては不審を感じさせ、悪事が露見する。そろそろ店をたたみ、伊助たちに分け前をあたえ、行方をくらませる頃合であった。

最後の大芝居は、それぞれ湯治場に隠居を送り出している店に、宗伯自らがでむき、恥しいことながら当地で女子ができた、手切金としてどれだけかくれまいかとの懇願の偽手紙を見せ、一挙に千両ぐらいつかむ腹をきめていた。

「道中、何卒《なにとぞ》ご無事のほどを――」

宗伯は武平次と辰次郎に見送られ、伊助を供にして高瀬川筋に出た。

川の両側では、柳が青々とした枝を垂らしている。

二人は足を速め、南にむかった。

高瀬川に沿い、東本願寺屋敷の北まで下る。

そこから西にまがり、太鼓番屋町に入り、梅小路の相模屋に到着した。

同時に、途中から二人の後をつけはじめた托鉢姿の僧形《そうぎょう》が立ち止まった。

間口の広い店の中で、宗伯がご隠居の算哲さまをお迎えにまいりましたと、にぎにぎしくのべている。

「いよいよでございますな」

相模屋から少し西に離れた辻堂の裏に身をひそめ、店のようすをうかがっていた旅姿の小島左馬之介が、着流し姿に深編笠《あみがさ》をかぶった田村菊太郎にささやいた。

「宗伯の悪党、どこで相模屋の隠居を殺すつもりかな。まさか本当に城崎までは行くまい」

「京から丹波に入れば山また山。年寄り一人を殺《あや》める場所はいたるところにございまする。組頭さまは老ノ坂《おいのさか》で、福田林太郎どのと待ち構えておられまする」

左馬之介は僧形の曲垣染九郎にちらっと目を配っていった。

老ノ坂は、山城と丹波の国境をなし、山陰道はここから西にのびているのである。

「まずもって、その老ノ坂が最初に危ない場所じゃな」

「いかにも、老ノ坂ならいかようにも人の目から逃れられまする」

東町奉行所同心組頭の田村銕蔵は、兄菊太郎の指図にしたがい、老ノ坂までの〈老坂越丹波街道《おいのさかごえ》〉に、輩下の岡田仁兵衛ほか数人を点々と配し、事件の突発にそなえていた。

わずかな間に宗伯の身辺をさぐり、これだけの手配をすませるのは、さすがであった。

やがて相模屋の店内が騒がしくなり、暖簾から多数の姿が吐き出された。

手甲脚絆姿の年寄りが、杖を手にして店の大看板を見上げた。

これが相模屋の隠居算哲なのだろう。

頑固そうな顔をしていた。

「ときによれば、これが見納めになるとも知らずに、店構えを眺めておる」

「宗伯の甘い言葉に乗せられ、湯治場への遊山《ゆさん》が死出の旅になろうとは、まさか考えてもおりますまい」

「能書家とはもうせ、偽手紙で金をだまし取るとは、全くうまいことを考えついたものじゃ」

「宗伯どの、では道中をしっかり頼みましたよ。親父さま、ごゆっくり行ってこられませ」

算哲に愛想をいっているのが息子夫婦。番頭や手代、小僧たちが一斉に頭を下げた。

「ご隠居さま、さあまいりまひょか——」

宗伯が微笑をうかべ、算哲をうながした。

「この五、六十年、わしは精一杯働いてきた。やれやれ楽ができると思うたら、もうすぐあの世からお迎えがくるがな。そのまえに、せめてゆっくり骨休めさせてもらわなどもならん」

「ほんまに生きていての極楽どすわなあ。道中お疲れどしたら、駕籠にのってもらいますさかい、老ノ坂までぐらいは歩いとくれやすか」

「ええ、まだ足と口だけは達者どすさかい、城崎まででも歩きますわいな」

算哲は、わしを湯治場へやり、息子夫婦もせいせいするだろうと思いながら、案内の宗伯に憎まれ口をたたいた。

宗伯はただの口入屋ではない。公家の血を引くときいている。だが五摂家《ごせっけ》を筆頭に、京に公家の数は百三十六家もある。それが幾代にもなれば、かれらの血は町筋にも分かれ、さらに広がるのも当然だった。しかし、それでもいくらかの信用になっていた。

梅小路から新町通りに出た宗伯たち一行は、七条通りまで下ると、一路西にむかった。

七条通りは、そのまま老坂越丹波街道につながっている。

かれらが桂川を越え、老ノ坂にさしかかったのは、正午《ひる》前であった。

右手には愛宕《あたご》山にのびる山塊《さんかい》がつづき、鬱蒼《うっそう》とした竹林が広がっている。

「老ノ坂を下った峠の茶屋で御飯をいただき、今夜は亀岡泊りにしまひょか」

京から但馬の城崎までの旅は、普通なら京を発《た》って園部、つぎは福知山泊りとなる。だが年寄り相手だけに、三泊、四泊の旅だと、宗伯は算哲に告げていた。

二人が並んで歩き、伊助が後ろについていた。

道はまがりくねり、道中姿の人々が、何人もかれらを追い抜いていった。

坂道を登るにつれ、山の繁《しげ》みが濃くなり、空気がひんやりしてきた。

伊助がときどき後ろをふり返った。

だが菊太郎たちはかれらの後を巧みにつけ、伊助には僧形の染九郎の姿さえ目に止まらないはずだった。

「相模屋のご隠居はん、その先の山道を右にまがったところに、樹齢五百年という椿の古木があるのを知っておいやすか。ちょうどいまが見頃のはずどすさかい、ついでに足をのばして見物していきまひょな」

「ほおう、老ノ坂にそんな椿の古木があるとは、わしもきいておらなんだなあ。縁起もんや、ほなちょっと見とこか――」

「こっちでございます。足許に気をつけとくれやっしゃ」

宗伯に導かれ、算哲は街道を横にそれ、山道に深く分け入った。

「まだどすかいな――」

なにか不安を覚え、算哲が宗伯にたずねた。

この辺《あた》りまでくれば、いくらかれが大声をあげても、街道にまではきこえないだろう。

一方、菊太郎のほか銕蔵たちは、数手に分かれ、ひそっとかれらをつけている。樹々をゆるがせる風の音が、宗伯の耳に菊太郎たちの足音をとどかせなかった。

「相模屋のご隠居――」

算哲の前を歩いていた宗伯が、突然足を止め、居直るように身体のむきを変えた。かれの顔は険しく、右手が道中差しの柄《つか》にかかっていた。

「か、かすが屋はん、ど、どないしはりました」

驚いて算哲は相手をみつめた。

「どないもこないもありまへん。ここからあの世に行ってもらいますのやがな。城崎には行かれしまへん」

「な、なんやて――」

算哲の声は悲鳴に近かった。

「あとはわしの算段で、相模屋の若旦那から金をしぼり取らせていただきますわ」

宗伯がぎらっと道中差しを抜き、頭上に大きくふりかざし、後ろの伊助も懐から匕首《あいくち》を取り出した。

このとき突然、呼び子笛が鳴った。

「待てい、かすが屋宗伯、御用じゃ。そなたよくも大店の隠居をだまし、何人も殺しおったな」

　銕蔵が大声をあげ、斜《なぞえ》の繁みから姿を現わした。

「ぎゃあ、――」

　風を切って鋭く飛んだものが、宗伯の手から道中差しをたたき落とした。

　菊太郎が礫《つぶて》を飛ばしたのである。

「さ、山賊さま、お、お、お助けを。お助けくだされ」

　相模屋の隠居が身体を震わせて叫んだ。

「ばかめ、何を血迷うておる。わしらは山賊ではないわい。御用だともうしたのがきこえなんだのか」

　血相を変えた宗伯に、にやりと笑って目をすえたまま、菊太郎は足許にへたりこんだ算哲をなだめた。

　宗伯が襲ってくれば、腕の一本ぐらい叩き斬ってやる。

　お妙の祖父九郎右衛門も、おそらくこんな方法で殺され、山中のどこかに埋められているのだろう。激しい怒りが、しだいに菊太郎の笑いを凍らせていった。

遠見の砦

一

京は梅雨《つゆ》に入ったのか、数日、うっとうしい日がつづいていた。

「今日もまた雨どすがな。しとしととこう毎日降られ通しでは、身体《からだ》に黴《かび》が生えてしまいます。ほんまに梅雨はいやどすなぁ。それがすんだらかっとした夏の日照り。それもかないまへんわ」

前掛け姿の手代の喜六が、東町奉行所の詰番を果すため、公事宿《くじやど》「鯉屋《こいや》」と背中に白く染めぬいた法被《はっぴ》の袖《そで》に手を通し、帳場に坐る下代《げだい》（番頭）の吉左衛門にぼやいた。

「喜六、なにをぶつくさいうてんねん。これくらいの雨がなんやな。この雨にうたれ、田植え仕事をしてはるお百姓衆の苦労を考えてみなはれ。おまえの死んだお父つぁんは、棒手振《ぼてふ》り（行商）をしてはったさかい、そら雨が降りつづいたら商いができなんだやろうけど、おまえまでが梅雨に苦情をいう筋合いはありまへんがな。さっさと身仕度をととのえ、奉行所に出かけなはれ」

吉左衛門は、自分が甘い顔をみせるため、鯉屋の奉公人が気持の箍《たが》をゆるめているのではないかと、反省しながらかれを軽く叱りつけた。

「ほんまにそうどす。喜六、外で傘をさして立っているわけではなし、少しはしゃんとしなはれ。それではお金の融通がきき、公事宿株を手にしたかて、とても商いなどやっていけしまへんえ。雨は天のおめぐみ、梅雨がくるさかい田植えができ、夏の日照りが秋の実りをかなえさせてくれますのや。春夏秋冬、どの季節も人間には大切どす。人生にもけじめというもんがおますやろ。四季は一年のけじめどす」

髪を手拭《てぬぐ》いでおおった鯉屋の主《あるじ》源十郎の女房お多佳《たか》が、はたきを片手にして暖簾《のれん》の間から顔をのぞかせ、笑ってはいるものの、険《けわ》しい目で喜六をたしなめた。

源十郎は大坂の公事宿仲間（組合）に所用があり、早朝から出かけていた。

「つい、心にもない愚痴《ぐち》を口にしてしまい、すんまへん、堪忍しとくれやす」

吉左衛門につぎお多佳に咎《とが》められ、喜六は顔付きをぴりっと改めた。

「ほんまにおかみはんのいわはる通りや。さっさと行きなはれ。奉行所に詰めてたかて、油ばっかり売ってたらいけまへんのやで。気をきかせて、奉行所のご用も果しなはれや。いったいおまえは、何年この店に奉公してますのやな。そんなことまでこのわたしにいわさんときなはれ」

お多佳の手前、吉左衛門は叱る口調を強めた。

「すんまへん。では奉行所に参じてきますさかい――」

喜六はお多佳と吉左衛門に軽く頭を下げ、殊勝な顔で土間をあとにした。

表の暖簾をはねあげ、鯉屋の軒先から雨空を見上げる。

きものの裾《すそ》をまくりあげ、ばりばりと番傘を広げた。

雨は依然、降りつづいており、いくらか雨脚《あまあし》が強くなっていた。

いまの場面は、自分が公事宿勤めに馴《な》れ、気持をたるませているせいだと、喜六は自分にいいきかせた。

初心にかえったつもりで大宮通りに踏み出し、かれは最初の水溜《たま》りをひょいと飛びこえた。

そのとき、後ろの方から大きなわめき声がひびいてきた。

「わ、わしじゃねぇ。あんな気障《きざ》な野郎を、わしが殺《や》るはずがねえわい。いくら町奉行所のお役人さまかて、いきなり踏みこみ、一言の弁明もさせずに縛《しば》りあげるとは、理不尽やないか。しかもこの雨の中を引ったたててくる無茶はないやろな。わしは、なにもやってえへん、やってねぇわい。てめえら勝手に下手人ときめこみ、お牢《ろう》にぶちこみ、仕事の手間をはぶくため、わしを下手人に仕立てあげるつもりなんやな」

後手《うしろで》に縛りあげられたならず者風の男が、ずぶ濡《ぬ》れになった頭を振りたてわめいていた。

「ええい、黙らぬか。もうし開きがあれば、奉行所でもうしたてるがよい」

捕り縄の端をつかんだ曲垣《まがき》染九郎が、これもまたずぶ濡れのまま、相手の尻を蹴りあげた。

何かの事件の下手人と目されている男は、捕えられるとき、よほど抵抗したのだろう。

「ちえっ、なにが奉行所でもうしたてるがよいじゃい。わしはいまでこそぐれてるが、真面目な職人でいたころ、仕事だけはしっかり丁寧にしていたつもりやわい。てめえらにはそれができへんのか」

かれはよろめいて倒れかかったが、濡れ鼠《ねずみ》の身体をきっと構え、染九郎に同行する東町奉行所同心組頭の田村銕蔵《てつぞう》をにらみつけた。

三人のなかで銕蔵だけが傘をさしている。

「この野郎、組頭さまにまで雑言を吐くのか——」

「なにが組頭さまじゃ。わしはともかく、手下《てか》の同心を平気で雨晒《あまざら》しにさせておきながら、自分だけのうのうと傘をさしてる上役に、へつらうてめえもじゅんさいな奴《やつ》ちゃ。上が上なら下も下じゃわい。わしを下手人に仕立てあげてしまえば、そら事が簡単だわなぁ。無職で人にたかって食っている。博打《ばくち》もやれば、ときには人を脅《おど》したりもする。けちなならず者のわしみたいな者《もん》は、きまって損をするわい。ならず者でも、貧乏だけはしたくないもんやで。このくそったれ」

かれの罵声《ばせい》には迫力が感じられた。

犯罪を否定し、身の潔白を主張するためにちがいなかった。

「組頭さまが傘をさしておいでになって、なにが悪い。おのれ、わしをじゅんさいな奴と侮《あなど》りおったな」

「おお侮ったわい。青二才、それがどないした。まことをいわれて、少しは悪かったと悔《く》い改める気持になったのかいな」

雨の中で立ち止まったまま、かれの悪態《あくたい》はなおもつづいていた。

じゅんさいは蓴菜《じゅんさい》。スイレン科の多年生水草で、池や沼に自生する。粘液《ねんえき》におおわれた若い葉が摘《つ》みとられ、京では吸い物の具《ぐ》に用いられる。ぬるっとして捉《とら》えようのないため、そんな人物を京では〈じゅんさいな奴〉というのである。

「こ奴、いわせておけば図にのりおって」

若い曲垣染九郎の顔に、血の気がのぼってきた。

「おい染九郎、やめろ。富吉もじゃ。ここは町中《まちなか》、少しは人目をはばからぬか――」

田村銕蔵が苦笑をうかべ、二人をたしなめるのをききながら、喜六の足は自《おの》ずと三人の方にもどっていた。

「ちょうどよいときにお目にかかりました。手前、東町奉行所に出かけるところでございました。この傘、お使いになってくださいませ。店に帰って代りを取ってきますさかい」

喜六はごく自然に、自分の傘を曲垣染九郎にさしかけた。

縄付きの下手人と染九郎の大声で、大宮通りを後ろに引き返したため、喜六は鯉屋から二軒ほど離れているにすぎなかった。

公事宿が建ちならぶ町筋だけに、表の騒ぎをききつけ、左右の店から手代や小僧たちが顔をのぞかせる。傘ぐらいやったら遠慮なくお供をもうしつけはったらええのに——との声もきこえてきた。

「なんだ鯉屋の喜六か。傘ならもうよい。この通りずぶ濡れになったからには、今更、傘の必要もない。もっとも、こ奴が風邪《かぜ》でもひいたらかわいそうじゃが——」

染九郎は月代《さかやき》から顔に流れ落ちる雨の滴を、左手でつるっと拭い、喜六の親切をねぎらった。

「ほんなら、手前が傘の二本差しをしてお供しまひょかいな。ちょっと店に立ち寄っておくれやすか」

喜六は公事宿の顔見知りたちに見守られたまま、鯉屋に三人を誘った。

「ではさようにいたしてもらうか」

銕蔵にいわれ、曲垣染九郎は富吉を顎《あご》でうながし、鯉屋の軒下に駆けこんだ。

そのあと、銕蔵が奉行所の銘入りの番傘をすぼめ、軒下に身をひそめた。

「朝っぱらから騒々しいと思えば、銕蔵ではないか。そんなところでしけた面《つら》をしていないで、まあちょっと店の中に入らぬか。茶でも飲んで温まっていくがよい」

「菊太郎の兄上どの——」

「菊太郎の兄上どのではないだろう」

「ともかく、奉行所はすぐ近くでございますれば」

「奉行所は確かに近いが、富吉とやらにとっては、そなたに捕えられたことが、この娑婆《しゃば》との永の別れになるやもしれぬ。どうせ寝こみを襲うて捕えてきたのであろう。なんの悪さをしたのかは知らぬが、こ奴も梅雨に濡れ、熱い茶の一杯も飲みたいにちがいない。今生《こんじょう》の別れを告げさせてやるとでも思い、ここで少し休ませてやれ」

田村菊太郎がぞろっとした着流し姿のまま、鯉屋の暖簾からぬっと首をつき出し、銕蔵を招いた。

「組頭さま——」

富吉が嚔《くしゃみ》を一つしたのをきき、曲垣染九郎が銕蔵の顔をうかがった。

「兄上どのが折角《せっかく》もうされている。雨脚も強まってきたゆえ、さればちょっとだけ鯉屋で休息いたすとするか」

銕蔵は番傘を振って雨滴を払い、染九郎に答えた。

先程まで悪態を吐《つ》いていた富吉の態度が、にわかに殊勝になっていた。

自分の縄をにぎる曲垣染九郎から、風邪でもひいてはかわいそうじゃと慈悲の言葉をかけられたためや、何者か不明だが、同心組頭が兄上どのと呼ぶ粋《いき》な優男《やさおとこ》から、熱い茶の一杯でもといわれたからだった。

「さあ店の中に入れてもらえ」

「へえ、すんまへん」

染九郎にうながされ、富吉は素直に低頭し、鯉屋の暖簾をくぐった。

吉左衛門が帳場から立ちあがり、お杉や小僧の佐之助たちも、物馴れた態度でかれを迎えた。

町奉行所から公事宿預けの人々を、いつも預かっているからである。

「曲垣さま、おきものが濡れててもかましまへん。お縄のお人といっしょに、上がり框《かまち》にかけとくれやす。毎日毎日、うっとうしいことでございますなあ」

吉左衛門は如才《じょさい》なく富吉にも愛想をふりまき、お杉にすぐ熱いおぶ（お茶）をといいつけた。

手代の幸吉に命じられ、佐之助が乾いた手拭いをもってくる。

「これ、遠慮のう使うとくれやす」

「ありがたい。造作をかける」

染九郎は佐之助から手拭いを受けとると、捕り縄を放し、それでまず富吉の顔と頭の濡れを手荒くふいた。

「だ、旦那——」

富吉が驚いた表情でつぶやき、染九郎の顔をみつめた。

自分を捕えた若い同心が、おのれの濡れより先に、自分の濡れをふいてくれている。いくら風邪をひかせないためとはいえ、ゆがんだ心でできる行為ではなかった。

富吉の声はいくらか湿り、洟《はな》をすすりあげた。

もっとも、同心組頭から兄上どのと呼ばれた優男は、暖簾を背にして土間に立っている。慈悲をかけたものの、自分の逃亡に備えているのは明らかであった。

優男のうえ、物腰もおだやかだが、妙な威圧感だけはひしひしと感じた。

——けったいなこの男、いったい何者なんやろ。

富吉は、やっとおのれの顔をふきはじめた染九郎を、微笑をにじませて眺め、満足そうにうなずいている菊太郎に、視線をちらっとやり、胸の中でつぶやいた。

同心組頭は無言のまま上がり框に腰を下ろし、小女が運んできた湯呑みに手をのばしている。

この場の雰囲気はすべてがごく自然。ここに自分さえ存在していなければ、この連中のなごやかさは、これが一般人の日常茶飯事なのだろうと、富吉はしゅんとして考えた。

「銕蔵、茶がきても後手では飲めまい。そ奴の縄を解いてやらぬか。富吉とやら、そなた逃げる気持などまさかあるまいわなあ」

菊太郎の問いかけに、かれはへいと思わず大声で答えた。

「兄上どの、こ奴の縄をでございまするか」

「まあ堅いことをもうすな。それとも銕蔵、おぬしがそ奴に飲ませてとらせるつもりか」

「めっそうもない——」

「では解いてつかわせ。わしが決して逃しはせぬわい。そもそも富吉は逃げる気持を少しも持っておらぬ。なあ富吉。兄貴面をしてもうすわけではないが、下手人を捕えて罰するばかりが、そなたの仕事ではあるまい。いかなる罪を犯そうが、罪を憎んで人を憎まずとの気持がどこかになければ、御定法《じょうほう》の番はかなわぬものぞ。ぐれて家を出たわしが、いささか問題はあるものの、まあまっとうにしておる。人間は過《あやま》ちを犯したと悟《さと》れば、罪をつぐない、その後の人生を改めればよい。偉そうにいたしておるが、そなたや染九郎とて、いつまわりが仰天する過ちを犯すやもしれぬ。それほど人間は危ういところで生きているものだ」

「兄上どのにかかると、味噌も糞《くそ》もいっしょになりますなあ」

「味噌と糞は匂《にお》いですぐわかるが、人間が一目や二目見たぐらいでわかるか。人間とは判別つけ難いものだぞ。その実例、さまざまな事件を手掛けているそなたが、一番よく存じていよう」

菊太郎と銕蔵は、曲垣染九郎が富吉の縄を解いているのをちらっと眺め、互いにふと口をつぐんだ。

富吉が両手で湯呑みをつかみ、喉《のど》を鳴らしお茶を飲みにかかる。

なんの予備知識もなくそんなかれの姿を見れば、ごく普通の人がお茶を振舞われているとしか思えなかった。

「ところで銕蔵、その富吉、いったい何をいたしたのじゃ」

「たいした事件ではございませぬが、祇園《ぎおん》の茶屋で働く女子《おなご》をめぐり、一人の男に怪我をいたさせました」

「女子を争って怪我をだと――」

「はい、相手の男の片目を潰《つぶ》したのでございます」

「目を潰した――」

「喧嘩《けんか》は二日前、目を潰された男は、両目とも失明するおそれがあるため、いま二条堺町の蘭方医《らんぽうい》棚倉宗庵《たなくらそうあん》さまの許《もと》に預けてございます。ところが、その男の身許がどうもはっきりいたしませせぬ。されど、ともかく下手人はこの富吉に相違なく、今朝ほど立ちまわり先で捕えました」

「だが、富吉はわしではないとわめいていた」

かれを一瞥《いちべつ》し、菊太郎が銕蔵にささやいた。

どうしたのか、兄弟の会話に富吉はもう口をはさまなかった。

いつのまにか出かけたらしく、喜六の姿は土間にはなく、外ではまだ雨が降りつづいていた。

二

今朝ほど梅雨の晴れ間がきた。

明るい陽光が京の町を美しくみせたが、その代りむっとした暑さが、人々を閉口させていた。

もと大工見習いの富吉が、鯉屋の上がり框で茶を振舞われてから四日後であった。

「やっと雨が止《や》んだものの、こう蒸し暑いと往生いたす。かえって梅雨の雨にうたれる風情《ふぜい》が好ましいほどじゃ」

田村菊太郎はきものの胸をくつろげ、扇子《せんす》で風を入れながら、鯉屋の離れから立ちあがった。

　猫のお百《ひゃく》が菊太郎の足許にまとわりつき、短く鳴いてかれを見上げた。

「お百、そなた、そんな生皮をまとうていてうっとうしくないか。三味線の皮として売らぬゆえ、いっそさっと脱いでみぬか。そばに寄られるだけで暑くてならぬ。すまぬが退《の》いてくれ」

「若旦那《わかだんな》、お百にまたなにをいうてはりますのや。お百は老猫、あまりかまってると突然、化けるかもしれまへんえ。若旦那の言葉にしたがい、もしお百がひょいと毛皮を脱いだらどないしはります。さすがの若旦那でも、腰をぬかさはりますやろなあ」

　店の表から姿をみせた鯉屋の主源十郎が、眉《まゆ》をひそめて揶揄《やゆ》した。

「腰をぬかすより先に、わしなら刀を抜いておる。いらぬ心配をいたすな」

「そんな、せっかくの化け猫を殺したりしたらもったいないのうおすがな。お百にはそれなりな元手《もとで》がかかってまっせ」

「そなたは金にかけては全くこまかい奴じゃ」

「若旦那、そういわはりますけどなあ、銭がなければ、その日その日がやっていけしまへん。若旦那が毎日のんびりしておられるのは、この源十郎が口出しはおろか、聞きとうもない人のいざこざに手を染め、店の商いをつづけているからと違いますか。それで銭を稼がせていただいている。そやさかい、若旦那は気楽に鯉屋で居候《いそうろう》しておられるんどすがな。まるでわたしを、銭の亡者《もうじゃ》のようにいわんとくれやすか」

「それをもうされると、わしはここに居辛《いづら》くなる。いっそお信《のぶ》の家に居候替えをいたすか。わしでもお清の遊び相手にはなってやれる」

「若旦那、悪い冗談はやめときやすな。ついでにいえば、料理茶屋で働くお信はんの給金ぐらいで、若旦那を養のうてはいけしまへん。お信はんとの仲も長うなりますさかい、やがてはきちんと世帯を持ってもらわななりまへん。お信はんもその楽しみがあるさかい、若旦那から離れはれしまへんのやろ」

菊太郎は三日前、法林寺脇の長屋を訪れ、彼女と一夜をともにしてきた。

娘のお清がすぐむつかしい年頃になる。

そろそろどうにかしなければならぬ時期だと、近頃しきりに思っていた。

「その話なら、また改めてそなたにも相談に乗ってもらうつもりじゃ」

「つもりだけでは困りまっせ。へえ、その話ならいつでも相談に乗せていただきますわいな。そばに子供をはべらせた女子はんと、祝言をあげるのも乙《おつ》なもんどっせ。そのときはわたしが高砂《たかさご》をうならせてもらいますわ」

「そなた、このわしを嬲《なぶ》っているのか」

「いいえ滅相もない。本気どすがな――」

「ならば結構。おい佐之助、その昼飯、富吉に持ってまいるのならわしがとどけてやる」

菊太郎は、一汁一菜を盆に載せ、別棟の座敷牢に運ぶ佐之助を見かけると、源十郎との話を中断させ、声をかけた。

どの公事宿でも奉行所から、ときおり出入物《でいりもの》（民事訴訟事件）の被疑者を預かっている。人を傷つけ、吟味物（刑事訴訟事件）として逮捕された富吉が、公事宿預けとなっているのは、かれがどうしても犯行を否認しているためと、かれを犯人とするにはもう一つ決め手に欠け、また菊太郎の尽力からであった。

富吉が目を潰したとされる男は二十七歳、勘十郎と名乗っていた。住居は下京・四条西洞院妙伝寺町の裏長屋。無職だといっていたが、事件を調べていくにしたがい、五日に一度の割りで、祇園・末吉町の茶屋「巽屋《たつみ》」に、粋な恰好で現われていた事実が判明した。そのおり勘十郎は、いつも惜しげもなく数両の金を散じていたという。

銕蔵たちは、蘭方医棚倉宗庵が目の治療にさわると主張するため、まだ当人からこまかな事情聴取を行なっていなかった。だが巽屋で働くお加寿《かず》を勘十郎に横取りされた怨《うら》みから、富吉が刺した嫌疑は嫌疑として、被害者勘十郎の金の出所に、大きな疑問をわかせていた。

事件は一見、単純そうに考えられた。しかし、意外なことが裏にかくされている気配もないではなかった。

異腹弟の銕蔵から、取り調べの進み工合をきいた菊太郎は、吟味役与力組頭・伊波又右衛門を通じて、町奉行に公事宿預けをもうしたてさせた。そして富吉を鯉屋の座敷牢に預かったのである。

勘十郎の目の治療は、まだ日時を要するだろう。その間に自分が事件の真相、また新犯人がいるならそれを捕える気持に、菊太郎はなっていたのである。

「若旦那、やっぱり変どすか――」

「喧嘩をするとき、相手をひるませるため目を狙う奴がいるが、そんな奴はほとんどが場数をふんだ喧嘩《けんか》上手《じょうず》。富吉はそれほど無頼ではない。ぐれてはいるが、わしのみたところならず者としては、まあ大人《おとな》しい方じゃ。勘十郎が殺されもせずに、どうして目だけを潰されたのか、そこも問題よ。ともかく奉行所の牢からここに移されて一昼夜、そろそろ富吉の気持も落ちつく頃であり、これからわしが上手に調べてみる」

「鯉屋の点数をあげとくれやっしゃ」

源十郎は一変して菊太郎をけしかけた。

「そなたは全く節操《せっそう》のない奴じゃ」

「奉行所の受けは、商いの信用に関わりますわいな」

「無駄飯食いの居候も、それなりに居させる意味があるともうすのじゃな」

「その通り、若旦那にはやっぱりかないまへんわ」

菊太郎は源十郎の恵比寿《えびす》顔に送られ、佐之助から盆を受け取った。

「ではよろしゅう頼みます」

「まあわしにまかせておけ」

佐之助から合わせて鍵も受け取り、菊太郎は座敷牢に近づいた。

木格子越しに中を眺め、馴れた手付きで鍵をはずした。

重い戸をがらっと開ける。

横になっていた富吉が、びっくりしたようすで半身を起した。

かび臭い匂いが菊太郎の鼻についた。

「富吉、昨夜《ゆうべ》はどうやらよく眠れたようだな。このかび臭い匂いは不快じゃが、奉行所の牢よりはましだろう。第一、ここは畳敷き、町中《まちなか》の気配もとどいてくれば、食い物もさして悪くない。一汁一菜だが、鯉屋の奉公人といっしょのもの。この煮魚、わしもついいましがた食べたばかりじゃ」

かれは富吉の前に盆を置き、胡座《あぐら》をかいた。

伊万里《いまり》の染付《そめつけ》の皿に、鯖《さば》の味噌煮が載せられ、一汁のすまし汁には蓴菜《じゅんさい》が浮かんでいた。

座敷牢の戸は、半分開けたままだった。

「若旦那さま――」

「なんだ、急に洟《はな》をすすりあげおって」

「お奉行所の同心衆からききましたが、わしが公事宿預けになったのは、若旦那さまのお力添えがあってとか。またお陰さまで、お奉行所のご吟味にも手加減をくわえていただきました。けど、わしはぐれてはおりますが、あの勘十郎という男には、決して手を出しておりません」

「勘十郎の目を潰したの潰さぬのとの物騒な話の真相は、いまのところおぬしだけが知っている。もしおぬしが本当にやっておらぬのであれば、奉行所の連中に指図し、わしが真犯人を捕えてつかわす。そなた、思い当ることがあれば、なんでもこのわしに話すのが思案じゃ。その前にまあ飯でも食べるがよかろう」

菊太郎は目前の食事をすすめた。

「へえ、そやけど一つ――」

「わしと同心組頭との仲がききたいのじゃな」

「その通りどす」

「あれとわしは異腹兄弟。わしはおぬしのようにぐれた末、ここの居候をいたしておる。さあ早く食うのじゃ。体力をつけておかねば何事にも耐えられぬぞ」

　かれの言葉にしたがい、富吉は盆の箸《はし》に手をのばした。

　富吉の身上書と取り調べ書ぐらい、菊太郎はすでに銕蔵からとどけられ読んでいた。

　富吉は二十六歳、もとは大工の見習い。腕は独り立ちするだけの技を持っていた。

　そのかれがぐれたのは、兄弟子になにかと嫌がらせを受け、果ては大切な大工道具にいたずらをされるほどになったからだという。

　後になってわかったが、十年も奉公していた大工の棟梁《とうりよう》が、一人娘の婿《むこ》に富吉を望んでいたといい、彼女に懸想《けそう》していた兄弟子が、ほかの連中としめし合わせ、富吉にいたずらを仕掛けていたのであった。

　ついに兄弟子と諍《いさか》いを起し、兄弟子を立てる棟梁の許から、かれは飛び出した。そして山《やま》科《しな》西野山村の家にもどらず、木屋町筋に京屋敷をかまえる松平大膳大夫の中間《ちゆうげん》長屋に身をよせた。

　実家は西野山村の貧乏百姓。家にはすでに居場所がなく、棟梁の許からゆるしもなく離れた大工に、ろくな稼ぎもできなかったからだ。かつて普請《ふしん》場で親しくなった男が、そこで中間をして働いていたためだった。

　それから三年、富吉の淪落《りんらく》は世間によくある通りだった。

人間は世間の底から這《は》いあがるとき、辛苦と忍耐、また長い歳月を要するが、身を堕《おと》すにはさして苦労がいらないものだ。人によっては数日、また巨万の富でも一夜にして散じることができる。

富吉のそれは、かれの生来の気性をあらわしてか、まあぼつぼつだった。徹底してごろつきにもなれないのは、気持のどこかに、十年も修業してきた大工仕事への執着が、まだくすぶりつづけていたからだ。

ともかく、住居は建仁寺裏の長屋を借りて住んでいた。

そして昨年の末、傷害の原因となったお加寿に出会ったのである。

お加寿は西野山村の幼馴染《おさななじ》み、富吉より三つ年下。家の貧乏を助けるため、中京の呉服問屋へ奉公に出ていた。だが十九のとき母親が大病にかかり、金の必要から十両の前借で末吉町の茶屋へ、酌婦として鞍《くら》替えしたのであった。

彼女が働く巽屋へ、ごろつき仲間に案内されてきた富吉は、幼い頃の面影をまだ顔のどこかに残すお加寿を見て呆然《ぼうぜん》とした。

「あんた、山科西野山村に住んでいたお加寿ちゃんとちがうか——」

彼女はすぐ声こそ返さなかったが、両目からあふれてきた熱いものが、なにより明らかな諾《うべな》いを示していた。

その日から二人は折につけ会った。

富吉は金を工面して、巽屋に客としても出かけた。

「いつまでもこんな仕事をしてたらあかへんで。毎晩毎晩酒を飲んでたら、そのうちに身体をいかしてしまうがな」

「富吉はんかて、それは同じどっしゃろ。十年も修業した立派な腕を持ちながら、これからどないしはりますのや」

富吉にお加寿への愛がはっきり芽生えていた。

お加寿の方もそれは同様だった。

「二人して力を合わせ、人生をやり直しまひょ。富吉はんもうちも、互いにそのつもりどした」

事件の取り調べに当った銕蔵の調書には、彼女の言葉としてそう記されていた。

富吉に目を潰されたという勘十郎は、一年近く前から、お加寿を目当てに通っていた上客。一夜で数両も使うほど金離れがいいため、なけなしの銭をかき集めてくる貧乏面《づら》の富吉とは、巽屋での扱いも大違いだった。

富吉と勘十郎は、たびたび店で顔を合わせている。

勘十郎は富吉を小馬鹿にしており、富吉はお加寿の気持が勘十郎に傾いていくのではないかと案じている工合に見えた――とは、巽屋で働く彼女の朋輩《ほうばい》の陳述であった。

犯行は、勘十郎が酒に酔い、近くを流れる〈白川〉の風に当ってくると出かけた直後におこっている。

末吉町は祇園の新橋南通りにあり、東は巽橋筋、西は大和大路、北には白川が流れ、祇園内六町の一つだが、もとは祇園社領広小路畑地の開発によってできた花街だった。

町名の由来は、北の元吉《もとよし》町に対して、末吉町と名付けられたと考えられている。

勘十郎の悲鳴をききつけ、近くの茶屋から人々が駆けつけたとき、かれは血の噴《ふ》き出る右目を押え、半狂乱になっていたという。

「目を、右目をやられた。左目も見えへんがな。畜生、どないしょう」

目を傷つけられたうえ、かれは足腰が立たないほど撲《なぐ》られていた。

「ご馳走さまどした――」

菊太郎が調書に記された概要を、胸の中でなぞり終えたとき、富吉が盆にむかい両手を合わせ低頭した。

「きれいによく食べたな」

「へえ、おいしゅうございました。こないにうまい飯は、何年ぶりどっしゃろ」

「飯のうまみがしみじみわかるようになれば、まず大丈夫じゃ」

「若旦那さま、なにが大丈夫でございまっしゃろ」

「いや、それはわしの独《ひと》り言じゃ」

　菊太郎は富吉の質問をはぐらかしたが、本当は飯のうまみがしみじみわかれば、まだ真人間になれるといいたかったのである。

「富吉、そなたの身許や事件のようすは、調書を読んだり、弟の奴からあらかたきいた。そこでそなた、勘十郎が目を潰されたとき、まことに建仁寺裏の長屋で寝ていたのか」

「へえ、奉行所のお調べでももうしましたように、昼間、大徳寺の石垣普請の手伝いに出かけ、疲れたうえ、なんや身体中が熱っぽかったもんどすさかい、長屋で布団にもぐりこんでおりました」

「そして翌朝、お加寿が訪れ、事件をきいたともうすのじゃな」

「わしがいくら説明したかて、お加寿は泣くばかりで、わしの言葉を信用してくれしまへん。これではわしは下手人にされてしまう。あのときはそんなふうに考え、姿をくらましました。いま思えば、それが浅はかどした」

「勘十郎は事件に遭《あ》ったとき、目が見えへん、畜生、どないしょうと半狂乱になり、大声でわめいていたそうな。誰でも目が見えぬようになれば同じだろうが、その光景は特に異様だったともうす」

「そらそうどっしゃろなあ。勘十郎の奴はわしを恋敵《こいがたき》と思うてか、巽屋で顔を合わせるたび、露骨にいけ好かん態度をとったり、皮肉をあびせよりましたが、わしの、目千両に及ぶ者《もん》はどこにもいてへんと、自慢してましたさかい――」

「わしの目千両とはいかなる意味じゃ」

「目千両とは、自分の目にはそれだけの値打ちがあるとでもいいますのやろ。最初は団十郎でもあるまいにと思うてましたけど、若旦那さま、遠目が利《き》く者を、目千両ともいいますのやてなあ」

相手の人柄に信頼をよせているのだろう。富吉の言葉には、菊太郎に対する親しみがにじんでいた。

「遠目が利く者を、目千両ともうすのか」

菊太郎はまばらにのびた顎《あご》の鬚《ひげ》をつまみ、低く独り言をもらした。

勘十郎は無職といいたてながら、金だけは十分に持っていた。

遠目を利かせて稼ぐのはなんだろう。

菊太郎の思案を乱すように、このときお百が「にゃあご」と鳴き、半分開けたままの戸の間から座敷牢に入ってきた。

「お百か、こちらに来い。お客人が煮魚の骨を残してくれた。それをやろう」

かれの言葉を解したのか、お百が菊太郎の膝にひょいと飛び乗った。

三

——遠目を利かせて金を儲《もう》ける。

それはどんな仕事なのだろう。

菊太郎は蚊帳《かや》の中で目をさまし、昨日からしきりに思案していたことを、また考えはじめた。

思いつく仕事は一つ二つ、船の舳先《へさき》や帆柱に登っての潮見。紀州の太地《たいち》の漁師の中には、遠目をきかせた鯨見《くじらみ》がいるそうな。だが勘十郎が京に住むゆえ、いずれにも当らないが、もしその線とすれば、かれの目を潰したのが、富吉でないことが結論づけられた。

富吉はお加寿の存在を知る何者かに、傷害の下手人に陥《おとしい》れられたのであろう。問題はきっと勘十郎の側にある。

昨夜、菊太郎は銕蔵を誘いだし、三条木屋町の料理茶屋「重阿弥《じゅうあみ》」で酒を飲んだ。

自分が観察した富吉のようすをかれに告げるのと、銕蔵からもっとほかの情報を得る目的からだった。

「目千両、遠目でございまするか――」

鋏蔵も不審な顔になり、首を傾けた。

「蘭方医宗庵どのの許で治療をうけている勘十郎は、誰かから利害で怨まれ、その目千両を潰されたのではないかと、わしはにらんでおる。富吉は哀れにも、その下手人に仕立てられただけなのよ。あれへの訊問《じんもん》を手荒らにいたさぬばかりか、鯉屋の座敷牢に預かったのは、お上の面目を失墜させぬ穏当な処置だったかもしれぬぞ。なにはさておき、本当の下手人を捕えるため、一日も早く勘十郎からこまかな事情をきき出さねばならぬなあ。宗庵どのは医者として患者の身になってもうされているが、被害者だとして少々、勘十郎には手ぬるい扱いをいたしておるのではないかな。座敷牢とはもうせ、濡《ぬ》れ衣《ぎぬ》をきせられ、拘禁されている富吉の身になってみろ。奴はまともな暮しをしていないだけに、誤った吟味で万一下手人とされれば、島流しは必定じゃ。百人の悪人を捕えて罰したとて、一人の冤罪者《えんざいしゃ》を出せば、政治《まつりごと》の権威を失墜させてしまう。公事・吟味にたずさわる者は、その点をきびしく心得ておかねばなるまいぞ」

菊太郎は幾分、酒の酔いもあり、鋏蔵に熱っぽく説いた。

「宗庵さまのご意見を重くみるあまり、勘十郎の吟味を簡単に考えておりました。兄上どののお指図通りに、さっそくいたしまする」

鋏蔵からすすめられ、菊太郎はなおも盃《さかずき》を重ねた。

途中、お信が家にもどるため、挨拶に現われたが、菊太郎は鋏蔵の手前、軽くうなずいたにすぎなかった。

鋏蔵に見送られ、鯉屋には駕籠《かご》でもどってきた。だが深酒《ふかざけ》をしたせいか、頭の隅がずきんずきんとまだ痛んでいる。無性に喉が渇いた。

——これは二日酔いだ。水でも飲むとするか。

遠目の詮索《せんさく》をあきらめ、菊太郎は夏布団をはねのけ、上半身を起して大きく欠伸《あくび》をした。

店の表が騒がしくなっている。

いったい何事だと思ったとき、若旦那と喜六の声が遠くからひびいてきた。

かれがあわただしい足音をたて、菊太郎の部屋にすぐやってきた。

「若旦那、起きてはりますか」

それでも喜六は、さすがに部屋の外から訪《おとな》いの声をかけた。

「喜六か、深酒をして眠っていたとて、さように騒々しくされては、目がさめてしまうわい。朝からまた何事じゃ」

菊太郎は、障子戸を開け顔をのぞかせた喜六に、不機嫌な声でたずねた。

「それが大変なことが起りましたんで。奉行所から曲垣さまが、鋏蔵の若旦那さまの代りにおいででございます」

「大変なことだと」

「へえ――」

「それはなんじゃ。早くもうさぬか」

菊太郎は布団から素早く起き、寝間着をぬぎすてた。

きもの姿は柔弱に見えるが、褌《ふんどし》一つになった菊太郎の体軀《たいく》は、筋肉が堅くしまり、皮膚がなめされた皮のように白く光っている。

女性なら身体の芯に戦慄をおぼえるほど蠱惑《こわく》的な身体つきだった。

「へえ、二条堺町の宗庵先生のところで、目の治療をうけてはったお人が、どこかに去《い》んでしまわはったんどすわ」

「な、なに。勘十郎の姿が消えたのじゃと」

菊太郎はきものの袖に手を通して叫んだ。

急いで帯を締める。帯がきゅっきゅっと鳴った。

「それで染九郎の奴が、店でわしを待っているのか」

「へえ、さようどす」

喜六の返事をきくなり、床の刀をつかみ、菊太郎は部屋から飛び出した。

かれの視線が、ちらっと別棟の方に投げられた。

そこにはなんの異常もない。いまのところ勘十郎を傷つけたとされる富吉が、朝食をすませ、不安な顔で今日もつくねんと坐っているはずだった。

「菊太郎の兄上どの——」

曲垣染九郎も組頭の異腹兄をこう呼んだ。

「染九郎、話はいま奥で、手代の喜六からおよそきいた。銕蔵は宗庵どのの許にむかったのじゃな」

土間につっ立ったままの染九郎に、言葉をあびせつけ、菊太郎はお杉があわててそろえた草履《ぞうり》をひろった。

染九郎が銕蔵に命じられ、自分を迎えにきたことぐらいわかっていた。

「はい、その通りでございまする」

「されば宗庵どのの許にすぐまいる。勘十郎の逐電《ちくでん》、仔細《しさい》はそなたにもまだわかるまいが、知るだけの話を歩きながらきかせてくれ」

菊太郎は吉左衛門や幸吉たちが、呆気《あっけ》にとられて見送るのに目もくれず、鯉屋の暖簾をはね上げた。

大宮を御池《おいけ》通りまで上り、東にすすみ、堺町通りを上《かみ》にたどる。途中、染九郎からきいたのによれば、つい四半刻（三十分）ほど前、宗庵からの使いが、息をきらし東町奉行所に駆けこんできたのだという。

使いは出仕して間もない田村銕蔵に、至急お知らせがございますと門番に頼んだ。

「宗庵どのから急ぎだと。まさか目を潰されたぐらいで、被害者が死んだわけでもあるまい」

かれは染九郎とともに表に現われた。

「宗庵どのの使いともうすのはそなたか」

奉行所の正面式台のかたわらで、門番にともなわれてひかえる初老の男にたずねた。

「はい、主の伝言を急いで伝えにまいりました」

「伝言とはなんだ」

「はい、け、今朝、宗庵さまが組頭さまからお預けをもうしつかっておりました怪我人の部屋をのぞきましたところ、怪我人の姿が見えしまへんのどす。そやさかい大騒ぎになり、屋敷中をくまなく探しましたが、やっぱりどこにも居てはらしまへん。こら大変なこっちゃ。とりあえず奉行所にお知らせしなあかんと、わたしがおとどけにまいった次第でございます。へえ——」

初老の男は、玉砂利の上に片膝をつき、勘十郎逐電の経過を告げた。

「染九郎、わしはこれからすぐ宗庵どのの屋敷にまいる。そなたは菊太郎の兄上どのに、このことをお知らせもうし、あとからおいでいただけ。昨夜は深酒をいたされたゆえ、ご機嫌が悪いと覚悟してまいれよ」

組頭から注意をうけてきたが、染九郎が見たところ、菊太郎の顔色は、二日酔いで青ざめてもいなかった。

変事をきいてか、かえってきりっとしていた。

御池通りから二条までは、押小路《おしこうじ》をすぎればすぐだった。蘭方医宗庵の屋敷は、二条堺町の角から四軒目、小さな門構えを北にむけていた。

門をくぐるより先に、奉行所に勘十郎逐電を知らせてきた初老の男が、菊太郎と染九郎を出迎えた。

「お役目ご苦労さまどす」

「先程は大儀であった。すぐさま組頭さまの許に案内いたしてくれ」

「どうぞお上がりしとくれやす」

初老の男に導かれ、二人は草履をぬぎ、奥の部屋に通された。

棚倉宗庵は五十歳、長崎で蘭方医学を学んで帰京すると、漢方医の父のあとを継ぎ、同所で開業した。東西両町奉行所や、大勢の収容者をかかえる六角牢屋敷などでは、なにかと病人や怪我人も多く、宗庵は内、外科とも数人お役御用を命じられているうちの一人だった。目の怪我は外科に属するため、勘十郎は宗庵に治療をゆだねられたのである。

奥の部屋に案内される途中、診察室らしい部屋のそばをすぎた。

「染九郎、蘭方医ともうしても、患者を看《み》る部屋はどこもだいたい同じだな。されどやはり変っておる。あれを見てみろ」

初老の男から少し遅れ、部屋をのぞいた染九郎の目に映ったのは、壁に貼られた一枚の「人体図」であった。

それには青色と朱色で、人間の内臓部がこまかに描かれており、どこか血なまぐささを感じさせた。

宗庵はこの人体図を患者に示し、どこがどうなっており、だからどうしなければならぬかをいい、治療に当っているのだろう。

「お連れもうしました」

奥まった部屋の前に案内されると、染九郎は袴《はかま》をさばいて長廊に坐り、中に声をかけた。

「兄上どの、にわかなことで面目ない。昨夜、手ぬるいとお叱りをうけた通りでございました」

菊太郎を迎え、銕蔵が身体を退《の》けて頭を下げた。

「いや組頭どの、詫《わ》びねばならぬのは奉行所から患者を確かに預かったこのわたしじゃ」

棚倉宗庵は、銕蔵から菊太郎の立場をきかされているとみえ、立ちはだかったままのかれに、両手をついて詫びをのべた。

「そなたさまが宗庵どのか。わしは田村菊太郎、できてしまったことは仕方がない。それより宗庵どのにおたずねいたしたいのは、被害者の傷の工合じゃ。右目はともかく、逐電したことから察すれば、左目はどうやら見えておったのだな」

菊太郎は正座し、左手ににぎった刀を脇に置いてただした。

「はい、右目は眼球が完全に潰れておりましたが、左目は危うく難をまぬがれ、かすかな視力はとどめていたはずでございまする。しかしながら、治療を怠《おこた》れば視力を失うのは必定。当人には十分にいいきかせており、それを押して逐電を図るとは、わたしも全く考えておりませんでした」

「そうでございましょう。蘭方医の宗庵どのから、治療を怠れば盲《めしい》になると注意をよせられながら姿をくらませる。よほど覚悟がなければいたせませぬ」

「兄上どの、すると勘十郎の奴は、死ぬ覚悟で逐電したともうされますのか」

「あの歳《とし》で突然失明すれば死ぬより辛い。そうとでも考えねば道理に合うまい」

「いかにもさようでございまする」

宗庵が菊太郎の意見に同意した。

「なれば、勘十郎の目を潰したのは富吉ではないと――」

「銕蔵、そなたには残念、同心組頭として汚点になろうが、まあ間違いない。勘十郎は自分の目を潰したのは富吉ではないと、最初からわかっていたはずだ。あ奴は目を潰されたとき、世にも恐ろしい思案をつけ、恋敵の富吉を自分とともに屠《ほふ》る気持になったのだろうよ。あ奴、なかなかのしたたか者だぞ。それだけお加寿に惚《ほ》れていたのかもしれぬが。だが富吉こそいい面の皮じゃ」

「さようにもうされれば、宗庵どののご心配をよいことにして、われらの訊問には言を左右にし、ろくろく答えませんでした。しかし、真の下手人の計らいに乗じて富吉に濡れ衣をきせ、さらに左目を失ってまで、いったい何をいたすつもりなのでございましょう」

蘭方医宗庵の治療室で勘十郎は、両目とも包帯でおおわれ、横たえられていた。

かれはその包帯をかなぐり捨て、逐電したのだ。

眼球を潰された右目、無残な顔で、勘十郎はどこに行ったのだろう。かれを狂気に駆りたてたもう一つのものは、やはり富吉に対する感情に似た呪いの気持ではないのか。菊太郎はそんなかれの心情を考え、銕蔵の質問にふと呼吸をおいた。

「あの怪我人、全く何を思うてここから逐電したものやら――」

宗庵は医者として深いため息をもらした。

「勘十郎は死ぬ気で誰かに復讐するつもりなのだろうよ。考えてみれば奴は被害者、いまのところ、何も悪事をなしておらぬ。悪い奴はほかにいると思わねばならぬ。それにしても目千両、遠目の謎がはっきりいたせば――」

「目千両、遠目ともうされますか――」

「さよう、あの勘十郎の奴は遠目の仕事をなし、大枚の銭を稼いでいたようす。だがその仕事がなにか、われらには計りかねているのでござる」

兄の菊太郎が、宗庵の居間の床に掛けられた絵をじっとみつめるその横顔を眺め、銕蔵が答えた。

掛けられた絵は、宗庵が留学先の長崎で入手した「銅版挿絵」を、軸装《じくそう》したものだった。描かれているのは風景だが、銅版挿絵の特徴は、その精密さにある。杉田玄白の『蘭学事始《らんがくことはじめ》』によれば、八代将軍徳川吉宗は、初めてオランダの書物をみたとき、なかに添えられた挿絵の精密さに驚き、この蘭書を解読できたら国益になろうと、青木昆陽たちにオランダ語の学習を命じたという。銅版挿絵の迫真的表現は、そのころからすでに定評があった。

杉田玄白は西洋解剖学書に添えられた銅版挿絵と、刑死者の内臓を実際に比較して、西洋医学のすぐれた点を認め、やがて『解体新書』を翻訳出版するのである。

絵師では、奥村政信、円山応挙たちが西洋版画を実見し、ヨーロッパの画法をとり入れた写実的な絵を描きかけていた。

医学を主として天文学、博物学などの自然科学の浸透が、実用技術の発達をうながす時代に、菊太郎たちは生きていたのであった。

「宗庵どの、あの絵はまこと眼鏡《めがね》絵をのぞくように描かれておりますが、西洋では遠見をいたすに、望遠レンズとかもうす物を用いますとか」

「長崎で、西洋にはさような品があるとききました」

「兄上、そのレンズとやらで見なくとも、方法こそちがえ、わが国には狼煙《のろし》ともうす伝達の手段がございます」

「狼煙は合図、それで意味合いをつぎに伝える。その遠見ができるすぐれた目が銭になるのは、銕蔵、なんじゃ？」

さていかなるものやらと、かれは黙考したが、つぎにぱっと顔をかがやかせた。

「そ、それは米相場でございましょう」

「でかした銕蔵、それよ。勘十郎は米相場にたずさわる商人に雇われ、旗の遠見をいたしていたのじゃ。目千両とはまさにそれ。遠見にすぐれる人物なれば、商人は金儲けのためどれだけ金を積んでも雇うはずだ。だから勘十郎は金には窮しておらなんだ」

「確かにもうされる通りでございます」

二人の言葉が、宗庵をうなずかせた。

当時、米相場は大坂・堂島の会所で行なわれていた。

ここで立てられた米の相場が、伊勢《いせ》・桑名《くわな》の米穀取引所に達するのに、いまの時間にして二十分とかからなかった。江戸までなら約半刻でとどいたという。

情報を得る早さが大きな利益をもたらせるのは、今も昔も同じで、大坂・堂島できまった米相場の高低は、特定の商人に莫大《ばくだい》な利益をあたえていた。

通信手段は、各地を結ぶ眺望のいい要所の高い山に、〈旗振人〉と遠見人を置き、相場の変化を旗の色で、つぎつぎ遠くに伝えるのである。

桑名を例にとれば、明治二十年頃まで、近くの多度山《たどさん》頂三本杉付近で旗を振り、大坂からもたらされる米相場を、桑名の米穀取引所に知らせていた。京都では、木津川、桂川、宇治川の三川が合流する大山崎《おおやまざき》、天王山の山頂に旗振場があり、それは稲荷《いなり》山をへて、山科の牛《うし》尾《お》山に伝えられていったという。

「銕蔵、そなたならいずれを取る」

菊太郎が片膝を立ててきいた。

「勘十郎はよく山崎の水のうまさをもうしていましたそうな。わたくしは山崎を選びまする」

二人は勘十郎の逐電先を論じていたのだ。

そこに今度の事件の何かが隠されている。

――百人の悪人を捕えて罰したとて、一人の冤罪者を出せば、政治の権威を失墜させる。

菊太郎の言葉が、銕蔵の胸をきゅんと痛ませた。

四

馬を小駆けさせる。

菊太郎のあとに、銕蔵と染九郎、それに小島左馬之介がつづいた。

一行は西国街道をたどり、山城国と摂津国の国境大山崎の天王山にむかっているのである。

左手前方に八幡《やわた》の男山が見え、右手に天王山が大きくそびえていた。

伏見からの三十石《ごく》船を大坂に運ぶ宇治川は、左手に流れ、巨椋池《おぐらのいけ》や洛南の野面が梅雨空の下でくすんでいた。

「わしたちはこれより天王山にまいる。兄上どのの加勢をたまわるゆえ、三人で十分じゃ。岡田仁兵衛、福田林太郎はほかの者たちとともに、高瀬川筋から伏見を中心にして、市中で勘十郎の行方を探してくれ。蘭方医の宗庵どのが、少しでも手当てを怠れば、奴は盲《めしい》になろうともうされていた。そのためにも、一刻も早く勘十郎を探し出さねばならぬ。だがもうしつけておくが、これは勘十郎を何かの嫌疑者として捕えるのではないぞ。保護いたすつもりで探すのじゃ。重々、心得ておいてもらいたい」

田村銕蔵は東町奉行所に急いで引き返すと、輩下の同心十二人を部屋に集めて命じた。

吟味方与力組頭の伊波又右衛門には、自分が直々《じきじき》会い、勘十郎逐電のほか、事件の真相と思えるものを手短に伝えた。

「お兄上の進言をいれ、富吉を鯉屋の預かりといたしたのは、賢明でございましたなあ。腹黒い奴はどこにも居るものじゃが、すぐ見分けがつかぬだけに難儀。田村どのたちが本当の下手人を捕えてくだされば、あとはお立ち合いのうえ、身どもが直接、きびしく吟味いたしてくれる」

又右衛門にも事件の展開が驚きだったとみえ、眦《まなじり》を釣りあげていい、銕蔵たちの出発に際しては、門前まで出て四人を見送った。

「ご造作をおかけもうす。何分ともご助勢をお頼みいたしたい」

馬上にひらりと飛び乗った菊太郎に、又右衛門は慇懃《いんぎん》な挨拶を忘れなかった。

「下手人を捕え、事件を糾明いたすのはもちろんじゃが、何よりほかの者たちが少しでも早く、勘十郎を見つけ出してくれればよいのだが――」

菊太郎はそれを一番気にかけていた。

山に登るため、かれは紺無地の夏小袖に筒袴《つつばかま》をはき、渋柿色の塗り笠をかぶっていた。馬を小駆けさせるにしたがい、天王山がぐっと近づいてきた。

木津川、宇治川、桂川の三川は、八幡の男山のあたりで一つになり、淀川と名を改める。主の織田信長を本能寺で討った明智光秀は、備中国高松城から急いで兵を返してきた羽柴秀吉と、この地で一戦をまじえ大敗した。

天王山の背後には、京都の西山から丹波につづく連嶺が濃紺の色を見せ、山の襞《ひだ》には白い雲が湧《わ》きあがっている。

四人は正午《ひる》を大きくまわった時刻、西国街道に南面する天王山麓の「離宮八幡宮」にやっと到着した。

「これより天王山の旗振場に登ります」

「やれやれ、極楽はここまでか」

菊太郎は塗り笠の縁《ふち》に手をそえ、天王山の山頂を仰《あお》いだ。

草鞋《わらじ》の紐を結び直し、一行は山へ登頂《とちょう》しはじめた。

大山崎・天王山の頂《いただき》付近には、「離宮八幡宮」に付属する酒解《さかとけ》神社が構えられ、参拝者があるため山道が踏み固められている。

大山崎一帯は銘竹の産地、天王山も太い竹幹《ちくかん》におおわれ、風が竹の葉をゆすっていた。

「奉行所でたずねてまいりましたが、天王山の旗振場には、米相場を行なう商人の建てた小屋があり、旗振人や遠見のものは、そこで寝泊りしていますそうな」

大坂・堂島の米相場は、千里山、茨木から淀川をこえて交野《かたの》に伝えられ、天王山に送られてくる。

途中、見晴らしのいい台地に立ち、銕蔵が息を喘《あえ》がせて告げた。

染九郎も小島左馬之介も、額にびっしり汗をにじませ、はあはあと息をついていた。だが菊太郎は汗こそ光らせているものの、呼吸は乱していなかった。

眼下で淀川が青い流れを大きくうねらせ、大坂にとむかっている。

「これはよい眺めだ。胸がせいせいいたす。東寺《とうじ》の五重塔も一望できるではないか」

菊太郎は東北に目をやり、壮快そうにつぶやいた。

京の町が小さくかすんで見えた。

あの町に人がたくさん集まり、悲喜哀楽の暮しをたてている。慈《いつく》しみ合い、憎しみ合いまた背《そむ》き合って、どれだけの数の人々が、この世から消えていったことだろう。

また天王山は戦国時代の武者たちが、黄粱一炊《こうりょういっすい》の夢をみた場所だ。かれは急に自分すら小さな物になったように思い、やっと息を鎮《しず》めた銕蔵をふり返った。

「旗振りや遠見の者が詰めているなら、その連中から勘十郎のことをきき出せる。必ず何かの手掛かりが得られよう。事件は意外に単純かもしれぬぞ」

いくら祇園で羽振りを利かせていたとはいえ、勘十郎が米相場の高低に深くかかわっていたとは、とても考えられない。諸式（物価）は落ちつき、米の値上がりはここのところなかった。

休息をとったあと、四人はまた山を登った。

ほどなく酒解神社の境内《けいだい》に達し、そこからさらに天王山の頂をめざした。

「組頭さま、旗振り小屋が見えてまいりました」

若いだけに、途中から先頭を歩んでいた染九郎が、笹《ささ》の中に身をすくめ、後続の菊太郎たちに低声で知らせた。

なるほど前方のわずかな平地に、砦《とりで》がいくつか建っていた。

どの砦のそばにも大杉が生え、その幹に梯子《はしご》がかけられ、大杉の上には、太い竹竿《たけざお》が天空にむかって結ばれている。

大坂・堂島からとどく米相場の変動は、この竹竿の先に、縄でむすんだそれぞれの色の旗を滑車《かっしゃ》であげ、つぎの稲荷山の旗振場に知らされるのであった。

「染九郎に左馬之介、身を隠す必要はない。堂々と名乗って調べをいたすのじゃ」

錬蔵の下知《げち》にしたがい、菊太郎たちは最初の砦に近づいた。

いまのところ相場の知らせはないとみえ、人の気配を感じたのか、半纏《はんてん》姿の男たちが砦の中から飛び出してきた。

「なんじゃ、てめえたち――」

威勢のいい若者の一人が、錬蔵たちを咎めた。

「わしらは京都東町奉行所から御用の筋でまいった。これらの砦に何人遠見人や旗振人がいるかはしらぬが、問いたいことがあるゆえ、全員集まってもらいたい」

錬蔵の声が終るより早く、それぞれの砦から騒ぎをききつけ、七、八人の姿が現われた。

「京の町奉行所からきたんやと――」

「いったいなんのご詮議《せんぎ》やな」

みんな高給を得ているためか、顔の色艶《つや》がよかった。

「お役人さまがもうされているんじゃ、早うこんかい」

砦全体を仕切っているらしい中年すぎの男が、大声で呼びかける。

そのとき、手前から二つ目の砦から出てきた若い男が、何気ない顔で錬蔵たちのそばに近づいた。直後、脱兎の速さで山道を駆け下りはじめた。

「兄上どの――」

「あいわかった」

　菊太郎は敏速に若い男のあとを追い、手早く小柄《こづか》をぬくと、逃亡者の右足をねらいそれを鋭く飛ばした。

「うわっ、ち、畜生――」

　かれは悲鳴を奔《はし》らせ、山の斜《なぞえ》に転倒した。

　染九郎と左馬之介が、かれに殺到する。

「わ、わしは勘十郎の代りに、遠見の仕事をしたかっただけやがな。目は潰したけど、命まで取ってえへん」

　ずるそうな顔をゆがめ、かれは訴えた。

「そなた、名前はなんともうす」

「わしは弥三次ゆうわい」

「弥三次ともうすのじゃな。まだ歳は若いに、よくも無宿人の富吉に濡れ衣をきせたものじゃ」

「遠見の試しで、わしは勘十郎の奴に負けをとった。だから奴の身辺をさぐり、思案して仕組んだんじゃ」

「この野郎、誰にむかって口を利いておる。生意気にもほどがあるぞ」

菊太郎の右手が、激しく弥三次の頬で鳴った。

「銕蔵、すぐ染九郎を奉行所に走らせ、鯉屋の座敷牢にいる富吉に、下手人の逮捕を知らせてもらいたいと告げさせろ。今度はさしずめそなたが身許を引きうけ、富吉をまっとうな大工にいたさねばなるまいぞ。それが罪滅ぼしともうすものじゃ」

「はい、確かにうけたまわりました」

かれは弥三次を後手に縛り、菊太郎に目礼した。

その頃、弥三次に目を潰された勘十郎は、岡田仁兵衛たちによって伏見で保護され、駕籠で棚倉宗庵の許に急ぎ返されていた。勘十郎にもまた、司直に洗いざらい調べられたくない覚えの一つ二つぐらいあったのだろう。

天王山の太竹がゆらいでいる。

「こんなところで振る旗が、あんなに小さく見える京の稲荷山の遠見にわかるのかな」

菊太郎が眺める東の稲荷山に、このとき雲間から一筋の陽光が鮮やかに射した。

それはこの俗世を浄化するように美しかった。

黒い花

一

朝から蟬《せみ》がうるさく鳴いている。

——やかましい蟬じゃ。ちょっとは静かにせぬか。これでは朝寝もいたせぬ。

東町奉行所同心の福田林太郎は、口に出してつぶやき、枕から頭をもたげた。

二日酔いで頭がずきずきと痛んでいる。

喉《のど》が渇いてならなかった。

肘《ひじ》をつき、大儀そうにやっと半身を起した。

組屋敷のあちこちから、子供たちの騒ぎ声がとどき、それが林太郎にいっそう暑苦しさを感じさせた。

かれは頭の痛みをこらえ、中腰《ちゅうごし》になり、よろよろ蚊帳《かや》から外に這《は》い出した。

障子戸が開かれ、せまい組長屋の庭に、夏の陽がかっと当っていた。

陽の射し工合からうかがえば、東町奉行所に出仕する時刻は、とっくにすぎているはずだった。

——いったいどうしたのじゃ。昨夜《ゆうべ》、わしは確か見廻《まわ》りを終えたあと、五条高瀬川筋の居酒屋でいっぱい引っかけたはずだが。

その後の記憶は、林太郎の脳裏で白く混濁《こんだく》したまま渦巻き、切れぎれに浮かんでは消え、全くとりとめがなかった。

かれは酒豪というほどではない。だがまあ三、四合ぐらいの酒は飲める。組頭田村鋏蔵《てつぞう》輩下の曲垣《まがき》染九郎や小島左馬之介など、同年輩の若い同心のなかでは、やはりいける口だった。

「酒はほどほどがよい。酒に呑まれてしまっては、役儀に障《さわ》りが生じてくる。盃《さかずき》を手にいたすときは、重々、心すべきじゃ」

組頭の鋏蔵から何かと信頼される壮年の岡田仁兵衛の言葉が、頭の疼《うず》きのなかで甦《よみがえ》ってきた。

——これは失態をいたした。何事もあらねばよいのだが。

かれが俄《にわか》にそう考えたのは、「たんばや」の暖簾《のれん》を下げた五条高瀬川筋の居酒屋で、痩《や》せた初老の男に馴《な》れなれしく酒をすすめられ、銚子《ちょうし》を随分空《あ》けたのを、やっと思い出したからである。

市中見廻りのあとその種の店に入るときは、同心羽織を裏返して小さく畳み、人目にたたないよう心がける。役目柄、只《ただ》酒を飲むな、十手にものをいわせてはならぬと、上役たちから常々いわれていたからだ。

役人風を吹かせれば、およそのことはかなえられる。だがそれで市民に煙たがられては、詮議《せんぎ》に障る。

組頭の田村銕蔵は、まだ若いだけに、輩下の同心には特にそれを厳しく戒めていた。

――わしに酒をすすめたあの初老の男、それほど悪そうには見えなかった。面《つら》つきは好人物、下心をもってわしに近づき、酒を強《し》いたとも思われぬ。

昨夜、空樽を並べて同席した男の顔を、林太郎はやっと思いうかべ、自分にいいきかせた。

ところがいざ勘定の段になると、飲み代を自分が払ったのか、それともその男が支払ったのか、さっぱり覚えがなかった。

二人とも泥酔したうえ、肩を抱き合いたんばやを出た記憶が、つぎにうかんできた。

顳顬《こめかみ》を押え、林太郎は台所にふらふらと現われ、草履《ぞうり》をひろって水甕《みずがめ》に近づいた。

柄杓《ひしゃく》で底をすくい、ごくごく音をたてて水を飲んだ。

そしてうっと喉を鳴らし、口許《くちもと》をぬぐった。

「林太郎どの、やっとお目覚めにならはりましたか――」

かれに声をかけてきたのは、母親の幾《いく》であった。

「は、はい。母上さま、いま目覚めましてございまする。どうやら不調法をいたした様子、ひらにご容赦くださいませ」

「どうやら不調法、ひらにご容赦ではございまへん。夜中に大声でわめき散らし、今朝は今朝で、いくら呼んでもお起きになりまへんどした。あげくはこのわたくしにまで、うるさいと怒鳴りつける始末。わたくしは林太郎どのを、さように育てあげた覚えはいささかもありまへん。五年前にお亡くなりのお父上さまも、草葉の陰でさぞかしお嘆きでございまっしゃろ」

幾は辛辣《しんらつ》な口をきいたが、目はゆるんでいた。

「亡き父上さまを引き合いにしてお小言《こごと》を頂戴《ちょうだい》いたしましては、心苦しゅうございまする。以後、酒は気をつけていただきますれば、何卒《なにとぞ》、お許しのほどを——」

「金輪際、酒はもう飲まぬとはもうされまへんのか——」

「い、いや。母上さまがさようお命じなれば、酒を絶ってみせまする」

「林太郎どの、冗談をもうしたまでどす。そやけど、昨夜は随分、乱暴なお酒どしたなあ」

「わたくし、それほど酔っておりましたか」

林太郎は頭の疼きを忘れてたずねた。

蟬の声だけは耳の奥で鳴りつづけていた。

「酔ってどころではございまへんどした。そなたさまを送りとどけてきたお人が、千本通りの裏口から声をかけてくだされたゆえよかったものの、表口から組長屋にまいられたら、赤恥をかくところどしたよ。以後、厳しく慎んでいただかねばなりまへん」

最後の部分だけ、さすがに幾は目を険《けわ》しくさせ念を押した。

京都や畿内の治安維持に当る東西両町奉行所と所司代は、二条城の南北と西にいかめしい門を置き、その組屋敷のなかに、長屋が棟を並べている。

千本通りは西裏、そこから西にかけて三条台村の田圃《たんぼ》がどこまでも広がり、果ての方に嵯《さ》峨《が》野《の》の小倉山や松尾山が、小さくのぞいていた。

泥酔したかれが表からもどれば、さぞかし組屋敷の人々の耳を騒がせただろう。

「お小言のほど、確かにうけたまわりました。以後は深く慎みまする。ところで母上さま、誰かがわたくしを送り届けてきたともうされましたが、それはどのようなお人でございました」

「あれまあ、林太郎どのはそれすら覚えておられまへんのか。年頃は五十すぎ、小柄な善良そうな町方のお人どしたよ。わたくしはてっきり、番屋のお人か昵懇《じっこん》にするお方と思っておりましたが」

「それなら覚えがございまする」

「どなたさまどす——」

「はあ、覚えがあるともうしても、居酒屋で同席しただけの人物。身許については全く存じておりませぬ」

「そのお人が林太郎どのにお肩を貸し、長屋にまで送り届けてくださいました。そなたさまは役人風を吹かせたのではございまへんか」

きくにつけ、幾は言葉を尖《とが》らせた。

「いや、決してさようなことはございませぬ。ただ二人で仲良く酒を飲んだだけで──」

「二人で仲良く酒を飲んだだと。お勘定の方はいかがしはりました」

「それでございまするが、いまもってとんと覚えがございませぬ」

「覚えがないではすまされますまい、懐《ふところ》に入れていた財布を、改めればわかるはずではありまへんか」

「いかにも、さようでございました」

母親の叱咤《しった》をきき、林太郎はしまったと後悔した。

いま思い出せば、自分に勘定を払った記憶はなかったからだ。

財布には、いつも一両と二朱金二枚、数枚の小銭を入れていた。

好人物そうな初老の男は、泥酔者を介抱する振りをみせ、実は懐中物をかすめ盗《と》る不埒《ふらち》者だったのではないかと考えたのである。

「さっそく改めまする」

林太郎は急に酔いをさまし、自分の部屋にもどった。そして母親の手できっちり畳まれた着物の上に置かれた印伝革の財布をつかんだ。

それを畳の上にざっとあけてみたが、銭はいつも通りだけ確かに数えられた。

――するとわしは、あの貧しそうな男に、居酒屋の支払いをさせたのか。いくら酒をすすめられたとはもうせ、すまぬことをいたした。

相手は相当の酒好きらしい。今日、明日にでもたんばやに再び行き、主《あるじ》に身許をたずねればきっとわかるだろう。

かれが思案をつけたとき、幾が姿をのぞかせた。

「いかがどした――」

「居酒屋の勘定は、わたくしを送り届けてくだされたお人が、支払われたようすでございまする。財布の銭に不足はございませなんだ」

「林太郎どの、そなたさまは、そのお人に財布をくすねられたのではないかとお思いになられましたのじゃな」

「一瞬、恥しながらさように考えました」

「そなたはまだ二十四歳。若輩者《じゃくはいもの》ゆえ仕方ありまへんけど、お酒の馳走にあずかったお人を、さよう疑っては失礼に当りますよ」

「お叱りはごもっとも、返す言葉もございませぬ」

「人は人恋しさに、見知らぬ相手にお酒をすすめることがあるものです。そなたは普段の服《な》装《り》をしていれば、とても奉行所の同心には見えまへん。それゆえおそらくそのお人は、そなたのぼおっとした顔つきに親しみを覚えられ、お銚子をすすめる気持になられましたのやろ。それはそれでよいのどすが、やはり以後は気をつけねばなりまへんなあ」

「はい、重々相わかりました」

「わかったら早くご出仕の仕度をいたしなされ。奉行所からお呼び出しがないのが幸い。時刻は四つ半（午前十一時）をすぎたところどす」

「わたくしはそれほど長く寝ておりましたか」

「長く寝ていたうえ、寝言をいい、寝相《ねぞう》も悪く、蚊帳から足を出しておられました」

母親から苦情をきかされながら、林太郎は手早く身仕度をととのえ、髪をなでつけた。

頭に再び痛みがよみがえってきた。

「行ってまいりまする――」

狭い長屋の土間で母親に一礼し、かれは目の先に長塀をつらねる東町奉行所にむかい、小走りになった。

黒い長塀を東に廻りこんだところに、東町奉行所の表門が構えられている。

平唐門の左右に立つ二人の門番が、訝《いぶか》しそうな顔で林太郎を迎えた。

式台の脇で草履をぬぎ、役部屋に入る。

岡田仁兵衛が、広い部屋の中で訊問《じんもん》調書に目を通していた。

「岡田さま、ただいま参上つかまつりました」

林太郎は片膝《かたひざ》をつき、おそるおそる仁兵衛をうかがった。

「林太郎、岡田さまではないわい。昨夜のわめき声、わしは確かにきいたぞ」

岡田仁兵衛がいきなり小言をあびせつけてきた。

「すると、組頭さまはさぞかしご立腹で――」

「それは知らぬ。お耳にされたところで、お顔に出される組頭さまではないわい。朝、一同が顔をそろえたとき、おぬしの不在をおたずねになったゆえ、林太郎にはわしが用をもうしつけ、六角牢屋敷に行かせましたともうしておいた。まあ安心いたせ」

「それはそれは、ご配慮のほどかたじけのうございまする」

「そんな礼はどうでもよい。だがそれにしても、昨夜の泥酔ぶりはひどかったなあ。おぬしのお長屋とわしの長屋は、壁一つを隔《へだ》てただけ。わめき声がそのままきこえたぞ。わしの悪口でも言おうものなら、狂態を洗いざらいみんなにぶちまけるのだが、それだけは口にしなんだゆえ、組頭さまには適当にもうしあげておいた。されどあの組頭さまに、わしの嘘が通じたかどうかは、知ったことではないぞ。酒の飲み方については、わしが常々きかせていたはずじゃが、おぬしはわしの忠言を心に止めなかったとみえる。今日はせいぜい組頭さまと顔を合わせぬことじゃな」

岡田仁兵衛は苦笑をまじえていった。

「いや、ご忠言は重々わきまえておりましたが、昨夜ばかりは魔がさしたというべきか、ついつい深酒をいたし、お耳を汚しました。母親にも厳しく叱られ、悔《くや》んでいるところでございまする」

「母御からお叱りをいただいたとて、親一人子一人、おぬしには痛くもかゆくもあるまい。だが重ねてもうすが、酒を飲むときは、安心できる場所で心して飲むのじゃ。わしらは人の罪を暴くため、人から怨《うら》みを受ける身であることを忘れるではない。泥酔のところで悪い相手に出会えば、一刺しで命を奪われるぞよ。三十年ほど前、西町奉行所で凄腕《すごうで》と評判された同心が、そんな報復を受け絶命いたした。もっとも、おぬしはそれほどの手柄をまだたてておらぬが——」

かれの忠告には現実味が感じられた。

それだけに、昨夜の酒は只酒、馳走をしてくれた人物の正体も不明だと明かせば、大声で叱責されかねなかった。

「さあ、組頭さまにはわしがあとを上手《じょうず》に繕《つくろ》っておく。手の者をしたがえ、市中見廻りにでも行くがよい」

仁兵衛はちらっと手許の調書に目をやり、顎《あご》をしゃくった。

手の者とは、控えの小部屋で待つ目明《めあか》しを指していた。

「組頭さまはいずれにおいでてでございます」

「なにやら『鯉屋《こいや》』の菊太郎《きくたろう》どのから使いがあり、先程からお出かけになっておられる」

うるさそうな声が、林太郎を役部屋から外に追いやった。

蟬の声がここでもやかましかった。

二

涼しい川風が、田村菊太郎の鬢《びん》の毛をそよがせた。

お信《のぶ》が働く鴨川沿いの料理茶屋「重阿弥《じゅうあみ》」の川床《かわどこ》。そこから眺める東山の連嶺が、夕陽をあび赤く染まっている。

異腹弟の銕蔵が、正座したまま菊太郎の口許に目を止め、菊太郎のわきにはお信が堅い表情で坐《すわ》っていた。

「なるほど、燗番《かんばん》がちがうと、こうまで酒の味が変るものか。といたせば、その光太夫《みつだゆう》と呼ばれる男は、容易ならざる燗番。重阿弥には至極痛手、客にとっても大きな損失じゃな。銕蔵、そなたもちょっと試してみろ。もっとも、ここの酒を飲み馴れていない者には、味のちがいもよくわかるまいが」

菊太郎にうながされ、お信が銕蔵に銚子を傾けた。

「かたじけない——」

銕蔵はお信に目礼し、盃をあおった。

人前では他人行儀にしているが、銕蔵は内輪の三人だけになると、お信に対し義姉の礼をとっていたのである。

「どうじゃ銕蔵——」

菊太郎は満足そうな顔で、かれに酒の味をたずねた。

「わたくしはあまり酒を嗜《たしな》みませぬゆえ、燗の良し悪《あ》しはしかとわかりませぬ。されどさよう兄上どのにいわれますれば、以前飲んだ酒と、いささか味が異なるように思われまする」

「同じ伏見の酒でも、燗のつけよう次第で、いささかどころか、味のほどが全くちがうわい。光太夫の奴、いったいどこに姿をくらましてしまったのじゃ。いまとなれば、是非とも一度、顔を合わせておきたかったものよ」

菊太郎は眉《まゆ》をひそめ、まずそうに盃をぐっと乾《ほ》した。

格式を重んじたり、舌の肥えた顧客を迎える料理茶屋などでは、板場とは別に、酒の燗を専門にさせる〈燗番〉を置いていた。

酒はほどよくあたためられることで、いっそう美味を加える。

ぬるからず熱からず。銚子を調理場から客間に運ぶ間に冷めるのを考慮に入れ、適当な温度にあたためるには、それなりな加減を要するのであった。

光太夫——と異名される重阿弥の燗番は、酒の銘柄に応じて燗の度合いを変え、どの酒にも適切な燗付けを行ない、みんなから重宝がられていた。

「酒の味が生きるのも死ぬのも燗次第、重阿弥の燗番はなかなかの名人やで——」

燗付けの妙に気付き、光太夫に渡してくれと、仲居に心付けをわざわざ托《たく》していく客までいたという。

住みこみで働いていたその光太夫が、重阿弥から突然、姿を消したのは七日前だった。

店では八方手をつくしてかれの行方をたずね出そうとしたが、いざ考えてみると、光太夫の行方など探しようがなかった。

かれの許を訪れた知人は、かつて一人もなかった。またかれは朝から晩まで、重阿弥の調理場の隅に設けられた板敷きの〈燗場〉にほとんど居付き、銭湯に出かけるほか、全くといっていいほど外出しなかったからである。

店がたて混《こ》みかければ、一升徳利をそばに据え、燗場に坐りこみ、酒の燗付けに熱中している。

そのかたわら、茶碗酒を飲んでいるが、板場頭《がしら》の松次郎も、光太夫にはなんの苦情もいわなかったという。

「お頭、あれは燗付けちゅうもんやおまへんで。自分で酒に酔いしれ、そのあい間《ま》、客に出す酒の燗をしているみたいどすがな。横着どっせ」

若い板場が松次郎に、ときどき文句をいった。

「自分の懐が痛むわけやない。そんなん放っとけや。燗番は酒の燗だけを上手に行ない、お客はんによろこばれたらええのとちがうか。あのおっさんが、毎日一升酒を飲むわけやなし、店の旦那もご承知、目くじらを立てていわんこっちゃ」

松次郎はかれの燗付けのうまさを高く認め、寡黙な光太夫を好意的な目で眺めていた。

それだけに失踪を知って驚いた。

「旦那さま、どないしまひょ。折角《せっかく》の料理も、酒の燗をど下手《へた》にされたらわやになりますわいな」

「お頭、わたしにそない訴えられたかて、どうにもなりまへん。それにしても光太夫はんは、なんで姿を消さはったんやろ。博打《ばくち》も女遊びもせず、借金をこさえて夜逃げせなあかんわけもありまへんのになあ。とりあえず誰か燗付けにむきそうな若い衆に、燗の番をしてもらえまへんか」

重阿弥の主《あるじ》彦兵衛が板場頭をなだめた。

光太夫は無口だが、お信とだけはときに口を利いた。彼女が子持ちで、それがかれの関心を引く気配だった。

「お信はん、光太夫はんの行方がわからず、店としてはほんまに困ってます。あんた、どこか心当りはありまへんか」

主の彦兵衛からたずねられたとき、お信は首をよこに振ったあと、即座に町奉行所に探索を依頼するか、それとも公事宿の鯉屋にでも、話してみるのが最善だと答えた。

かれが何か事件に巻きこまれたのではないかと考えたのと、鯉屋の田村菊太郎なら、きっと相談に乗ってくれると思ったからであった。

「そらええ思案どす。東町奉行所同心組頭の田村銕蔵さまは、うちの大得意錦小路《にしきこうじ》の播磨屋《はりまや》はんの娘婿《むすめむこ》。お信はんから鯉屋の菊太郎さまに話してくれやしたら、ご兄弟が親身に相談に乗ってくれはりますわなあ。お信はん、そう願えますか」

重阿弥の主彦兵衛は、銕蔵の義父播磨屋助左衛門に頼まれ、菊太郎と夫婦同然のお信に、特別に手当てをはずんでいる。光太夫失踪の相談をかけるには、二人が最も適切な人物だった。

結果今朝、お信は二条城南、大宮通りの公事宿鯉屋を訪れた。

全く別な用とはいえ、濃密に肌を重ねる菊太郎に会いに行くのだ。念入りに化粧をほどこした顔がほてり、鯉屋の奉公人たちに気恥しさを感じた。

「おや、重阿弥のお信さまやおへんか」

帳場に坐っていた主の源十郎が、彼女を迎えて立ちあがった。お信が手短に用件を話すと、かれはさっそく菊太郎の部屋に彼女を案内した。

「なんやわからん話どすけど、やっぱり心配どすなあ」

同座した源十郎は、お信が小絣《こがすり》の白い着物をきた菊太郎に、一通りの経過を語り終えるのをきき、かれより先に案じ顔をみせた。

菊太郎は、四条派の絵師岡本豊彦が、淡彩《たんさい》で描いた山水図の扇子《せんす》をゆっくりと使いながら、お信の話に無言で耳を傾けていた。

その間に、源十郎の女房お多佳《たか》が、井戸水で冷やしたお茶を丁重《ていちょう》に運んできた。

「ご造作をおかけいたします」

「いいえ、とんでもありまへん。若旦那さまがおいやして、ほんまに店では重宝させてもろうてますのえ。うちの方こそすんまへん」

お多佳はお信の挨拶になにを勘違いしたのか、彼女に愛想よく詫びをのべた。

公事の相談に鯉屋が菊太郎を引き止め、居候《いそうろう》をさせている。深い仲になっているお信にもうしわけないと、謝ったつもりなのだろう。

「おまえ、なにをいうてんのや。お信さまは今日、重阿弥の旦那さまのおいいつけで、若旦那にご相談があってきはったんやがな。お二人にはそのうち、内輪で祝言を挙げてもらいますさかい、おまえがそんなに気を揉《も》まんかてええのや。若旦那、そうどっしゃろ」

源十郎は、菊太郎がきまり悪げな表情をするのに目をやり、にやっと笑った。

お信がうつむき、顔を赤くさせた。

「ややこしい話はまたとして、お信どの、その光太夫ともうす燗番は、いったいいつ頃から重阿弥で働いているのじゃ」

菊太郎は話が自分のことに及ぶのを避けてか、不機嫌な口調で話題をもとにもどした。

お信とはそろそろ正式に所帯を持つ気持になっていたが、かれには彼女の子、お清がどう受け止めるか、それが心配であった。

お清は七歳になっている。

自分と母親との関係に、子供なりに考えるものがあるはずだった。

頃合をみて、彼女の気持をたずねてみよう。近頃、考えるともなく、そう思っていたのである。

「いつからと問われると、確かなことはわかりまへん。けどもう八、九年にもなりまっしゃろか。うちがお店で働かせてもらうようになる前から、すでにおいでになりましたさかい」

お信は小首を傾けて答えた。

「いずれ正式な名前を持とうが、それにしても光太夫とは、大層な名前じゃなぁ」

源十郎は、お多佳が部屋から辞していくのを眺め、菊太郎の言葉にうなずいた。

「はい、うちたち店の者は、何気なく光太夫はんと呼んでましたけど、改めて若旦那さまにいわれますと、全くさようでございます」

「太夫は五位の通称。能、狂言、浄瑠璃、その他諸芸で上位にある名人を指してもうす。また歌舞伎の女形役者や、それに遊女の最上位を太夫という。光太夫は燗番の名人、それゆえ板場の連中が、尊敬と悪戯《いたずら》半分に光太夫と呼んでいたのかな」

「いいえ若旦那さま、板場のお人たちにさような空気はございまへんどした」

お信は光太夫が、板場衆に尊敬されるどころか、板場頭の松次郎は別にして、かえって邪険に扱われているのを見聞きしてきた。それだけに、菊太郎の言葉をきっぱり否定した。

「されば、異様な名前はなにゆえじゃ。それがまずもって解《げ》せぬ」

菊太郎は扇子の動きを止めてつぶやいた。

「肝心なのは、誰の口利きで重阿弥の燗番に雇われてきたかどすわ。お信はん、そこのところを何かきいておられまへんか」

源十郎が話の進展をうながした。

「はっきり知りまへんけど、なんでも店にきはる大事なお客さまの口利きで、雇われはったときいてます。そのお客さまも光太夫はんの身許については、何もたずねまいと重々、念を押してのことだったとおうかがいいたしました」

「その客人とはどんな人物じゃ」

「はい、お公家《くげ》さまの許に出入りする蒔絵師《まきえし》だと、旦那さまがもうされておられました。けどその蒔絵師のお方はすでにお亡くなりになり、たずねる術《すべ》もないと途方に暮れておられます」

「すると光太夫の身許は五里霧中、探しようもないともうすのじゃな」

「せめて身許がわかれば、また探す方法もありますのになあ。その光太夫はん、ひょいと消えてどこに去《い》なれましたんやろ」

料理茶屋の調理場の隅で、黙々と酒の燗をつける初老の男、身許は全く不明。徳利から銚子に酒を移し終えるたび、一口、茶碗酒を飲む。ごくりと酒を喉に通し、つぎには燗の工合を確かめる。

寡黙でほかの奉公人と付き合いがないときくだけに、光太夫の風貌《ふうぼう》をあれこれ考えるにつけ、悪くいえば偏屈者、良くいえば〈酒仙〉の面影を、菊太郎は想像した。

「どこに行かれましたのやら、旦那さまはお店のためだけではなく、ひどく気に病まれておいでどす」

「そうだろうなあ。なにしろ燗付けの名人、しかも八、九年も店に奉公していたとなればましてじゃ。ところでその光太夫、重阿弥に住み込んでいたときいたが、当人の部屋の工合は確かめたのか」

「はい、旦那さまが早速お改めになり、うちも目にいたしました」

光太夫が住み込みの部屋としていたのは、重阿弥が物置として用いていた小部屋だった。

そこは調理場に隣接していた。

物置だけに、醬油《しょうゆ》や酒の樽、昆布や鰹《かつお》節の箱も積まれ、人が住める場所は、畳二枚ほどの広さしかなかった。

そこに二枚折りの破れ屛風が、積み荷を隔てるように立ちかけられていた。

光太夫の持ち物は、古びた袷《あわせ》二枚に夏の単《ひとえ》一枚、それに使い古した前掛けと手拭いがそれぞれ一つ。それらがきちんと畳まれた煎餅《せんべい》布団の上に置かれていた。

「この物置部屋をのぞいたことはあるけど、光太夫はこんなわびしい所に寝ていたんかいな。どれも古びて継《つぎ》のあたった品物、店の給金はどないしたんやろ。銭だけはどこにもないがな」

主の彦兵衛は、光太夫が残していったわずかな寒々しい品々を一つひとつ慎重に改め、呆《ぼう》然《ぜん》とした声でつぶやいた。

こんな荒涼とした場所で光太夫は寝起きしていたのであった。

口の欠けた酒徳利が一つ、転がっている。

せまい土間にたたずむお信には、その欠け徳利が光太夫の姿に見え、思わず涙がこみあげてきた。

彼女は光太夫をおじさんと呼んでいた。

「お信はん、あんたは陰日向《かげひなた》なくよう働きやすなあ。お子は元気でいてはりますか。女子はんはお子さえいれば、男なんか居《い》てんかて生きていかれるもんや。ましてやわしみたいな者《もん》は、居てんほうがええわいな。昨夜、粋《いき》なお客はんがわしにやいうて、これを一枚くれはった。わしにはあんまり用のないもんやさかい、お子に着物《べべ》の一枚でも買うたり」

人目がないのを確かめ、光太夫がお信の手に一朱銀をにぎらせた。

かれはお清の消息をたずね、再々お信に子供のよろこびそうな品を与えていたのであった。

「光太夫はんは、一種の世捨人やったんとちがいますか——」

失踪直後のようすをお信からきき終え、源十郎がしみじみとした声でもらした。

「八、九年も重阿弥で燗番を勤め、博打も女遊びもせぬ。その間の給金を溜めこんでいたといたせば、相当な額になる。光太夫はそれをどう使ったのだろうなあ」

「若旦那、光太夫はんは無類の酒好きなお人らしい。それだけの銭がおましたら、余生、十分に酒を飲んで暮せますがな」

「さようにも考えられるが、溜めこんだ銭のため、人に狙われ、殺されぬでもない。そうではないかな。ここは最悪を考え、銕蔵の奴にも相談いたさねばなるまい」

菊太郎の意見にしたがい、源十郎はすぐさま手代の幸吉を、東町奉行所に走らせた。

兄からの迎えをうけ、田村銕蔵はほどなく鯉屋にやってきた。

どこか不機嫌な顔つきをしていた。

「銕蔵、その仏頂面《ぶっちょうづら》、いかがいたしたのじゃ」

菊太郎が、かれの顔を一瞥《いっべつ》するなりたずねた。

妻奈々《なな》との夫婦仲はいいはずだ。

難をいえば、まだ二人の間に子供がないことだ。もっとも、それも夫婦仲があまりにいいためと理解すれば、気掛かりではなくなってくる。二人はまだまだ若かった。

「途中、手代の幸吉からききましたが、重阿弥の燗番が行方不明になりましたとやら。本日、わたくしは酒の話を耳にするだけで、背筋が粟立ちまする」

「そなた、さては二日酔いか――」

「滅相な。わたくしは兄上どのとはちがいまする」

「なにをもうす。酒の話を耳にするだけで背筋が粟立つとは、この際、困ったことではないか」

「人に大きな声ではもうせませぬが、昨夜の深更、同心の福田林太郎の奴が、ひどく酩酊いたし、お長屋にもどってまいったのでございますよ。何やら大声でわめき散らし、どんどん酒を持ってこいともうしておりました。もちろん、正午《ひる》近い今でも、奉行所には出仕いたしておりませぬ。今頃、二日酔いでさぞかし頭を痛めて臥《ふせ》っておりましょう。それを岡田仁兵衛どのが、奴を六角牢屋敷に使いにまいらせたとかばっておりましたが、その白々《しらじら》しいかばいようを思いうかべるにつけ、わたくしまで反吐《へど》を吐きそうになります」

　銕蔵が苦々しげに語った。

「銕蔵、まあそれほど怒るまい。されど岡田仁兵衛の嘘を嘘とわきまえながら、きき流してやったとは、なかなか上出来ではないか。若い者の上に立つ者は、少々の不埒なら目をつむり、さようにあらねばならぬ。きつく縄を締めすぎれば、馬も人も動かぬものだぞ」

「だいたい組の者たちは、わたくしを若輩と侮《あなど》り、甘く見ておりまする」

「そうではあるまい。吟味役の松坂佐内どのから知らされたところによれば、東町奉行所吟味方同心のうち、そなたの組が、下手人を捕える数では一番ともうすではないか。それもすべて、林太郎や左馬之介たち輩下の働きによるものだとは思わぬか。少々の酩酊など、まあ大目にみてやれ」

菊太郎のとりなしに、銕蔵は渋々うなずいた。

そして兄のかれから光太夫失踪の経過を一応聞き、時刻をしめし合わせ、夕刻再び、重阿弥の川床で待ち合わせたのであった。

ここに仲居として働くお信が、銚子を運んでくるまでに、銕蔵は重阿弥に光太夫の口利きをした蒔絵師の遺族に当った結果を、兄に報告していた。そしてさらに詳細な話をきいていたのである。

「兄上どの、わたくしはもう結構でございます。光太夫とやらが燗をつけた酒ではございませぬが、冷めれば酒がまずくなりましょう。どうぞお信どのの酌で、あとを空けてくださりませ」

東山の峰々が闇に包まれかけている。

銕蔵は気をきかせ、菊太郎にすすめた。

「ごめんくださりませ――」

そのとき重阿弥の主彦兵衛が、母屋の建物から川床に姿をのぞかせた。

川床は京都の夏、独特のつくりである。

鴨川沿いで商いを営む料理茶屋などが、客に涼を供するため、川沿いに木組みの床《ゆか》をこしらえ、そこを座敷に見立て、客をもてなした。

「今日は正午も夜も、大変お世話に相なっております。組頭さままでわざわざお出まし願い、もうしわけございませぬ。さっそく光太夫《う》の件でございまするが、店の下足番が思い出してもうしておりました。この家から消え失せる数日前、光太夫が三条大橋の下で、きれいに着飾った品のいい若い娘と、なにやら顔をよせ合い、親しげに話をしていたそうでございまする」

「光太夫が若い娘と――」

菊太郎は盃を置いて主の顔に目を注いだ。

「料理茶屋で燗番をいたす男が、きれいに着飾った品のよい若い娘と親しげにとは、いささか妙だな。下足番が見違えたのではあるまいな」

「いいえとんでもない。その下足番は、目の達者な男でございますゆえ、万に一つの見違えもないともうしております。ここに呼んで直接、おたずねになってもかまいませぬが、親しげに話をしていたとはもうせ、二人とも深刻な表情で、なにやら哀《かな》しげな様子だったともうしまする」

「銕蔵、ますます奇妙になってきたなあ。この上は光太夫の似顔絵をつくらせ、性根をすえて、市中から探し出すより手はあるまい。もっともひょいと店にもどってまいる可能性もないではないが——」

「兄上どの、物置部屋のきちんと整理された状態からうかがえば、光太夫が再びここにもどってくることは、おそらくございますまい。わたくしは光太夫がその娘と出会い、何ほどかの覚悟をつけ、ここから消え失せたと考えまする」

銕蔵は確信をもつ声で菊太郎にいった。

「何ほどかの覚悟とはなんじゃ」

「それが即座にわかれば、苦労などいたしませぬ」

「なるほど、口もききようじゃ」

「わたくしは正直にものをもうしております。世捨人同然に暮していたむさ苦しい燗番が、きれいな若い娘と親しげに、しかも互いが哀しげな様子で出会っていた。そのあと重阿弥から失踪をとげた。理由はその娘が運んできたにちがいございますまい。光太夫と娘の身許、ならびに関係がわかりさえいたせば——」

「あと探すのは容易ともうすのじゃな」

「いかにも兄上どの、わたくしはさように心得まする」

「さればやはり、早速光太夫の似顔絵をこしらえ、輩下の者に当らせるのじゃな。高札場の駒板にそれを貼《は》ってもよい。八、九年経《た》ったとて、かつて光太夫を存じていた者が、必ず奉行所に名乗り出てこよう」

「それはご思案でございますなぁ。僭越《せんえつ》ながらこの重阿弥が、報奨金として五両の金子《きんす》を付けさせていただきまする」

主の彦兵衛が、膝を乗り出して提案した。

陽が沈み、夕涼みの人々が川原にみかけられた。

それでもまだ、どこからともなく蟬の声がきこえていた。

三

「どうじゃ林太郎、二日酔いは治ったかな」

組頭の田村銕蔵は、自分に同行する福田林太郎にたずねた。

二人は今朝、奉行所に出仕してほどなく、三条の重阿弥に向っているのである。

先方には、東西両町奉行所がいつも似顔絵を描かせる〈京狩野〉の絵師河辺《かわべ》宗伯がきているはずであった。

「二日酔い――」

林太郎はあとを絶句し、顔を赤らめた。

「わしはきのうそなたが、六角牢屋敷に出かけ、二日酔いを醒《さ》ましてきたかとたずねておる。三日目ともなれば、もう醒めていようわなあ」

銕蔵は悪戯《いたずら》っぽい目付きで、横にならんで歩く林太郎を眺めた。

「組頭さまは何もかもご存知でございましたか」

「おぬしのあのわめき声、きかずにすむと思うか。組屋敷中にひびいていたわい。岡田仁兵衛どのは、おぬしの懈怠《けたい》をかばうため、六角牢屋敷に行かせたともうしたが、なかなかのご思慮じゃ。わしはおぬしを叱っているわけではないが、仁兵衛どののお心遣いだけは、今後とも忘れてはなるまいぞ」

苦笑をまじえ、銕蔵がいった。

岡田仁兵衛はかれの輩下だが、四十歳すぎの壮年。慎重な人柄に敬服しているだけに、銕蔵は同役の林太郎に対しても、仁兵衛をよぶとき敬称をつけていた。

「もうしわけございませぬ。わたくしが悪うございました」

「悪いと思ったらそれでよい。酒を飲むなとはもうさぬが、以後、酒を飲むときは、なにかと気をつけることじゃな」

「重々、肝に銘じて相わかりました」

かれの詫びをきいたあと、銕蔵は自分たちがどうして三条の料理茶屋重阿弥にむかっているかを、林太郎に明かした。

「重阿弥の燗番が行方不明ともうされまするか」

「いかにも、酒の上での失敗とは思わぬが、その光太夫といいおぬしといい、昨日からわしは酒のことばかりに付き合わされておる」

銕蔵が苦笑していうのをきき、林太郎は五条高瀬川筋のたんばやで、自分に酒を馳走してくれた初老の男の姿を思い出した。

組頭から供をもうしつけられなければ、かれは今日にでも男の身許をたずねるため、あの居酒屋へ行くつもりであった。

扶持《ふち》が少ないとはいえ、東町奉行所の同心が、貧しそうな男に酒代を払わせたままですませられない気持が、ますます嵩《こう》じていた。

「ごめんつかまつる――」

目的の重阿弥に到着すると、番頭がすぐ姿をみせ、銕蔵と林太郎を川縁《かわべり》の部屋に案内した。

「京狩野の宗伯はもうきているかな」

「へえ、すでにおいでになり、鯉屋の田村さまとお待ちかねでございます。店の者も六人顔をそろえ、旦那さまのご到着をお待ちもうしておりました」

番頭は主の彦兵衛から一切を聞かされているとみえ、応答にそつがなかった。

広床をそなえた立派な部屋に導かれる。

東に窓が大きく開かれ、真夏の陽射しが部屋をまぶしいほど明るく照らしていた。

「おお銕蔵、まいったか」

「遅参いたしました。お許しのほどを」

「なんの、見ての通りすでに始めておる」

菊太郎からいわれるまでもなく、銕蔵は宗伯が、自分のまわりに重阿弥の奉公人を集め、似顔絵を描き出しているのを、目の隅に入れていた。

その中には、お信の顔も、三条大橋の下で光太夫と若い娘が哀しげな様子で話しているのを見たという下足番の姿もあった。

「お世話をおかけいたしまする」

宗伯の横に坐る彦兵衛が、短い言葉とともに目礼を送り、腰を浮かせかけた。

「いや、そのままそのまま。似顔絵の方が先じゃ」

　銕蔵は彦兵衛の動きを手で制して、菊太郎のかたわらに座を占め、二間《けん》ほど離れるみんなを眺めた。

「光太夫はんの目はもっと切れ長どした。鼻の張りはそんなもんどしたわ」

「前歯が上と下、一つずつ欠けてましたなあ」

「上の歯は確か糸切り歯どした」

　みんなの意見にしたがい、京狩野の宗伯は、光太夫の似顔絵らしいものをすでに何枚も描き、それは真に近いものになりつつあるようすだった。

　名手と評価される宗伯の手にかかり、間もなく光太夫の似顔絵が、完璧にできあがるだろう。

　銕蔵はお信が運んできた湯飲みに手をのばした。

　菊太郎は薄青の夏単《なつひとえ》の胸に、ゆったり豊彦画の扇子を使っている。

　組頭といっしょに湯飲みを手にした福田林太郎は、一口喉をうるおすと、宗伯を取り囲む奉公人の輪の方に立ちあがっていった。

　宗伯が絵筆を墨壺で濡らし、新しい紙にみんなの意見通りの絵を、ほぼ八分通り描きあげたところだった。

　それを一同の肩越しにひょいとのぞき、林太郎は次第に顔色を青ざめさせていった。

まじまじと似顔絵に描かれた人物をみつめる。

それはどう見ても前々夜、居酒屋たんばやで、自分に浴びるほど酒をおごってくれた初老の男としか考えられなかった。

「林太郎、おぬしどうかしたのか」

かれの変化に、菊太郎が真っ先に気づいた。

それにつれ、銕蔵も林太郎の動揺に目を止めた。

宗伯が絵筆の動きを止め、項《うなじ》をまわしてかれの顔を仰ぎ、お信たちもそれにならった。

「は、はい。菊太郎の兄上どの」

「はいはいではわからぬ。おぬしの顔つきは只事《ただごと》ではない。いったいいかがしたのじゃ。もうせ」

菊太郎は豊彦画の扇子をぱちんとたたみ、林太郎に鋭く問いかけた。

かれも銕蔵も人の輪にすり寄った。

「こ、この似顔絵の男、名前はきいておりませんでしたが、組頭さま、二日前の夜、五条の居酒屋でわたくしに存分に酒を飲ませてくれた人物でございまする。この男にわたくしは、組屋敷まで確か送ってもらいました」

「なんだと、するとおぬしは、行方不明になっているこの店の燗番と、一夜酒をともにしたともうすのか。まさか人違いではあるまいな」

鋏蔵の言葉は、下手人を吟味するに似て、厳しい語調になっていた。

「わたくし泥酔の態《てい》であったとはもうせ、決して人違いはいたしておりませぬ。特にこの欠けた糸切り歯、気の弱そうな切れの長い目にも、覚えがございます。わたくしは本日、組頭さまからここにお供を命じられなければ、五条の居酒屋に行き、男の身許をたずね、馳走になった酒の代金を受け取ってもらうつもりでおりました」

「まあまああきれ果てる。おぬしはその光太夫に、二日酔いをするほど酒をおごらせたのか」

「いいえ滅相な。決して強要したわけではございませぬ。意気が投合し、それは気持よく銚子を空けましてございます」

「酒の肴《さかな》はなにをつまんだ」

「はい、鰯《いわし》の煮付け、それに豆腐の胡麻和《ごまあ》えでございました。光太夫どのは油揚げに醬油を垂らし、それが何よりの肴といい、食しておられました」

「油揚げはともかく、豆腐の胡麻和えとは乙《おつ》なものを。二日前の酒の肴、わしのはそれほど上等ではなかったぞ」

菊太郎はみんなの緊張を解きほぐすため、軽口をたたいた。

「兄上どの、この際少々、余分な話ではございませぬか――」

「銕蔵、なにが余分じゃ。お信どのに板場頭の松次郎どの、光太夫の酒の肴として、油揚げに覚えがあるかな」

「へえ若旦那さま、光太夫はんは油揚げに醬油をかけて食べるのが大好きでございました」

板場頭の答えにお信も同意した。

昨夜、菊太郎は法林寺脇の長屋で泊った。

今朝の味噌汁の具《ぐ》は、油揚げに豆腐。重阿弥には肩を並べいっしょにやってきたのである。

「わしがここを訪れるたび、お清どのを桶屋の姉上どのの許に預けてじゃが、子供とはもうせお清どのは、いったいわしとそなたの仲をどう思われているのだろうなあ。わしはお清どのをわが子と思い、うまくやっていきたいと考えている。これからのことだが、わしが長屋に泊ろうとも、お清どのを姉上どのの許に預けるのは、やめにしてはいかがじゃ。鯉屋の源十郎が、銕蔵や錦小路の播磨屋助左衛門どのと相談をいたし、鯉屋の近くに一軒家を算段しているようすじゃ。そなたが重阿弥を辞めるのも、そう遠い日ではないと思うていてもらいたい」

道すがら語る菊太郎の言葉に、お信はそっと涙ぐんだ。

――油揚げに醬油をかけて食べる。

酒の燗をしながら、光太夫はいつもそれで酒を舐《な》めるように飲んでいた。

「なるほどそういうことですか。兄上どののお知恵にはまいりました。こうなれば、林太郎が酒をともにいたした相手は、まさしく燗番の光太夫に相違ございませぬ。似顔絵の方は宗伯どのに、同じものを七、八枚描いておいていただくとして、林太郎、これからすぐさまその居酒屋にわしを案内いたせ。光太夫の行方について、何ほどかのことがそこでわかろう」

銕蔵は刀の鞘《さや》をつかんで腰を浮かせた。

「銕蔵、光太夫の相談をうけたのはまずわしじゃ。邪魔かもしれぬが、わしも同道いたす」

「兄上どのが同道いたしてくだされば、わたくしも心強うございます。どうぞご随意に」

「なんと良縁な。早速、光太夫の手掛かりがつかめますとは。おおきにおおきに。鯉屋の若旦那と奉行所の旦那さま、お駕籠《かご》を用意させますさかい、ほならその居酒屋に出かけとくれやすか」

彦兵衛がよろこびを顔にあらわにして立ちあがった。

「彦兵衛どの、その居酒屋は近うございますれば、駕籠のご用意はご無用。組頭さまにも菊太郎の兄上どのにも、小駆けしていただきまする」

福田林太郎はいささか自分がからむ事件だけに、二人の意見もたずねず、駕籠の用意を即座に断わった。

やれやれ面倒なといいたげな表情で、菊太郎が立ちあがる。

豊彦筆の扇子だけはしっかりつかんでいた。

三条木屋町の重阿弥から、二日前の夜、林太郎が光太夫と泥酔するまで酒を飲んだ五条高瀬川筋の居酒屋たんばやまでは、足を急がせれば、ほんの少しの時間しかかからなかった。

居酒屋のそばに、高瀬舟の舟溜りがあった。

たんばやの客は、高瀬舟の船頭か船客、それとも近くの薪炭問屋で働く奉公人か行商人たち、いずれもつつましい暮しをしている人々だった。

商いは夜だけでなく、昼間は飯を出しているせいか、たんばやはすでに縄暖簾を下げていた。

「御用の筋で少したずねたいことがある。主に会いたい」

縄暖簾をくぐり、十手を手にして店の土間に立った林太郎が、奥の調理場に声をかけた。

せまい土間には、五つほど飯台が置かれ、紺の丸座布団をのせた空樽が、きちんと並んでいる。二組の客が、何事かといいたげに、林太郎につづいて土間に姿を現わした菊太郎と銕蔵を眺めた。

二組の客の中に、光太夫らしい人物はいなかった。

「御用の筋とはなんでございまっしゃろ」

奥の調理場から顔をのぞかせたたんばやの主寅吉《とらきち》は、いかめしい表情で立つ林太郎を眺め、柔和《にゅうわ》な顔をすぐほころばせた。

「なんやあんたはん、この間のお武家さまやおまへんか。あの夜、妙やとは思うてましたけど、奉行所のお役人さまどしたんかいな。驚かさんといておくれやすな。堅気のお客はんを相手にして商売するこんな小さな店、ご法度《はっと》の抜け荷なんかしてしまへんでえ。人聞きが悪うおす。あんまり大袈裟《おおげさ》に御用の筋だといわんとくれやす」

主の寅吉は林太郎を軽くなじった。

「いやいや、御用の筋ともうしても、さしたる調べではない」

「そうどっしゃろ」

寅吉はほっとした表情をうかべた。

「林太郎、堅苦しいのはわしの好みではない。銕蔵の体面もあろうが、そこは大目にみてもらい、どうじゃ、銚子を一、二本つけてもらおうではないか」

菊太郎は店の中をざっと見廻し、空樽に腰を下ろし、銕蔵にもまあ坐れといった。

すすけた壁に品書きの紙と、黄ばんでいたが、役者絵が貼られていた。

銕蔵は菊太郎の指図もあり、腰から刀をぬきとり、渋々、空樽に腰をかけた。

「粋なお役人さまどすなあ」

「主、このお人は奉行所のお役人さまではない。東西両奉行さまさえ一目置かれる特別なお方じゃ」

林太郎が誇らしげにいった。

「そらすんまへんどした。ともかくまず、お銚子を二本つけさせていただきますわ。おい、きいてるか——」

かれは調理場にむかって叫び、ところで御用の筋とはなんどすやろと小腰をかがめた。

「まあ、わしらの前に坐ってくれ」

菊太郎にいわれ、寅吉も腰を下ろした。

「ではわしからたずねたい。わしは東町奉行所吟味方同心組頭の田村銕蔵ともうすが、ここにひかえるわしの輩下福田林太郎が、二日前、この店で小柄な初老の男に、随分酒を馳走になったそうだ。それは光太夫ともうす人物だが、その男についてききたいのじゃ」

銕蔵は光太夫が、三条木屋町の料理茶屋重阿弥の燗番として働いていたことをいい、かれが突如、失踪したため、行方を探しているのだとつづけた。

「へえっ、さようどすか。それは全く知りまへんどした。あのお人、光太夫といわはりますのかいな。えらい大そうなお名前どすなあ。そやけど、店にきはったんは、このお役人さまと機嫌よう酒を飲まはった日が最後で、あれからぷっつり姿をお見せになっていまへんわいな。もっともここには、それまで五日ほど毎日通うてはりましたけどなあ。そら朝から晩まで一日に二升ほど、旨《うま》そうにぺろっと飲まはり、そばで見ていても気持がええほどどしたわ」

「一日に二升も、旨そうにぺろっと」

「あのお人、燗番をしていた料理茶屋で、なんぞ不始末でもしはったんどすか。うちの店では前金を置き、なんの不都合もおまへんどしたけどなあ」

「いや、なにも不始末を仕出かしたわけではない。ただぷいと姿をくらましたゆえ、料理茶屋の主が心配して、奉行所に届け出ただけじゃ」

「ほんならよろしゅうございますけど、なんやあの人、酒を飲んで機嫌ようなると、妙なことに、祝詞《のりと》を歌うように上げてはりましたなあ」

「祝詞を上げていた――」

「へえ、あの祝詞、わしはどこかで聞いた覚えがありますわ。店にくる客が、あれは上賀茂《かみがも》神社の禰宜《ねぎ》はんが唱える独特の祝詞やというてましたなあ」

「光太夫が祝詞を唱えていただと――」

「へえ、そればかりか、千早ぶるかもの社《やしろ》の神もきけ君わすれずばわれも忘れじと、こっちが覚えてしまうくらい、何遍もぶつぶつつぶやいてはりましたわ」

寅吉の言葉を耳にして、菊太郎は銚子の手をふと止めた。

主が銕蔵にいま伝えたのは、『千載集』に収められる馬内侍《うまのないし》の一首だったからである。

光太夫の名と、かれが口ずさんでいた祝詞、それに馬内侍の一首。菊太郎にはかれの正体がおぼろげにわかる気がしてきた。

三条大橋の下で、哀しそうな様子で話をしていた若く美しい娘の正体もであった。

四

鴨川は今出川通りで、上《かみ》にむかい二つに分かれている。

右が大原に源を発する高野川、左が京の北山から水を集めてくる賀茂川である。

その賀茂川の堤を、菊太郎、銕蔵、林太郎三人の乗った馬が、上賀茂村に構えられる上賀茂神社をめざし小駆けしていた。

夏の陽がかっかと頭上で照りつけ、編笠をかぶっていても、額がすぐ汗ばんできた。

「馬内侍のあの歌、光太夫がただ気まぐれに口ずさんでいたものではあるまい。歌は光太夫の深い思いをこめたもの。賀茂の神への気持もさることながら、わしは光太夫に会いにまいった若い娘への思いを、のべたものではないかと思うている。料理茶屋の燗番ごときが、大袈裟に光太夫の異名で呼ばれてきた。わしはあれこれ思案したが、奴がかつて五位の位をもつ上賀茂神社の神官であったといたせば、納得できてくる。だがどうして五位の位をもつ神官が、料理茶屋の燗番に身を持ち崩したのか。いやそれは、奴が愉《たの》しげに酒の燗をつけていたときけば、世間並みの知恵で推し計れはせぬが――」

それが田村菊太郎の推察であった。

「菊太郎の兄上どのにもうされれば、五条の居酒屋における光太夫。服装《みなり》こそ粗末でむさくるしゅうございましたが、その態度といい語る言葉といい、並みの町人ではない品がございました。そもそも公家の許に出入りする蒔絵師が、身許を問うてもらいたくないともうし、重阿弥に世話をいたしたのが曲者《くせもの》。光太夫はもと上賀茂神社の神官だったに相違ございませぬ。しかし何ゆえ、選《よ》りにもよって、料理茶屋の燗番になどなったのでございましょう」

推測はいろいろたてることができる。

たとえば、神社の惣官と折り合いが悪く、先祖から代々続いてきた神官の職が嫌になって、市井《しせい》に身を隠した。また家内《いえうち》になにかとんでもない紛争があり家出をした――など、どれだけでも考えられる。

人の世やそれぞれの暮しには、途方もない出来事が起りがちで、人から崇《あが》められる安穏《あんのん》な地位に、しがみついて生涯を凡俗に終える人もいれば、保証された生活をまるで破れ草履のように、あっさり投げ出す人もいないでもない。

『方丈記』を著した有名な鴨長明《かものながあきら》は、京都賀茂御祖《かものみおや》神社（下賀茂神社）の神官の家に生れ、七歳のとき早くも従五位下に叙され、菊大夫と称した。だが父長継《ながつぐ》の死後、神官として出世の道が閉ざされたため、厭世《えんせい》感をおぼえ、五十歳で遁世《とんせい》した。長明の強情で片意地な性格にも原因があっただろうが、もし光太夫が上賀茂神社の神官だったとすれば、その遁世ぶりに謎があるものの、人の世であり得ないことではなかった。

「兄上どの、この似顔絵、どこの誰に見せて確かめましょう」

　上賀茂神社は桓武《かんむ》天皇の平安遷都《せんと》以前から、この地に住した賀茂氏の氏神。祭神は賀茂建《たけ》角身命《つのみのみこと》、玉依日売《たまよりひめ》。正式には賀茂別雷《わけいかずち》神社という。平安時代、朝廷から伊勢神宮についで尊崇されていた。

　賀茂川の東畔に鬱蒼《うっそう》と繁《しげ》る森をそなえ、下馬札《げばふだ》の前で馬から下りた鋏蔵たちの前に、大きな鳥居をそそり立たせていた。

　かれらの背後に、清冽な御手洗《みたらし》川が流れ、その流れに沿い、がっしりした石垣のある「社家」の家が、白壁を連らねつづけている。いずれも上賀茂神社に禰宜《ねぎ》として仕える神官たちの屋敷であった。

「どこでたずねようが、光太夫が当社の神官であったとすれば、誰でもすぐわかろう」

菊太郎は銕蔵にいい、丁度《ちょうど》、鳥居のかたわらを掃く白装束《しろしょうぞく》の下級神官の姿をみとめると、銕蔵の手から似顔絵をひったくり、つかつかとかれの許に近づいた。

そしてそれを広げ、あれこれたずねているようすであった。

下級神官が驚きの表情をみせて眉をひそめ、つぎに御手洗川の先を指さし、菊太郎に何かささやいた。

「おい銕蔵、造作なくわかったぞ」

神官に礼をいい、菊太郎は下馬札のそばに小走りでもどってきた。

「面《おも》変りはしているものの、この光太夫はやはり上賀茂神社の禰宜。十年ほど前に、突然逐電《ちくでん》いたしたそうじゃ。いまもってその理由はわからぬと、あの神官がもうしていた。屋敷はその御手洗川に沿う三つ目。二十《はたち》になる美しい娘がいるという。三条大橋の下で光太夫と会っていた女子は、その娘に相違ない」

菊太郎の顔が明るく輝いていた。

「貧乏くさいあの男が、上賀茂神社の神官だったとは、正直、驚きでございますなあ」

「わしとて、重阿弥の燗番がほぼ五位の位をもつ禰宜だったとわかり、実は仰天いたしておる。重阿弥の主や板場たちにきかせたら、おそらく腰をぬかすだろうよ」

銕蔵も眉をひそめてつぶやいた。

かれは御手洗川にかかる小橋を渡り、教えられた社家の門構えに、訪《おとな》いの声をかけた。

「お願いもうす——」

「どなたさまでございましょう」

色が白く、目鼻だちのととのった妙齢の娘が、すぐ棟門の扉を開いた。

一目で奉行所の役人と知れる銕蔵と林太郎の姿をみて、彼女は立ちすくんだ。

「父の光殿助《みつどのすけ》に、なにか変ったことでもございましたのでしょうか」

彼女の一声で、光太夫の正体がわかった。

「いや、さして変った事態が起ったわけではないが、父上光殿助どのについて、ちょっとおたずねもうしたい」

不安な表情を刻み、一同を客間に案内した彼女に、銕蔵が話を切り出し、一切の事情を明かした。

彼女は自分の名を〈琳《りん》〉だと名乗った。

そして十日ほど前、人からひそかにきいていた父親光殿助の働き先を訪ね、父親を三条大橋の下に誘い出したとも語った。

上賀茂神社の家にもどってほしいと、幾度も懇願したのである。

「琳、そなたや母《かあ》さまにはもうしわけないが、わしは金輪際、屋敷には帰らぬわい。そなたたち母娘を嫌うてもうしているわけではない。わしは正《しょう》禰宜岡本家に生れ、子供のときからそれは厳格に育てられてきた。そなたが十歳になるまで、御神酒《おみき》といえども一滴として口にしなかった。ところがあるとき、人にすすめられ、一口酒を飲んでみた。そのおりの酒の旨かったこと。世の中にかように旨い物、人の心を格別に酔わせるものがあったのかと驚いた。それからは社殿に奉納された御神酒を、人にかくれては飲んだ。酒の匂いをかいでいなければ、自分が自分でないようになってきたのよ。母さまに諫言《かんげん》され、上賀茂神社の惣官にも、酒を飲むなと厳しくいわれたが、酒を絶つことはできなんだ。このままでは、酒が災いして岡本の家を滅ぼしてしまう。妻の母さまとそなたを愛しておらぬわけではないが、わしが酒に寄せる気持はまた格別。人には考えられまいが。だから屋敷から姿をくらまし、わしは酒とともに生きる覚悟をつけたのじゃ。惣官どのが事情をくみ、わしが病気で臥《ふせ》っていると、院の御所さまや世間にとりなしつづけてくださったのは幸い。そなたが婿を迎えるとあらば、これまた慶賀。わしにはもう何も思い残すことはない」

三条大橋の下で、光殿助は娘の琳に、苦渋を顔にうかべて語ったという。

かれは家職や娘の目からさらに韜晦《とうかい》するため、燗番として働く重阿弥から、逃げ出したとしか考えられなかった。

「林太郎、光太夫がおぬしに酒を盛大に馳走してくれたのは、林太郎と琳、愛《いと》しい娘の名とおぬしの名前が似ていたからに相違ない。しかし一日に二升もの酒を飲んでいたら、いくら酒仙の光太夫でも身体がどうなるやら。当人は死ぬ覚悟で、好きな酒を思うだけ痛飲していたのかもしれぬなあ」

「父はどこにまいったのでございましょう。是非ともお探しくださりませ」

両の目に涙をうかべる娘の琳に見送られ、賀茂川沿いに姿を現わした菊太郎が、福田林太郎に慨嘆するようにいった。

妻や娘に対する愛情と、男が格別に好きになったもの。平凡に生きる人間には理解しがたかろうが、好き《すき》は数奇に通じ、それは人間の人格まで変えてしまう。

俳聖松尾芭蕉は『書経』の言葉を引用し、『玩物喪志《がんぶつそうし》』といっていた。珍奇な物をもてあそび、それに心を奪われ、大切な志《こころざし》を失うことだ。

——だが酒は、人の一生を歪めてしまうほど珍奇なものだろうか。ともあれわしは、お信を退屈しのぎにもてあそんでいるわけではない。近々一度、娘のお清と、わしらが夫婦として暮すことについてしっかり話し合ってみよう。

「菊太郎のおっちゃん、そんなんうち、何も知らんことえ。二人がそれでよかったら、うちに文句はあらへんがな」

お清はませた口調でそういいそうだった。

光太夫の行方は、その日から四日後に判明した。五条高瀬川筋からそれほど離れていない寺町仏光寺通り下《しも》の、「空也寺《くうやじ》」の墓地の中で死んでいたのである。

そばには、三本の一升徳利が転がっていたという。

かれの死体は酒の匂いをぷんぷんと漂わせ、全身、まっ黒になるほど蠅がたかっていた。

「これはえらいこっちゃ——」

死体を発見した空也寺の僧が、叫んで近づくと、光太夫の身体を黒く覆っていた蠅が、黒い花が散るように、一斉に夏の大空に飛び立っていった。

酒の香りがあたりに漂い、それは如来が来迎《らいごう》するとき、蓮の花の匂いが馥郁《ふくいく》と薫《かお》るのに似ていたと、空也寺の僧が、銕蔵に述懐したそうである。

「銕蔵、光太夫はまことの酒仙、必ず浄土にまいったのよ」

それを聞かされたとき、菊太郎は感にたえない声でつぶやいた。

明日の正午すぎ、三条大橋の下で、お信とお清の母娘に会う約束になっている。

「菊太郎のおっちゃんが、うちのお父ちゃんになってくれるんか。そんなことして、誰にも叱られへんか——」

彼女なら、それくらいの口を利くにちがいなかった。

解説

藤田昌司

　人間の限りない欲望に根ざした事件の数かずは、さまざまな衣装をまとい、表面からはうかがい知れない謎を秘めている。だが、われらが主人公・田村菊太郎《きくたろう》の推理は、ますます冴えてくる。——〈公事宿《くじやど》事件書留帳〉第二弾『木戸の椿』、鯉屋《こいや》の暖簾《のれん》をかかげる京の公事宿を舞台にした事件帳は、いよいよ佳境に入る。

　公事宿——前作『闇の掟』の解説でも述べたとおり、訴訟する者のための定宿であると同時に、弁護士事務所、司法書士事務所の任務も負っている。田村菊太郎はその鯉屋の居候《いそうろう》で、用心棒と相談役も兼ねる。というのも菊太郎はもともと文武両道にひいでた武士で、京都東町奉行所の世襲の同心組頭の長男に生まれながら、わけあってそれを次男の銕蔵《てつぞう》に譲り、気楽に生きている存在だからだ。作者はおそらく、〝男の理想像〟をこの菊太郎に託して描き上げたのではないか。気はやさしくて武勇にすぐれ、博覧強記、頭脳の回転は幼少から神童といわれたほどで、しかもシャイである。

こんな若武者が女性にもてないはずはない。菊太郎は賀茂川ぞいの料理茶屋・重阿弥《じゅうあみ》の仲居、お信《のぶ》と親しい間柄だ。ストーリーの展開とともに二人の仲は深まっていき、物語に色を添えることになる。

だが、ほっておくのは女性だけではない。幕府の奉行所もこれほどの才能を野に見捨てておかないのは当然だ。三顧の礼をもって、菊太郎を吟味方与力として迎えようとする。だが菊太郎は首をタテに振らない。奉行所の役人などになるよりは、公事宿の居候——つまり自由人として暮らしていたい、というのが菊太郎の心境なのだ。

とはいえ、菊太郎は相次ぐ事件の相談役として鯉屋からはもちろん、奉行所からも頼りにされる存在となっていく。かくて菊太郎の八面六臂《はちめんろっぴ》の活躍を見ることになるのだ。もともと公事は出入物《でいりもの》といわれる民事の訴訟だが、民事と刑事は紙一重で、いつ吟味物（刑事事件）に発展するかしれない。菊太郎の活躍はますますサスペンスフルになっていく。

ところでこのシリーズのすぐれた魅力は、京の伝統芸術・文化に関することが、何気なく書き込まれている点である。『闇の掟』の解説では、紙幅の都合で触れられなかったので、ここで指摘しておきたい。澤田さんは『陸奥甲冑記《みちのくかっちゅうき》』『寂野《さみしの》』で作家デビュー以来、『利休啾々《しゅうしゅう》』『花僧』『空蟬《うつせみ》の花』『天涯の花　小説・未生庵一甫』『花篝《はなかがり》　小説日本女流画人伝』など、わが国の伝統芸術に生きる人間像を描いて余人の及ばない境地を拓《ひら》いた作家だけに、『冬の刺客』のような武家ものを描いても、伝統美に関する造詣の深さがにじみ出てくる。このシリーズでも、随所にそれが見られるのだ。

たとえば表題作「木戸の椿」。長屋の木戸の脇に咲いている立派な椿に菊太郎が注目し、それを伊万里の鶴首壺に活《い》けてみせる。これは有楽椿《うらくつばき》だという。有楽椿は織豊時代、茶湯者として知られた織田有楽斎が愛《め》でたことからこの名のある銘椿で、江戸では太郎冠者と呼ばれたという。

「金仏心中」は中古伝世の金仏「弥勒菩薩坐像《みろくぼさつざぞう》」の紛失をめぐる事件で、ここでも作者の蘊蓄《うんちく》の深さに引き込まれてしまう。同じ作品で床の間に飾られた龔賢《きょうけん》（明末清初の画家）筆「山水図」の画幅や、「甘い罠」の鯉屋の床の間の松村呉春筆「柳橋図」、また「遠見の砦」で菊太郎が蘭医宗庵の居間でじっと見入るのがオランダ書物から転写した「銅版挿絵」であったり、さらにまた、「黒い花」で菊太郎がゆっくりと使う扇子《せんす》の挿絵が四条流の絵師岡本豊彦描く淡彩の山水図であるというように、随所に伝統の美と文化がちりばめられているのだ。

　さて、収録七篇について簡単に紹介しよう。表題作は幼児誘拐事件の話。誘拐されたのは金持ちの子ではなく、長屋で細ぼそと針仕事をしている貧しい寡婦の幼女だ。金目当てであるわけがない。正月をひかえ幼女はでんち（袖なし半纏《はんてん》）を作ってもらい、それをうれしげに着て遊びに出たまま行方不明になってしまったのだ。長屋を訪ねた菊太郎は、そこで古びた布地に目をひかれる。でんちと同じ端《は》切《ぎ》れだという。その端切れに、幼女誘拐の謎を解く鍵がある――という菊太郎の推理は見事的中する。

「垢《こ》離《り》の女」は早春の三条大橋の下で、生後間もない赤子を抱いてうずくまっていた若い女を、料理茶屋・重阿弥のお信が助け、自分の長屋に連れてくるところから始まる。その女おけいは悲しい生い立ちの女だったが、商家の一人息子に見《み》初《そ》められて子をなし、やっと幸せになりそうな矢先だった。その運命が一挙に暗転したのだ……。

「金仏心中」は前述のとおり秘仏をめぐる争い。遊興費代わりに蔵の古美術品を持ち出して北野の女郎屋に入れあげていた大店《おおだな》・真砂屋の手代茂助の不行跡が露見。調べると狩野探幽筆「菊図」、酒井抱一筆「花鳥図」と秘仏「弥勒菩薩坐像」の三点がなくなっており、手代はそれを女郎屋に持ち込んだことを認めたが、女郎屋の主《あるじ》は、金仏「弥勒菩薩坐像」に限っては見たこともないと主張、探索してもついにそれは現れない。だが、事件の陰には意外にも、真砂屋の一人娘であばずれ女の陰謀があった。

「お婆とまご」。菊太郎が居酒屋で出会った若い男とその祖母をめぐる話。若い男が酔っぱらいに難くせをつけられ、暴行を受けているのを菊太郎が救ってやったことから、翌日その祖母が鯉屋を訪ねてきて、菊太郎に礼をいう。老婆と孫の二人暮らしで、老婆は質屋を営みながら孫を育ててきたらしいが、どうもかなりの業《ごう》つく婆あ。今度はその老婆が帰りぎわにならず者に囲まれ、暴行を受ける。なぜわけもなく男と老婆は狙われるのか。原因は老婆が所有する高瀬川沿いの交通至便な持ち家と長屋にあった。ひところの地上げ屋を想像させる事件だ。

「甘い罠」。ここ数日来、鯉屋の店先を行ったり来たりしてためらっている幼女がいる。やがて手代に案内されて店に入ってきたお清と名のる幼女のいうところによると、彼女の家は大きな商家だが、祖父が去年の夏、但馬《たじま》の城崎《きのさき》温泉に湯治に出かけたまま、一年近くも帰ってこない。祖父の手紙を持参して店にくる口入屋を介してその間、金だけは届けられているという。おかしいのではないか、という孫娘の直感どおり、背後には不吉な事件があった……。

「遠見の砦」。公事宿鯉屋で預かって座敷牢に入れている大工の富吉は、女をめぐる争いから勘十郎と名のる男の目を潰《つぶ》したという傷害の罪で捕えられたのだが、富吉は犯行を強く否認している。相手を殺そうとせず、目だけ狙ったのも不思議だと、菊太郎は疑問をもつ。勘十郎と名のる男は〝目千両〟といい、遠目を自慢していたことがわかる。遠目でかせげる職業は何か――菊太郎の名推理が始まる……。

「黒い花」。話は東町奉行所同心、福田林太郎が市中見廻りの後、立ち寄った居酒屋で、すすめ上手の初老の客に酒をおごられて、二日酔いするほど飲んでしまったことから始まる。そのころ、菊太郎が行きつけの料理茶屋・重阿弥で〝酒仙〟といわれていたお燗番の名人・光太夫《みつだゆう》が行方不明になっていた。たかだかお燗番の男がなぜ、光太夫という格式のある名前で呼ばれていたのか。彼を紹介してくれた常連の蒔絵師《まきえし》はすでに亡く、光太夫の本姓は不明のままだ。

光太夫はどこへ消えたのか。数日前、三条大橋の下で、きれいに着飾った品のいい若い娘と何やら顔を寄せ合って話していた場面が目撃されていたことが判明する。菊太郎は画家に光太夫の似顔絵を描かせ、探査に乗り出すが、すると福田林太郎が居酒屋で酒を振る舞われた初老の男こそ、この光太夫であったことがわかる。光太夫はもと上賀茂神社の禰宜《ねぎ》で、十年ほど前突如逐電していたのだ。三条の橋の下で逢っていたのは、自分の娘ではなかったのか――。だがこの失踪事件の結末は悲劇に終わる。

こういった起伏に富んだサスペンスフルな七つのストーリーが、京の四季を背景にスピーディに展開されていく。長く京に住み、京の歴史と文化をこよなく愛している作者ならではの短篇ばかりだ。京の古地図はこの作者にとって、わが掌《たなごころ》を指すようなものに相違ない。作品に沿って、京の歴史散歩を楽しめる趣きも、本書の醍醐味《だいごみ》である。

――文芸評論家

この作品は一九九二年十月廣済堂より刊行され、
九六年二月に廣済堂文庫に収録されたものです。

幻冬舎文庫

●好評既刊
天邑《てんゆう》の燎煙《りょうえん》
狩野あざみ

殷の紂王は、活発な外征など果敢な政治を行っていた。しかし、旧体制側は反発する。やがて小国、周を巻き込んだ陰謀が……。中国古代王朝の滅亡を雄渾に描いた歴史ロマン。

●好評既刊
深川猟奇心中
永井義男

新内浄瑠璃の名手、仲三郎と師匠の娘のお志づが黒板塀の家で見たのは、演じた浄瑠璃のストーリーそっくり、血まみれの男女の死体だった。二人は事件を探るうち、意外な真相を突き止める。

●最新刊
上と外 3 神々と死者の迷宮(上)
恩田 陸

誰かに見られてる。得体のしれぬ不安を抱えて歩き続ける練と千華子。ついに千華子の身に異変が!? それを待ち受けるかのように現れた新たな謎。さらに練の身にも……。緊張と興奮の第三巻。

●最新刊
FIREFLY
桜井亜美

「あたしは昨日、母親を殺しました」十四歳のユリアが見知らぬ男に送ったメールから、もう一つの罪が生まれた。少女と大人の間を揺れ動く彼女が辿り着く、安息の地とは? 写真・蜷川実花

●最新刊
トップラン 第5話 最終話に専念
清涼院流水

嘘つき勝負に意外な決着がつき、貴船天使は消えた。トップラン・テスト最後の謎解きが始まる。M資金、Y3K——西暦3000年の問題とは? 20世紀末を飾る書き下ろし文庫シリーズ第5話!

公《く》事《じ》宿《やど》事《じ》件《けん》書《かき》留《とめ》帳《ちょう》二

木《き》戸《ど》の椿《つばき》

澤《さわ》田《だ》ふじ子《こ》

平成12年12月25日　初版発行
平成23年4月25日　18版発行

発行人――石原正康
編集人――菊地朱雅子
発行所――株式会社幻冬舎
〒151-0051東京都渋谷区千駄ヶ谷4-9-7
電話　03(5411)6222(営業)
　　　03(5411)6211(編集)
　　　振替00120-8-767643
印刷・製本―図書印刷株式会社
装丁者――高橋雅之

幻冬舎時代小説文庫

ISBN4-344-40045-3　C0193　さ-5-3